MILLENNIUM · V

MANNEN SOM SÖKTE SIN SKUGGA
以眼还眼的女孩

〔瑞典〕大卫·拉格朗兹 著
颜湘如 译

人民文学出版社
PEOPLE'S LITERATURE PUBLISHING HOUSE

著作权合同登记号　图字 01-2021-6186

David Lagercrantz
MANNEN SOM SÖKTE SIN SKUGGA

Mannen som sökte sin skugga © David Lagercrantz & Moggliden AB, first published by Norstedts, Sweden, in 2017. Published by agreement with Norstedts Agency. Simplified Chinese edition Copyright © 2022 by Shanghai 99 Readers' Culture Co., Ltd. All rights reserved.

图书在版编目(CIP)数据

以眼还眼的女孩/(瑞典)大卫·拉格朗兹著；颜湘如译. —北京：人民文学出版社，2022
（千禧年小说系列）
ISBN 978-7-02-016472-1

Ⅰ.①以… Ⅱ.①大… ②颜… Ⅲ.①长篇小说-瑞典-现代 Ⅳ.①I532.45

中国版本图书馆 CIP 数据核字(2021)第 242804 号

责任编辑	卜艳冰　邱小群　刘佳俊	
封面设计	钱　珺	
出版发行	人民文学出版社	
社　　址	北京市朝内大街 166 号	
邮政编码	100705	
印　　刷	上海盛通时代印刷有限公司	
经　　销	全国新华书店等	
字　　数	262 千字	
开　　本	890 毫米×1240 毫米　1/32	
印　　张	9.625	
版　　次	2022 年 1 月北京第 1 版	
印　　次	2022 年 1 月第 1 次印刷	
书　　号	978-7-02-016472-1	
定　　价	58.00 元	

如有印装质量问题，请与本社图书销售中心调换。电话：010-65233595

目录

1	楔　子
3	第一部　龙
151	第二部　扰人的乐音
203	第三部　消失的双胞胎
296	尾声
299	作者后记
301	致谢

人物介绍

莉丝·莎兰德：不世出的黑客高手兼数学天才，身上有刺青，还有一段坎坷的过去。追求公平正义是她最大的动力。

麦可·布隆维斯特：《千禧年》杂志的首席调查记者。莎兰德协助他调查的海莉·范耶尔失踪案是他职业生涯中最重大的报道之一。

亚历山大·札拉千科：简称札拉，又名卡尔·阿克索·波汀，叛逃的俄国间谍。他是一个庞大犯罪组织的首脑，也是莉丝·莎兰德的父亲。

卡米拉·莎兰德：莉丝·莎兰德的孪生妹妹，美丽、有控制欲，姐妹二人关系疏远。已知她与犯罪帮派有关联，可能住在莫斯科。

安奈妲·莎兰德：莎兰德与卡米拉的母亲，遭札拉千科殴打以致失能，四十三岁死于疗养院中。

霍雷尔·潘格兰：莎兰德昔日的监护人，是一名律师。极少数真正了解莎兰德并得到她信任的人之一。

德拉根·阿曼斯基：米尔顿保全公司主管，莎兰德的前雇主。另一个受到她信任的人。

彼得·泰勒波利安：莎兰德幼年时的心理医生，有性虐待倾向。在莎兰德的失能判定官司中担任检方证人。

爱莉卡·贝叶：《千禧年》杂志总编辑，布隆维斯特的密友，偶尔也是他的情妇。

安德雷·赞德：《千禧年》杂志一位年轻有才华的记者，遭卡米拉杀害。

安妮卡·贾尼尼：布隆维斯特的妹妹，在莎兰德的官司中担任她的辩护律师。

硫磺湖摩托俱乐部：一个与札拉千科及卡米拉关系密切的黑帮飞车党。有一些成员在过去几次与莎兰德交手时受到重伤。

黑客共和国：一个黑客联盟，以"黄蜂"为代号的莎兰德是其中的佼佼者。其他成员还包括瘟疫、三一与巴布狗。

秘密警察：瑞典的国安局，暗藏一个名为"小组"的秘密单位，专门保护札拉千科。

杨·包柏蓝斯基：斯德哥尔摩警局的督察长，有"泡泡警官"的外号。

桑妮雅·茉迪：与包柏蓝斯基密切合作数年的侦查警官，其他队友还包括史文森、傅萝与霍姆柏。

李察·埃克斯壮：多次起诉莎兰德的检察长。

法兰斯·鲍德：计算机科学教授，研究人工智能领域的翘楚。由于打算通过《千禧年》杂志公开一些信息而遭杀害。他的儿子奥格斯患有自闭症，却天赋异禀，被莎兰德从卡米拉的帮凶手中救出后，为了安全考虑，与母亲汉纳一起被送到国外。

法拉·沙丽芙：计算机科学教授，与鲍德是学生时代就认识的友人兼同事。与包柏蓝斯基订了婚。

楔子

接见室里,潘格兰坐在轮椅上。

"为什么那个龙纹刺青对你那么重要?"他说,"我一直很想知道。"

"跟我妈妈有关。"

"安奈妲?"

"很小的时候,大概六岁吧。我从家里逃了出来。"

"有个女人经常来看你,对不对?我开始有点印象了。她好像有个胎记之类的。"

"看起来很像喉咙被烧伤。"

"就像被龙喷过火一样。"

第一部
龙
6/12—6/20

  一四八九年，瑞典摄政王老斯顿·斯图雷命人打造一座雕像，纪念他在布伦克山之役中打败丹麦国王。

  这座雕像设置于斯德哥尔摩大教堂内，呈现的是圣乔治骑在马背上，高举长剑，下方躺卧着一条奄奄一息的龙。

  在他们旁边站着一名身穿勃艮第服饰的女子。她是武士从这惊险情势中救出的少女，一般认为她的原型便是老斯顿·斯图雷的妻子英格宝·欧克多蒂。

  少女的表情出奇冷漠。

第一章
六月十二日

　　莉丝·莎兰德在健身房冲完澡正要回舍房，在走廊上被分区主任拦下。阿勒瓦·欧森一边指手画脚挥舞一叠纸张，一边哇啦哇啦说个不停，偏偏莎兰德一个字也听不见。因为现在是晚上七点半。

　　这是富罗博加监狱最危险的时刻。每天到了晚上七点半，货运列车会轰隆隆驶过，震得墙壁晃动、钥匙咔嗒咔嗒响，到处弥漫着汗水与香水味。最恶劣的霸凌事件都在这个时间发生，既有火车噪声掩饰，又恰好是舍房关门前一片混乱的状况。这个时候，莎兰德的目光总会在各囚室间前后游移，因此会注意到法黎雅·卡齐，恐怕并非偶然。

　　法黎雅是个年轻貌美的孟加拉国人，此时正坐在自己的囚室内。从莎兰德与欧森所站之处，就只能看见她的脸。有人在掌掴法黎雅，只见她的头左右甩动，不过打的力道不算太大，有种近乎例行公事的味道。从法黎雅受辱的表情可以明显看出，霸凌的情况持续已久，也断了她抵抗的念头。

　　没有人伸出援手试图阻止，而法黎雅眼中也毫无讶异之色，只有一种沉默、黯然的恐惧。这种惧怕是她生活的一部分。光是端详她的脸，莎兰德便看得出来。这与她几周来在监狱观察的结果相符。

　　"你能不能去看看？"她指向法黎雅的舍房说。

　　但等到欧森转头去看，已经结束了。莎兰德随即隐身入自己的舍房，关上门。她可以听到走廊上有说话声与模糊的笑声，外头的货运列车轰隆轰隆驶过，撼动着墙壁。她站在光亮的水槽与窄床前，书架和桌上凌乱地散布着她演算量子力学的纸张。要不要再来研究一下循环量子重力论？这时她发觉自己手上拿着什么东西，低头去看。

　　原来是刚才欧森挥舞的那叠纸，她终于忍不住一丝好奇，看了一下。不料只是一份无聊的智力测验，标题页上还留有一圈圈咖啡杯的印痕。荒谬。她最讨厌被鞭策、被评析了。

她松开手，测验纸落在水泥地面，散成扇形，暂时被抛到脑后，她的思绪又回到法黎雅身上。莎兰德没看见打她的人，但那人是谁，她心知肚明。起初莎兰德对监狱生活丝毫不感兴趣，但尽管百般不愿意，她还是被牵扯进去，并一一解读出各种看得见与看不见的信号。如今她已知道发号施令的人是谁。

这里是高度戒护的 B 区，被认为是整座监狱最安全的地方，在访客看来或许也是如此。这里的警卫、监控设施与矫正课程，比监狱里其他任何地方都来得多，但只要稍微仔细观察一下，就会发现一种腐败氛围。警卫会装模作样地展现权威，甚至会假装关怀，其实全是一群失去掌控权的懦夫，他们已经将权力让给主要的对手，也就是帮派头目贝尼托·安德森与其手下的爪牙。

白日里，贝尼托保持低调，一举一动有如模范受刑人，但用过晚餐，到了受刑人活动与会面的时间，她就接管了。每天到这个时间，在入夜后牢门临上锁前，她的恐怖统治便毋庸置疑地展开了。囚犯在舍房间信步走动，低声做出威胁与承诺，往往一边是贝尼托的手下，另一边则是受害者。

莎兰德锒铛入狱的事实引发不小的公愤，但情势对她大大不利，加上她也不怎么积极争取。在她看来这段插曲十分荒谬，却又觉得在牢里和在其他地方也没什么两样。

在法兰斯·鲍德教授遭到谋杀后所发展出的一连串戏剧性事件中，莎兰德因为非法使用他人财物并危害他人安全，遭判刑两个月。当时她自作主张藏匿了教授患有自闭症的八岁儿子，又拒绝配合警察办案，因为她认为警方的调查情报外泄——她会这么想不无道理。她竭力拯救孩子性命的英勇之举，谁都没有异议。尽管如此，检察长李察·埃克斯壮仍以卓绝的说服力主导这场诉讼案，虽然有一名非职业法官持不同意见，最终法庭仍判她有罪。莎兰德的辩护律师安妮卡·贾尼尼表现得可圈可点，只可惜当事人几乎没有提供协助，因此到头来莎兰德根本毫无胜算。审判过程中，她从头到尾都沉着脸不发一语，判决后也不肯上诉，一心只希望整件事尽快了结。

起初她被送到开放式监狱毕永耶达农场，过得相当自由。后来传出新消息，说有人打算对她不利。就她树敌无数的情形看来，这也完全不令人意外，于是她便被移监至富罗博加的高度戒护区。

与瑞典最恶名昭彰的女罪犯共处一室，对莎兰德来说不是问题。她身旁不时都有警卫环伺，而且这个舍房区已经多年未发生伤害或暴力事件。另外根据数据显示，经改造出狱后重返社会的人数也颇为可观。只不过这些都是在贝尼托·安德森到来之前的统计数据。

从抵达监狱的那天起，莎兰德便面临各种各样的挑衅。她不仅是因为媒体曝光度高而备受瞩目的知名囚犯，在黑社会里的传闻更是沸沸扬扬。就在几天前，贝尼托才塞给她一张字条写着："朋友还是敌人？"一分钟后莎兰德就把字条丢了——她还是在经过五十八秒后才勉强看了一眼。

她对于权力斗争或拉帮结派都不感兴趣，只是专心地观察与学习，如今她觉得已经学得够多了。她茫然注视着书架，架上满满的都是她入狱前预订的量子场论的相关文献。左手边的橱柜里有两套换洗的囚服，上面全印有监狱名称的缩写，另外还有几件内衣裤和两双球鞋。墙上空无一物，没有一丁点关于外界生活的提示。她对囚室环境毫不在意，一如她毫不在意菲斯卡街住处的环境。

走道上的囚室门一一关上，对莎兰德而言，这通常意味着些许自由。当噪声逐渐消停，她便能浑然忘我地埋首于数学，试图将量子力学与相对论结合起来。但是今晚不同。她感到愤怒难耐，而且不只是因为法黎雅的受虐或是狱方的贪腐无度。

她不断回想起六天前潘格兰前来探监的情形——当年法院判定她没有能力照顾自己的时候，监护人就是他。这趟探监之行可谓劳师动众。潘格兰现在完全仰赖居家照护，几乎从不踏出利里叶岛区的公寓一步。但这次他意志坚定,坐在轮椅上,戴着氧气罩发出咻咻的呼吸声,搭乘由社会局补助的交通工具前来。莎兰德很高兴能见到他。

她与潘格兰回忆着往事,他变得多愁善感。但是有一件事特别让莎兰德挂心。潘格兰告诉她有一个名叫玛伊布莉特·杜芮的女人去找他。她曾经在莎兰德住过的圣史蒂芬儿童精神病院当秘书,因为在报上看到关于莎兰德的报道,便带了一些文件去找潘格兰,相信他应该会有兴趣。据潘格兰说,文件内容多半还是同样描述莎兰德住院时如何被绑在床上、如何遭受惨无人道的精神虐待等恐怖经历。"没有什么需要让你看的。"他这么说。不过肯定有特别之处,因为潘格兰问起她的龙纹刺青和那个有胎记的女人,他说:

"她不是数据管理处的人吗?"

"什么数据管理处?"

"就是在乌普萨拉的遗传与社会环境研究数据管理处。我好像在哪里读到过。"

"八成是在那些新的数据文件里吧?"她说。

"是吗?大概是我搞混了。"

应该是。潘格兰年纪大了。只是这席话卡在莎兰德心里,无论是下午在健身房练打速度球,还是早上参加陶艺工作坊课程,都让她心思不得清静。此刻她站在舍房内看着地板,依然为这件事困扰不已。

不知怎么,散落在水泥地上的智商测验似乎不再毫无意义,反而成了她与潘格兰对话的延续。莎兰德有一度无法理解为什么,随后才想起当时那个有胎记的女人让她做了各式各样的测验。测验到最后她们总会吵起架来,然后年仅六岁的莎兰德就会逃跑,遁入夜色中。

不过这些回忆中最令她感受深刻的并不是测验或逃跑,而是她愈来愈怀疑关于自己的童年,有一件很重要的事是她不了解的。她知道她必须查出更多的讯息来。

没错,她很快就能回到外面的世界,想做什么就做什么。但她也知道自己有能力影响分区主任欧森。他已经不是第一次选择对霸凌的情况睁一只眼闭一只眼,他管理的舍房区虽然仍是全监狱的荣耀,道德却已日渐败坏。莎兰德猜想应该有办法让欧森提供其他囚犯得不到的待遇给她——使用网络。

她聆听着走廊上的声响。可以听到低声的咒骂，还可以听到一道道门砰然关闭、钥匙咔嗒咔嗒作响，以及渐行渐远的清脆脚步声。接着寂静降临，只剩空调设备还发出声音。空调坏了，空气闷得让人难受，机器却依然轰隆隆响个不停。莎兰德望着地上的纸张，心里想着贝尼托、法黎雅和欧森——还有那个咽喉处有火吻胎记的女人。

她弯身拾起测验纸，坐到桌前，草草写了几个答案，然后按下铁门旁的对讲机按钮。响了好一会儿之后，欧森接了起来，声音显得紧张。她说有事要马上找他谈。

"很重要。"她说。

第二章
六月十二日

欧森想回家,想离开,可是得先值完班、处理完文件,还得打电话跟九岁的女儿葳妲说晚安。现在,一如往常,是他的姨妈在照顾她,他也事先嘱咐过姨妈要锁上附加的安全锁。

欧森在富罗博加担任最高戒护区负责人已有十二个年头,而且一直引以为傲。他是个富有同情心、会扶持弱势的人,年轻时,甚至拯救过酒精中毒的母亲。因此投身监狱机构后便迅速扬名立万,并不令人意外。但时至今日,年轻时的理念已所剩无几。

第一次重大打击来得很早:老婆丢下他(和他们的女儿),跟前任老板搬到奥勒。但是最后让他再无一丝幻想的是贝尼托。他以前常说,每个罪犯都有其善良的一面。然而尽管大家都竭尽所能,贝尼托的男性友人、女性友人、律师、心理治疗师、法医精神科医师,甚至还有两名牧师都发掘不出她的一丝善良。

她原来名叫贝雅特丽齐·安德森,后来却用了某个意大利法西斯分子的名字"贝尼托"来当绰号①。现在的她喉咙部位刺了一个"卐"字符号,留着小平头,脸色苍白得不健康。不过她的外貌绝非丑陋可憎,体格虽然壮得有如摔跤选手,却又略带些许优雅,气势凛然的仪态迷倒不少人,不过大多数人对她则纯粹是畏惧。

据说,贝尼托曾以一对她称为印度尼西亚短剑的匕首杀死三个人,由于传闻太盛,如今已成为这个舍房区险恶氛围的一部分。人人都说最惨的状况就是听到贝尼托声称已将匕首指向你,因为这表示你被判了死刑,或者已经和死没两样。这些当然大多是胡说八道,但

---

① 这里指意大利独裁者贝尼托·阿米尔卡雷·安德烈亚·墨索里尼(Benito Amilcare Andrea Mussolini,1883—1945)。

虽然短剑与监狱保持着安全距离，关于它们的种种传说还是让走道上弥漫着恐怖气息。这是一种耻辱，是一大丑闻，事实上欧森已经屈服了。

他要对付她本该绰绰有余。他身高一九三公分、体重八十八公斤，身材结实壮硕。在青少年时期，只要有哪个王八蛋胆敢对他母亲动歪脑筋，都会被他揍个半死。但他偏偏有个死穴：他是单亲爸爸。一年前，贝尼托在监狱花园里走到他身边，低声说出他每天早上送女儿到奥勒布鲁的和平之家小学四楼的三年级A班上课，所要经过的每条通道与每段阶梯，叙述精确得令人毛骨悚然。

"我的匕首已经指向你的小女儿了。"她说。

事情就这么简单。欧森就此失去了掌控权，纪律的败坏逐层向下延伸。他确信有些同事已彻底腐化，例如那个胆小鬼弗瑞德·史卓玛。如今到了夏天，监狱里全是无能又怯懦的临时职员，情况越发不可收拾。在缺氧的走道上，紧张气氛随之升高。欧森已经数不清自己几次发誓要重整秩序，总之至今一事无成。加上典狱长理卡德·法格是个笨蛋，对这整个局势更无帮助。法格只在乎门面依然光鲜亮丽，殊不知内部已经腐烂。

每天下午，欧森总会臣服于贝尼托目光的威力而动弹不得，正如压迫心理学所诠释的，他每后退一步，便虚弱一分，仿佛身上的血被吸走了一般。最糟的是他保护不了法黎雅。

法黎雅因为杀害兄长而入狱，她在斯德哥尔摩郊区的希克拉，把他从一片大玻璃窗推了出去。不过她丝毫没有显露具有攻击性或暴力的迹象。大部分时间她都坐在舍房内，不是看书就是哭泣，之所以被安置在最高戒护区，纯粹因为她有自杀倾向，又受到威胁。她被社会遗弃，毫无人性尊严。她在监狱走道上完全无法昂首阔步，也没有严酷的眼神能赢得尊敬，只有一副引人折磨与施虐的脆弱美貌。欧森真是厌恨自己的无能为力。

最近他唯一有建设性的作为，就是试图与新入监的莎兰德建立关系。这可不轻松。莎兰德的脾气又臭又硬,关于她的谣言就跟贝尼托一样多。有人欣赏莎兰德,有人觉得她是个骄傲的烂人,还有人担心自己的地位不保。贝尼托身上每块肌肉都在期盼着打上一架,欧森可以确定她正通过监狱外的渠道搜集有关莎兰德的讯息,一如她先前对他与对舍房区内感兴趣的每一个人所做的事。

但是到目前为止都还风平浪静,就连被列为高度戒护对象的莎兰德获准到花园与陶艺工作坊工作时,也毫无动静。她做的陶瓶是他所见过手艺最差的,她也不擅于交际,整个人就像活在自己的世界里,对于针对她而来的任何眼光与言论都视若无睹,即便贝尼托偷偷推她、打她,也都被莎兰德一一抖落,就像抖落尘土或鸟屎一样。

唯一让她上心的就是法黎雅。莎兰德密切留意着她,很可能是了解到情况严重。这可能会引发某种冲突。欧森不敢确定,却时时心存疑虑。

欧森对自己为每位受刑人拟定的计划感到十分自豪。没有人是无条件地被分派工作,每个因犯都有自己的时刻表,依个人问题与需求而异。有些受刑人利用全部或部分时间进修,并接受就业辅导;有些人进行矫正计划,并与心理医生及咨询师会谈。从莎兰德的档案来看,应该给她一个完成学业的机会。她没上过中学,甚至连小学也没毕业,而且除了在一间保全公司短暂工作过一阵子,似乎没有任何正式的工作经历。她与权势阶级纷争不断,但这是第一次被判刑坐牢。其实,大可以当她是游手好闲之人而不必理会,但实际情况显然不是如此,不只是因为某家晚报将她描述为某种动作派英雄,还因为她的整体外观,以及令他耿耿于怀的一段特别插曲。

这段插曲是过去一年来,在他的舍房区里唯一令人惊讶的正面事件。事情发生在几天前,餐厅里刚结束晚饭,但时间还早。当时是下午五点,外面下着雨。因犯已经收拾完杯盘,也洗好了餐具,欧森则一直独自坐在水槽边的椅子上。这里其实没他的事,他与同事在监狱的另一个地方用餐,餐厅的事务是交由受刑人全权处理的。约瑟芬和蒂娜（两人都是贝尼托的同伙）被赋予特权，负责餐点的供应。她们有专门的预算，可自行订购食物，要负责维持餐厅整洁，还要确保人人都能吃饱。在监狱里，食物代表了力量，所以贝尼托之流的人分到更多食物的情况在所难免。正因如此，欧森才想留意一下厨房，何况全舍房区唯一一把刀也放在厨房里。刀不锋利，还用钢丝系着，但仍可能对人造成伤害。事发当天，他不时转头看看刀子，一边试着做点功课。

欧森一心一意想离开富罗博加，想找一份好一点的工作。可是一个没有大学学位又只在监狱服务过的人，选择实在有限。他申请了一堂工商管理的函授课程，现在——空气中仍残留着土豆煎饼加果酱气味的现在——他正准备开始研读证券市场的选择权定价，但他对此一知半解，教学手册里的练习题该怎么做也毫无头绪。就在这时候，莎兰德正好进来想再拿点吃的。

她盯着地板看，脸色显得阴沉冷漠。欧森不想再白费力气和她拉关系，省得自己出丑，便继续做他的计算题。他擦掉几个答案，潦草地修改了，她明显看不下去，随即走上前来怒目而视，这让他尴尬不已。她已经不是第一次让他感到尴尬了。他正要起身回办公室，莎兰德忽然抓起铅笔，在他书上草草写了几个数字。

"现在的市场波动那么大，布莱克-休斯公式根本是被高估的废话。"她说完后径自走开，仿佛当他不存在。

当天的晚些时候，当他坐到计算机前，才发觉她不仅在一眨眼间写出了正确答案，还以一种油然而生的权威感，将一个荣获诺贝尔奖的评估衍生性金融商品模型批得一文不值。这种感觉不同于他平日在舍房区里所感受的羞辱与挫败。他梦想自己和她能从此产生联系，这甚至说不定是她人生中的转折点，让她认知到自己的才能是多么出众。

关于下一步，他思考良久。该怎么做才能激发她的动力？他忽然灵机一动：智商测验。他办公室里有一叠旧的测验纸，是多位法医精神科医师经过诊断后,用来评估贝尼托可能罹患的精神病、情绪失读症与自恋症(以及其他不管是什么精神疾病)的严重程度。

欧森自行做了几项评估测试,得出一个结论:像莎兰德这么轻而易举就能解答数学题的人,测验结果理应不错。谁知道呢?说不定做完测验真能让她有什么心得。于是他找了个自认为适当的时间,在走廊上等她。他甚至想象自己看见了她脸上绽放出开朗的神情,并给她一点赞赏。他有十足把握觉得自己已经了解她了。

她从他手上取过纸张。就在此时列车轰隆隆驶过,眼看她身体变得僵硬,眼神跟着黯淡下来,他只能结结巴巴,任由她转身离去。他命令同事将舍房上锁,自己则走进他位于所谓的管理区域、一道厚重玻璃门后面的办公室。所有工作人员中,只有欧森有专属办公室。这里的窗户俯瞰运动场及其四周的钢铁围栏和灰色水泥墙。室内面积比牢房大不了多少,气氛也没有更加令人愉悦,不过的确有一台可以上网的计算机和两台监视器,还有几样小东西让人稍感温馨。

现在的时间是晚上七点四十五分。牢房都上锁了。列车已经走远,朝斯德哥尔摩急驰而去,同事们都坐在咖啡休息室闲聊,他自己正在写监狱工作的日志。这么做并未让他好过些,因为日志里记录的已不完全是事实。他抬头望向告示板,看着葳妲和他母亲的照片,母亲去世至今已经四年了。

外头的花园在监狱这片不毛之地中,宛如一座绿洲。天上一朵云也没有。他看看手表,该打电话回家跟葳妲说晚安了。他刚拿起话筒,对讲机警报器就响了,屏幕显示是七号房打来的,莎兰德的舍房,他不禁又好奇又焦虑。受刑人都知道没事不能打扰工作人员,莎兰德从未使用过这个警报器,他也不觉得她是个爱抱怨的人。难道发生什么事了?

他对着对讲机开口道:"有什么事?"

"你过来。有重要的事。"

"什么事这么重要?"

"你不是让我做智商测验吗?"

"对，我想你会做得很好。"

"你可以帮我对答案吗？"

欧森再次看看手表。她该不会已经写完试题了吧？

"等到明天吧，"他说，"这样你就有时间更仔细地检查答案了。"

"这样好像在作弊，我等于占了便宜，不公平。"她说。

"那好吧，我过来。"他停顿一下才说。

他为什么会答应？话一出口他立刻暗忖自己是否太过鲁莽。但话说回来，他是多么渴望这个测验对她产生激励作用，若是不去，他恐怕会后悔。

他从办公桌右手边最下方抽屉取出解答页，确认仪容端正后，用自己的芯片卡与个人密码打开通往最高戒护区的安全门。走在走廊上，他往上瞄了一眼天花板的黑色摄影机，并沿着腰带摸了摸。辣椒喷雾器与警棍、他的钥匙串和无线电对讲机，外加装有警报按钮的灰盒子。他或许是无可救药的理想主义者，却不天真。囚犯装腔作势地逢迎、恳求，可能只是想设法让你失去仅剩的一切。欧森向来都会提高警觉。

接近舍房时，他越发焦虑。也许应该按规定，带一名同事同行。不管莎兰德有多聪明，都不可能这么快就一口气做完试卷。她肯定另有所图——此时的他对这点深信不疑。他打开房门上的小窗往里看，莎兰德就站在书桌旁对他露出微笑，或是类似微笑的表情，让他谨慎之余又恢复些许乐观。

"好，我要进来了。保持你的距离。"

他打开门锁，依然防备着万一，然而什么事也没有。莎兰德动也没动。

"怎么样？"他问道。

"很有趣的测验，"她说，"可以帮我改一改吗？"

"答案就在这里。"他挥挥解答页，接着又说，"你真的写得很快，所以万一结果不如预期也不必失望。"

他试探地咧开嘴笑一笑，她也再度微笑，但这回让他感到不安。

她似乎在打量他，他不喜欢她那种像在盘算什么的眼神。她有什么阴谋？如果说她在酝酿某种邪恶计划，他一点也不惊讶。但反过来看，她又瘦又小，而他的体型魁梧得多，又有武装，还受过处理紧急状况的训练。一定不会有危险的。

他略带疑虑地从莎兰德手上接过测验卷，不自然地笑了笑，一边迅速地瞄答案，一边留意着她。也许根本没什么好担心的。她充满期待地看着他，仿佛在说：我很厉害吧？

她的字迹潦草得不像话，测验卷上满是脏兮兮又仓促的鬼画符。他拿着解答页一一比对答案，丝毫未敢松懈。一开始他只注意到她似乎大部分都答对了，后来便不由自主地惊呆了。她连测验卷后段最困难的题目也能回答正确，这种事他闻所未闻。他正打算说句赞扬的话，却突然发现自己无法呼吸。

第三章
六月十二日

莎兰德对着欧森仔细端详一番。他看似有所提防。他又高又壮，腰间佩戴了警棍、辣椒喷雾器和遥控警报器。他恐怕宁可羞愧而死也不愿被制伏，但她知道他有他的弱点。

他有全天下男人都有的弱点，而且他背负着罪恶感。罪恶感与羞愧——两者她都能加以利用。她会出击，然后施加压力，欧森便会得到应有的惩罚。她凝视着他的眼睛和腹部。那腹部坚硬结实，不是理想的攻击目标，说实话那根本就像一块洗衣板。不过即使这样的肚子也可能有弱点，因此她等待时机，终于有所收获。

欧森喘不过气来，或许是惊吓过度。当他吐出气后，身体随之松懈，就在这一刻莎兰德往他心窝出拳。她连打两拳，既狠又准，接着瞄准他的肩膀，也就是拳击教练欧宾兹向她示范过的那个部位。然后再次以凶猛的力道攻击他。

她马上就知道正中目标。欧森的肩膀脱臼，痛得弯下身子重重喘息，连喊也喊不出声音。他努力维持站姿，但短短一两秒后，便扑通一声往前摔倒在水泥地上。莎兰德跨前一步。她必须确保他的双手不会做傻事。

"安静。"她说。

这声喝令其实多此一举。欧森连哼都哼不出声来。他体内的气都跑光了，肩膀阵阵抽痛，还看到头顶上有闪光。

"你要是安分点，别碰你的腰带，我就不会再打你。"莎兰德说着从他手上抢过智商测验卷。

欧森似乎隐约听到囚室门外有声音。是隔壁房的电视声？还是其他同事在走道上说话？分辨不出来，他的头太晕了。他考虑要大声求救，可是整个心思已被痛楚占据，无法好好思考。他只看得到莎兰德模糊的身影，内心既害怕又困惑。他的手可能在朝警报器移动，这多半是反射动作而非有意识之举，总之根本没能摸到，肚子上便又挨了一拳，他像胎儿一样蜷缩起来，张大嘴拼命吸气。

"看到没？"莎兰德平静地说，"这不是好主意。我其实不想伤害你。很久以前你不是个小英雄吗？听说你救过妈妈还是什么的？现在你这个舍房区已经太不像话了，你对法黎雅也见死不救，而且不止一次。我必须警告你，我不喜欢这样。"

他想不出该说什么。

"那个女人已经受够了，不能再继续这样下去。"她说道，欧森不明所以地点点头。"我们已经慢慢达成共识了。你在报纸上看过我的报道吗？"

他又点点头，这时双手放得离腰带远远的。

"很好。那么你应该知道没什么阻止得了我。绝对没有。不过也许我们可以做个交易。"

"什么？"他勉勉强强才挤出这两个字。

"我会帮你重整这个地方，确保贝尼托和她的喽啰不再靠近法黎雅，而你呢……你要借我一台计算机。"

"不可能。你……"他喘了口气说，"攻击我，你麻烦大了。"

"有麻烦的人是你。"她说，"这里有人被霸凌、虐待，你管都不管。你知不知道这是多丢脸的事？这座监狱的荣耀最后竟然落入一个小墨索里尼之手！"

"可是……"

"闭嘴。我会帮你解决这个问题。但你得先给我一台可以上网的计算机。"

"这种事不可能发生。"他试着用强硬的口气说，"走廊上到处都有监视器。你完蛋了。"

"那我们两个就一起完蛋，我反正无所谓。"她说。

这时候，欧森想起了麦可·布隆维斯特。在莎兰德入狱后的这段短暂期间，这位鼎鼎大名的记者已经来探视过两三次。欧森最不希望发生的事，就是布隆维斯特挖掘一些有的没的，揭他的疮疤。他该怎么办？现在实在痛得无法理性思考，于是他抱住肩膀和肚子说："我什么都无法保证。"他自己也不太明白这么说是什么意思。

"我也是，所以我们打平了。那就走吧。"

"万一在管理区碰到其他工作人员呢？"他说。

"你会想出办法的。说到底，这个智商测验的想法太有创意了。"

他挣扎着站起身来，重心不稳，踉跄了一下。天花板的灯泡仿佛在头顶上旋转，他晕得想吐："等一下，我得……"

她扶他站直，帮他顺顺头发，像在为他整理仪容。紧接着又打了他一下，吓得他半死。不过这次不痛，她让他的肩膀归位了。

"走吧。"她说。

他想要按下警报器，呼喊求救，也考虑要用警棍打她并使用辣椒喷雾。结果却是若无其事地和莎兰德走过走廊。打开安全门时，他暗自祷告别遇见任何人。但偏偏还是撞见了同事哈莉·林佛许，这个人特别滑头，看不出她是站在贝尼托那边还是狱方那边。他感觉她随时都在变换立场，看怎么做才能抢到最好的机会。

"嗨。"欧森好不容易迸出一个字。

哈莉绑着马尾，表情严肃。他曾一度觉得她特别迷人，但那样的日子仿佛已十分遥远。

"你们要去哪里？"她问道。欧森顿时发觉，自己虽然是上司，却无法挑战哈莉质疑的眼神，只能嘟嘟囔囔地说：

"我们要去……我们想要……"

利用智商测验当借口的念头从他脑中闪过，但他知道行不通。

"打电话给莎兰德的律师。"他说。

欧森知道这个理由也不是很有说服力，而且他八成是一副脸色苍白、目光迟钝的样子。此时的他只想一屁股坐到地上大声求救，但他仍保持镇定，以意想不到的威严补上一句："他明天早上就要飞雅加达。"

他完全不知道从哪儿冒出的雅加达，但是地点足够明确、足够有异国风，听起来可信度高。

"好的，我知道了。"哈莉用一种与她的职位较为相当的口气回答后走开了。直到确定她走远看不见了，他们才继续前行。

欧森的办公室是神圣之地。大门随时关闭着，受刑人禁止进入，更不可能在这里打电话。但他们正是要往那儿去。或许安全门关上后，控制中心的人会看见他们进入工作人员专区。现在随时都可能有人出现，察觉到出了什么事。情况或许不妙，但这样也可能是最好的。他摸摸腰带，想要按响警铃，只是他觉得太丢脸，加上被迷得六神无主（虽然他绝不会承认）。不知道她接下来想做什么？

他打开门锁，让她进入办公室，他忽然第一次觉得眼前的景象很可悲。多没出息才会在告示板上钉着母亲的放大照片？比葳妲的照片还大。老早就该将照片取下。要这么说的话，他也早该辞职，不再和罪犯有任何牵扯。可是他人就站在这里。他将门关上，莎兰德用阴沉、坚决的眼神盯着他看。

"我有个问题。"她说。

"什么问题？"

"你。"

"我怎么会是问题？"

"要是赶你出去，你会去求救。要是让你留下，你就会看到我在做什么。"

"怎么，你想做什么？违法的事吗？"

"很可能。"她说。

想必这时他又做错了什么，要不就是她彻底疯了。这是她第三或第四次朝他的心窝出拳，他再度瘫倒，大口大口地喘气，准备迎接另一拳。不料莎兰德并未出手，而是弯下身，以迅雷不及掩耳的速度解下他的腰带放到桌上。他忍着痛坐直起来，怒视着她。

感觉好像他们就要扑向对方。然而她却瞥向他的告示板，又一次解除他的武装。

"那照片里的人是你母亲吗？你救了她，对吧？"

他没有回答，心里仍盘算着要向她扑过去。

"那是你妈妈吗？"她又问一次。他点点头。

"她死了吗？"

"死了。"

"可是她对你很重要，对不对？那么你应该能理解。我得找点资料，你要让我找。"

"为什么？"

"因为你已经让这里变得太不像话了。我会帮你解决贝尼托，以此作为回报。"

"那个女人冷酷无情。"

"我也是。"她说。

莎兰德说得有理，他已经骑虎难下。他允许她进入办公室，又对哈莉说谎。反正不会有太大损失，因此当她问到计算机登入密码时，他就直说了。

她双手在键盘上飞快地移动，快得令人瞠目结舌，他整个人都看呆了。感觉仿佛过了很久很久，她似乎都只是漫无目的地搜寻，在乌普萨拉①各个不同网站首页跳来跳去，包括大学附属医院与大学本身的网站。直到浏览到一个看似十分老旧的地方的网站——医学遗传研究所——她才停下来键入几个指令。不到几秒钟，屏幕整个变黑。她纹丝不动，气息粗重，十指悬在键盘上方，犹如正准备弹奏高难度作品的钢琴家。

接着她以惊人的速度敲击键盘，黑色屏幕上出现一排又一排的白色数字与字母。不久之后，计算机开始自动书写，吐出大量符号、难以理解的程序代码与指令。他只看得懂偶尔出现的英文字——"Connecting database"（连接数据库）、"Search"（搜寻）、"Query"（查询）与"Response"（响应）——接着出现"Bypassing security"（绕过安全系统），这可就令人大为震惊了。她等待着，手指不耐烦地敲打

---

① 乌普萨拉（Uppsala）：瑞典第四大城市。

桌面。"该死！"弹跳出一个窗口显示"Access Denied"（拒绝存取）。她又试了几次，直到屏幕上终于出现波纹，逐渐向内消失，蓦地一道彩色闪光："Access Granted"（允许存取）。不久，欧森认为不可能的事发生了。莎兰德就好像从虫洞被吸入另一个时空的虚拟世界，那是早在有网络以前的时代。

她迅速浏览着陈旧的扫描文件，以及用打字机或圆珠笔记录的名单。那些人名后面还有数字与笔记的字段，看起来像是测验结果。有些文件盖了"机密"的戳印。他在许多人名当中看见她的名字，还有一系列的报告。她仿佛将计算机变成了一条蛇，无声无息地钻进秘密档案间与密封的保险箱里。她持续了几个小时，从未中断。

他还是搞不懂她有何意图，不过从她的肢体语言和喃喃自语的情况看来，应该没有得到满意的结果。经过四个半小时后，她放弃了。他松了一大口气。他需要上厕所，需要回家看看葳妲好不好，然后上床睡觉，把全世界都抛到脑后。可是莎兰德叫他乖乖坐好闭上嘴。她还有一件事要做。她重新启动计算机，打了几个新指令。他发觉她企图入侵监狱的计算机系统，不禁大惊失色。

"别这么做。"他说。

"你不喜欢典狱长，不是吗？"

"什么？"

"我也是。"她说完，做了一件他不想看到的事。

她开始阅读法格的电子邮件与档案。他就这么袖手旁观，不是因为他痛恨那个管理富罗博加的人，也不是因为情况已完全失控，而是看到她使用计算机的样子。计算机就像是她身体延伸出来的一部分，她就像大师在演奏某种乐器，让他不由得对她产生信任。这么说也许不合理，他也不知道。总之他就让她继续下去，发动新的攻击。

显示器再次变黑，"允许存取"的字样也再次出现。怎么搞的？他从屏幕上看到办公室外面那条走廊。走廊上阴暗、毫无动静。她将同一段影片重复播放了几次，像是在扩充画面。很长一段时间，欧森只是两手放在腿上端坐，闭上眼睛，暗自希望痛苦赶快结束。

凌晨一点五十二分,莎兰德猛然起身,喃喃地说了一句"谢谢"。他没问她做了什么,就直接送她通过安全门,回到舍房,向她道声晚安。然后他开车回家,几乎一夜未眠——只在天快亮前打了个盹,梦见贝尼托和她的匕首。

第四章

六月十七至十八日

星期五是莉丝日。

每星期五下午，布隆维斯特都会去监狱探视莎兰德。他很期盼这一天到来，尤其现在他已逐渐接受事实，不再那么愤怒了。这可花了他不少时间。

检察官对她的起诉与法院的判决让他怒火中烧。他在电视上与报上激昂地咆哮痛骂。可是当他终于发觉莎兰德自己并不在乎时，才明白她的想法。只要能继续钻研她的量子物理、继续她的演算练习，她人在监狱或其他地方都没有差别。说不定她甚至把坐牢当成一种经验、一种机会。她就是这种怪人，面对人生总能随遇而安，每当他为她担心时，她往往也只是冲着他笑笑，就连移监到富罗博加时也一样。

布隆维斯特不喜欢富罗博加。没有人喜欢。全瑞典只有这里设有最高戒护女子监狱，莎兰德最后会被送到这里，是因为监所司司长英格玛·叶纳罗坚称这里对她而言是最安全的地方。瑞典国安局与法国情报单位对外安全总局都发现有人扬言要对她不利，据说威胁来自她妹妹卡米拉所在的俄国犯罪网络。

这很可能是事实，也可能是瞎扯。不过既然莎兰德不反对移监，也就这么执行了，反正她的刑期所剩不多。或许这样反倒更好。上星期五，莎兰德的精神似乎好得出奇。而且和她平时胡乱填饱肚子的垃圾食物相比，监狱的一日三餐堪称营养健康。

布隆维斯特正在前往奥勒布鲁的火车上，用笔记本电脑审阅七月号的《千禧年》杂志，今天傍晚就要送印了。车外大雨滂沱。根据气象预报，今年夏天将会是多年来最热的夏天。可是雨下得凶猛，连日不停，布隆维斯特很想逃到沙港的小屋清静一下。他一直很努力地工作，杂志社的财务状况良好。自从他揭发美国国家安全局资深官员勾结俄国组织犯罪集团窃取世界各国的企业机密后，杂志的销售重新再创佳绩。但这成功背后也有隐忧。为了让杂志更深入数字领域，布隆维斯特与编辑高层颇感压力。这是正向的发展，在新的媒体氛围中不可避免，但实行起来旷日费时。关于社交媒体策略的讨论总会让他分心。他已经开始挖掘几个不错的选题，却连一个都还没有追查到底。

更糟的是将美国国安局这条独家新闻交给他的人（莎兰德）现在关在牢里。他感觉对她有所亏欠。

他看向窗外，只希望耳根能清静些。想得美呢。坐在他旁边的老妇人从刚才就不断提问，现在又问他要上哪儿去。他尽量含糊其词。她是好意，近来烦他的人大多都是好意，幸好到了奥勒布鲁要下车，不得不中断与她的对话，让他大大地松了一口气。他冒着雨跑去搭接驳巴士。其实监狱离铁路线很近，只是因为附近没有车站，就得搭四十分钟的公交车，而且还是没有空调的斯堪尼亚巴士，真是荒谬。监狱的暗灰色水泥墙映入眼帘之际，已是下午五点四十分。这道七米高、布满条纹和褶皱的高墙，看起来好像一波巨浪正准备以骇人的攻势席卷这片开阔的原野，却瞬间冻结在这里。松林远得只剩天边一条线，放眼望去没有其他人烟。监狱入口太靠近平交道栅栏，因此大门前每次只能通行一辆车。

布隆维斯特下了公交车，通过铁栅门，走到警卫室，将手机和钥匙放在灰色置物柜里。进行安检时，他们好像故意刁难他，这种事常有。其中一个身上有刺青、理着小平头的三十多岁警卫，甚至伸手抓他胯下。接着牵来一条嗅闻毒品的警犬，是一条黑色的拉布拉多。他们真以为他会企图夹带毒品进监狱？

他决定不理会这一切，跟着一位身材较为高大、也不太令人讨厌的狱警走过长无止境的通道。监控中心的人员自动为他们打开安全门，因为从天花板上的监视器可以看到他们的行进过程。过了好一会儿他们才到达接见区，他又等了很久。

所以很难确切地说他是什么时候发现事情不太对劲的。

很可能是欧森出现时。欧森满头大汗，一副心神不宁的样子。他说了几句客套话，便带领布隆维斯特进入走廊尽头的接见室。莎兰德还是那身破旧褪色的囚服，穿在她身上总显得宽松可笑。通常他进来时，她会起身迎接。这回却只是坐在那里，神情紧绷，带着忧虑。她的头微微偏向一边，盯着他的身后看。她静默得极不寻常，回答问题都很简短，从头到尾没有和他对上一次眼。最后他不得不问她是不是出了什么事。

"这要看你怎么看。"她说。至少有个开端了。

"你想不想跟我多说一点？"

她不想："现在不行，在这里不行。"接着又默不作声。雨声噼里啪啦地打在运动场上与铁窗外的墙上。布隆维斯特茫然地环顾接见室。

"我需要担心吗？"他问道。

"那肯定是要的。"她咧嘴一笑说道。这称不上是他期望的玩笑话，但确实缓和了气氛，他也跟着笑了笑，问她有没有他能帮得上忙的地方。两个人都沉默片刻后，她才说："也许有。"他大吃一惊。除非迫不得已，莎兰德从不求助。

"好极了。你想要我做什么都行——只要合理的话。"他说。

"合理？"

她又露出讪笑。

"我希望避免犯罪活动，"他说，"要是我们俩都被关进这里来可不太妙。"

"你得关在男子监狱，麦可。"

"除非我迷死人的魅力让我获得特许可以来这里。怎么回事？"

"我有一些旧名单，"她说，"里头有些地方不太对劲。比方说，有一个叫里欧·曼海默的人。"

"里欧·曼海默。"

"对，他三十六岁。上网一下子就能找到。"

"这是好的开始。你想要我找什么？"

莎兰德四下张望了一下，就好像布隆维斯特能在这里找到他应该找的东西似的。接着她转过头来，心不在焉地说："我其实也不知道。"

"你要我相信这种话？"

"大致上来说，是的。"

"大致上来说？"他感到一阵烦躁，"好，你不知道。可是你要我去查他。他做了什么事情吗？或者只是看起来可疑？"

"你应该知道他工作的那家证券公司。但我希望你的调查不要有先入为主的想法。"

"拜托，"他说，"我得多知道一点。所以你说的到底是什么名单？"

"人的名单。"

她讲得实在太神秘，又太含糊，他一度觉得她只是想激怒他，他们应该很快就能像上个星期五一样闲聊起来。没想到莎兰德忽然起身叫唤狱警，说她想回舍房去了。

"你在开玩笑吧？"

"我不开玩笑的。"她说。

他想骂人，想大叫，想告诉她往返富罗博加要花他多少时间，星期五晚上要是想找更有意思的事情做实在太简单了。但他知道说了也没用。于是他站起来抱抱她，以略似严父的口吻叮嘱她要好好照顾自己。"应该会吧，"她说，"运气好的话。"她是故意语带嘲讽，只不过此时的她似乎已被其他思绪所占据。

他看着欧森将她带走，不喜欢她脚步声中静静透出的决心。虽不情愿，他还是乖乖地跟随狱方人员往反方向走，回到安全门后，打开置物柜取回手机与钥匙。他决定善待自己，搭出租车前往奥勒布鲁中央车站，在前往斯德哥尔摩的火车上，读了一本苏格兰犯罪小说家彼得·梅的作品。他把调查里欧·曼海默的事往后延，聊表抗议。

布隆维斯特很快便结束了探监，让欧森松了口气。他原本担心莎兰德会将贝尼托掌控他们舍房区的事告诉这位记者，但时间不够多，这是唯一的好消息。欧森已经想尽办法要让贝尼托移监，可是一点效果也没有，更糟的是有几位同事挺身为她说话，向狱方高层保证不需要采取新措施。她的暴行因此得以继续。

到目前为止，莎兰德只是观望等候。事实上，她给了他五天的期限，让他自己把事情摆平，并保护法黎雅。时限一过，莎兰德就会介入——至少她是这么威胁他的。如今五天已过，欧森非但未能促成任何改变，B区的气氛反而变得更让人紧张、更不舒服。某种危险正慢慢酝酿成形。

贝尼托似乎正在准备开战。她不断结交新盟友，访客人数多得异乎寻常。这可能也意味着她获得的信息之多异乎寻常。最糟的是她对法黎雅的恐吓与暴力行为变本加厉。没错，莎兰德始终离得不远，这么做有些帮助，但也惹恼了贝尼托。她会嘘莎兰德，会威胁她，有一回在健身房欧森无意中听到她说的话。

"法黎雅那贱人是我的，"她啐了一口，"只有我能让那个黑骚货有高潮！"

莎兰德看着地板咬牙切齿。欧森不知道她是因为期限未到，还是觉得无能为力。他心想应该是后者。不管这个女孩多有胆识，她完全没有可以用来对付贝尼托的武器。贝尼托是无期徒刑，再坏也不过如此，而且还有几个恶女（蒂娜、葛蕾姐和约瑟芬）做后盾。最近欧森经常担心会看到贝尼托手里有金属物品闪动。

他一天到晚去告知负责金属探测的工作人员，还命人一再搜索她的牢房，却仍担心这样是不够的。他觉得自己能看见贝尼托和她的喽啰在传递东西，毒品或是闪亮的物品。又或者只是他的内心在作祟。让他日子更难过的是，打一开始莎兰德就受到威胁。每当警铃响起或是接到无线电呼叫，他就怕是她出事了。他甚至试图说服她答应单独监禁，但她拒绝了。他不够强硬，无法坚持己见。他对任何事都不够强硬。

他因为内疚与忧虑而心力交瘁，时时提心吊胆。不仅如此，他还疯狂地加班，搞得葳姐不高兴，他和姨妈及邻居的关系也剑拔弩张。B区又闷热得让人受不了，他汗流浃背，整个人搞得精疲力竭，不停地看手表，等着法格来电告知贝尼托要转移了。但是没有来电。这是欧森第一次毫无隐瞒地将情况告诉法格，因此这位典狱长要不是比欧森想得还要笨，就是他也受贿了。至于是何者，不得而知。

星期五晚上，牢房门都上锁之后，欧森回到办公室整理思绪。但是清静没多久，莎兰德就按对讲机找他，想再用一下他的计算机。她什么话也没多说，一脸的阴沉。当天晚上他依然很晚才回到家，而且灾难已进入倒数的感觉更甚以往。

周六早上在贝尔曼路的住处，布隆维斯特照常看他的《当日新闻报》，又在iPad上看《卫报》《纽约时报》《华盛顿邮报》和《纽约客》杂志。他喝了几杯卡布奇诺和浓缩咖啡，吃着酸奶配什锦麦片和干酪肝酱三明治，悠闲地任时间流逝，每当他和爱莉卡讲最后的定稿送出付印后，都是这样。

最后他终于坐到计算机前面，开始搜寻里欧·曼海默。这个名字似乎都出现在与商业相关的网页中，但频率不高。曼海默在斯德哥尔摩经济学院取得博士学位，目前是阿弗雷·厄格连证券公司的合伙人兼研究主管，莎兰德猜得没错，这家公司布隆维斯特十分熟悉。对富人而言，他们是知名的基金管理人，只不过总经理伊瓦·厄格连爱吹嘘、好大喜功的行事风格，不太符合公司想保持低调的期望。

照片中的曼海默看起来体型瘦小，有一双大而机警的蓝眼睛、一头鬈发和像女人一样的厚嘴唇。根据最近一次的报税资料看来，他有八百三十万克朗的身价。还不差，但和那些巨头相比就微不足道了。搜寻过程最显著的收获（至少到目前为止）是《当日新闻报》四年前的一篇报道，里头提到他有过人的高智商。他小时候接受过测验，当时还引起不小的轰动。令人颇有好感的是他姿态放得很低。

"智商根本不代表什么，"他在一次访问中说道，"赫尔曼·戈林[①]

[①] 赫尔曼·戈林（Hermann Göring，1893—1946），纳粹德国最具影响力的政军领袖之一，曾任德国空军元帅。

智商就很高。但你仍然有可能是个笨蛋。"他提到同理心、敏感度与智商测验所测不出的一切有何重要性，并指出为某人的能力冠上一个数字是没有意义的，甚至是不诚实的行为。

看他的样子不像骗子，不过话说回来，骗子往往很善于伪装成圣人中的圣人，布隆维斯特不会因为曼海默似乎捐了不少善款，或是因为他显得聪明又谦虚就受到迷惑。

布隆维斯特认为莎兰德之所以给他曼海默的名字，绝不是为了推举他作为全人类的杰出榜样。原因他无从得知。他必须以开阔的心胸和思路来搜寻，不能受偏见的影响。她为什么就不能稍微帮点忙呢？他凝视着窗外的骑士湾，陷入沉思。雨终于不下了，天空逐渐放晴，看样子会是个明媚的早晨。他想要出门到"咖啡吧"再喝一杯卡布奇诺，看完那本侦探小说，把曼海默一股脑儿抛开——至少这个周末不再去想。杂志送印后的星期六是整个月当中最棒的日子，也是他容许自己整日不工作的唯一一天。可是……他做了承诺。

莎兰德不止给了他十年难得一见的独家新闻，帮助《千禧年》恢复受人崇敬的地位，她还拯救了一个孩子的性命，并揭发了一桩国际犯罪阴谋。要说有什么事是肯定的话，那就是检察官埃克斯壮和判她有罪的地方法院法官全是一群笨蛋。布隆维斯特收到的称赏赞叹，如洪水般从四面八方涌来，而真正的英雄却被关在牢里。因此他依着莎兰德的要求，继续仔细研读曼海默的资料。

没找到什么有趣的信息，但他确实发现自己和曼海默有个共通点。他们二人都曾试图查明布鲁塞尔"金融保全"公司受黑客攻击的真相。不可否认，瑞典有半数记者加上整个金融市场也都在深入探查，因此这算不上天大的巧合，但不管怎么说，也许还是一条线索。谁知道呢？关于这次的攻击，曼海默也许有他自己的独到见解，或许有某种内幕情报也说不定。

布隆维斯特和莎兰德讨论过这些异常事件。当时她一直在处理直布罗陀的资产，是今年的四月九号，就在她入狱前不久，奇怪的是她显得漠不关心。布隆维斯特以为她是想享受最后的自由时刻，所以尽管消息涉及黑客行为，她也懒得理会。但是她应该会感兴趣的，甚至说不定还知道点什么——他不排除这个可能性。

当天他在约特路的编辑办公室里，同事苏菲·梅尔克告诉他许多银行的网站出现了问题。布隆维斯特并未多想，证券交易所也没有响应这则新闻。但民众开始注意到国内交易量低迷，不久便完全停滞，成千上万的股民发现无法上网检视自己的持股，证券账户里根本没有资产。官方发出一系列新闻稿：

目前出现一些技术问题，我们正在尽力修正。
情况已获得掌控，问题很快就会解决。

可是忧虑不断扩大。克朗的汇率下跌，一时间谣言如海啸般来势汹汹，据说伤害的程度太严重，证券账户已不可能完整恢复，各类巨量的资产就这么化为乌有。尽管各官方机关出面澄清，斥之为无稽之谈，金融市场依然在暴跌。所有交易终止，许多人打电话大声叫嚣，邮件服务器也频频崩溃，还有人威胁要去炸掉瑞典国家银行。许多窗户被砸碎了。众多意外事件中，有一位金融业者卡尔·欧夫·卓勒因为踢一座铜像用力过猛，右脚有八处骨折。

眼看局面即将失控，事件却戛然而止。每个人账户里的资产重新恢复，中央银行总裁雷娜·邓科也亲自出面宣称本来就没有什么好担心的。也许真是这样。但这波恐慌中最有趣的一点不是信息科技安全本身，而是错觉与没来由的惊恐。

是什么原因引起的呢？

瑞典证券的登录中心——（因时势所趋）卖给比利时的"金融全全"公司之前称为中央集保结算所——受到阻断服务攻击，由此可见金融系统是何等脆弱。但整件事不只如此，还有诽谤、警告与睁眼说瞎话接连不断地出现，充斥于社交媒体，以至于那天布隆维斯特才会激动地高喊：

"是哪个王八蛋想让股市崩盘吗？"

接下来几个星期的时间，他的说法确实获得了支持，只可惜他和所有人一样，无法查明事情的真相。始终没有任何嫌犯受到指控，因此过了一阵子，他也就不再追究。全国人都不再追究。股市重新上扬，经济蓬勃发展，市场行情再度看涨，布隆维斯特于是将注意力转向更急迫的议题，诸如难民潮、恐怖袭击、欧美各地兴起的右派民粹主义与法西斯主义等。然而现在……

他想起莎兰德在接见室里的阴郁神情，又想到她受到的威胁，想到她妹妹卡米拉与她那些黑客及盗匪同伙。于是他又开始搜索起来，无意中找到曼海默为《焦点》周刊写的一篇文章。布隆维斯特对文章本身并不感到惊艳，曼海默只是老调重弹，不过其中有一部分内容以心理角度来叙述该事件，写得倒不错。布隆维斯特发现曼海默即将针对这个主题发表一系列演说，题目定为《市场的隐忧》。隔天星期天，瑞典股东协会将在史塔戈兹登码头举办一场活动，他也会上台以此题目进行演讲。

布隆维斯特对着网站上曼海默的照片端详了一两分钟，试着突破他的第一印象。他看到的是一个长相英俊、五官端正的男人，但眼神中似乎流露着一丝忧郁，即使连公司网站首页格式化的肖像也难以掩饰。曼海默从不使用绝对而明确的表述，他不会说现在马上卖、买、行动，他的每句话总是带有怀疑，总是一个问句。据说他精于分析、爱好音乐，很喜欢爵士乐，特别是较早期的所谓的热爵士。

他现年三十六岁，来自斯德哥尔摩西区诺克比的一个富裕家庭，出生时父亲荷曼已经五十四岁。荷曼曾经担任鲁斯维克工业集团的总经理，晚年还身兼数个董事职位，而且在阿弗雷·厄格连证券公司还拥有高达四成的股份。

他母亲薇薇卡，本姓汉弥敦，是个家庭主妇，在红十字会十分活跃，大半辈子的时间似乎都投注在儿子与儿子的天分上面。她接受的访问不多，却常常透着一丝精英意识。在《当日新闻报》关于里欧的高智商的报道中，他甚至暗示母亲偷偷地指导他。

"那些测验有点不太公平，我可能比别人准备得更充分一些。"他如此说，并指称自己早年在学校是个不服管束的学生，根据该文作者表示，这是天分高却动力不足的孩子常有的现象。

对于赞美与恭维的话语，曼海默经常是低调以对，或许可以当他是腼腆，但布隆维斯特觉得他背负着内疚与苦恼，好像认为自己未能达到小时候父母对他的期望。其实他一点也无须羞愧。他的博士论文以一九九九年的信息科技泡沫为主题，而且他也和父亲一样，成了阿弗雷·厄格连证券的合伙人。看起来他的财产多半都是继承而来，而不管好或坏的方面，他都不是特别突出，至少就布隆维斯特所见是如此。

在布隆维斯特挖掘出的讯息当中，只有一项略显神秘，那就是曼海默曾请假六个月（直到去年一月为止）去"旅行"。之后他重新投入工作，开始到处演讲，有时甚至会上电视——但不是以传统金融分析师的身份，而是比较像哲学家，像个老派的怀疑论者，不愿对未来这么不确定的东西下断言。他最近一次上《工商日报》的网络直播时，针对五月份的股价上涨说道：

"股市就像一个刚刚摆脱抑郁症的人。以前令他痛苦万分的一切好像忽然远去了，我只能给予股市最大的祝福。"

他显然语带讥讽。不知为何，那场直播布隆维斯特看了两遍，里头肯定有什么值得研究的地方。他是这么想的。不只是因为曼海默表达的方式，还有他的眼睛。那对眼中闪着哀伤嘲弄的光，就好像曼海默在沉思着截然不同的事情。也许这是他的聪明才智的特点之一，能同时进行多种不同思考，只是他看起来简直像是想逃离自己角色的演员。

这并不一定就代表曼海默有什么内幕可挖掘。尽管如此，布隆维斯特还是放弃了享受夏天的休假计划，哪怕只是为了向莎兰德证明他不会轻易认输。他从计算机前起身，踱步片刻又坐下来，仿佛游魂一般，他一下上网搜寻，一下整理书架，一下又到厨房东摸西找，但心里始终挂着曼海默这个人。到了下午一点，他正打算去刮胡子、满心不悦地站上磅秤（他的新习惯之一）时，忽然大喊出声：

"对呀，玛莲。"

怎么会把她忘了？难怪阿弗雷·厄格连证券听起来这么耳熟。玛莲·弗罗德在那里工作过。玛莲是他的前女友之一，女权主义狂热分子，热情无比，现在担任外交部发言人，在她辞去阿弗雷·厄格连的公关主任一职后那段期间，她与布隆维斯特爱得有多炽热，吵得就有多凶。玛莲有一双长腿，美丽的暗色眼眸，还有激怒人的过人本领。布隆维斯特拨了她的电话，事后才发觉面对夏日艳阳的诱惑，他对玛莲的怀念已超出他愿意承认的程度。

到了周末，玛莲·弗罗德很想关机，希望手机安静不出声，给她一点喘息的空间。但随时能联络得上也是她工作的一部分，所以她总会设法装出令人愉悦的专业口吻。迟早总有一天会爆发的。

实际上，现在的她是单亲妈妈。偶尔到了周末，前夫尼古拉斯会照顾儿子，却想因此就被当成英雄看待。他刚刚来接孩子，临走前丢下一句：

"去吧，好好玩乐一下，跟平常一样。"

他应该是在影射他们的婚姻濒临破裂时，她有过一段婚外情。她表情僵硬地对他微微一笑，然后和六岁儿子利努斯拥抱道别。但后来她觉得生气，一脚踢开路上一个马口铁罐，暗自咒骂。现在手机响了，八成是什么全球危机。最近的危机接连不断。结果不是，这次好多了。

是麦可·布隆维斯特，除了松一口气之外，她内心还涌上一股渴望。她往动物园岛的方向望去，看着一艘帆船通过海峡。她刚刚走上海滨大道。

"真是荣幸啊。"她说。

"说不上吧。"布隆维斯特说。

"这你就不知道了。最近在忙什么？"

"工作。"

"那不是老样子吗？劳碌命？"

"是啊,很不幸。"

"我比较喜欢你躺下来的时候。"

"我恐怕也是。"

"那就躺下吧。"

"好。"

她等了一两秒。

"躺下来了吗?"

"当然。"

"你现在穿什么?"

"几乎都没穿。"

"骗子。好啦,找我有什么贵事?"

"是正事。"

"无聊死了。"

"我知道,"他说,"但我就是忍不住一直想到'金融保全'的黑客攻击事件。"

"当然忍不住了。你从来都是一抓住就不放手的,除了人生道路上偶然邂逅的女人之外……"

"女人我也不轻易放手的。"

"好像也是,特别是当你需要她们提供消息的时候。要我帮什么忙?"

"我看到消息说你有个老同事也试图在分析那次的资料外泄。"

"是谁?"

"里欧·曼海默。"

"里欧啊。"她说。

"他是什么样的人?"

"个性很冷静的人——其他方面也和你不一样。"

"幸运的家伙。"

"非常幸运。"

"他和我有哪些地方不一样?"

"里欧他……"她住口不语。

"他怎么样？"

"第一，他不像你，跟水蛭一样老是贴着周围的人吸取信息。他是个思想家、哲学家。"

"我们水蛭总是有点野蛮。"

"你是个难得的人才，麦可。这你也知道。"她说，"不过你比较像牛仔，你没有时间像哈姆雷特那样，呆呆地站在那里犹豫不决。"

"这么说，曼海默和哈姆雷特是同类咯？"

"他根本不该进金融业，这点是肯定的。"

"不然他应该进哪一行？"

"音乐。他弹的钢琴就像仙乐一样。他有绝对乐感，的确是天赋异禀。而且，他不怎么爱钱。"

"对搞金融的人来说，这可不是什么优点。"

"可不是嘛。肯定是小时候日子太好，没饿过肚子。你怎么会对他感兴趣？"

"他对那次黑客攻击的一些看法，挺有意思的。"

"有可能。不过你是挖不到他任何丑事的，如果这是你的目的。"

"为什么这么说？"

"因为我的工作就是监视这些人，老实跟你说吧……"

"怎么样？"

"我很怀疑里欧能做出真正的诈欺行为。比起做可疑的投资或是一般而言的不当行为，他还宁可坐在家里郁闷地弹他的平台钢琴。"

"那他为什么要进商业圈子？"

"因为他爸爸。"

"那个了不起的大人物。"

"绝对了不起。和老阿弗雷·厄格连本人交情好得不得了，满脑子只想到自己。他坚决要让里欧变成金融天才，接下他在阿弗雷公司的股份，然后为自己在瑞典的经济圈中打下权力基础。而里欧……该怎么说呢……"

"说吧。"

"他不太有骨气,就这么被说服了,事实上也做得不错。不管做什么他都做得不错,但也不是特别杰出。他本来可以更出色的,就是缺乏动力。他有一天告诉我,说他觉得自己被剥夺了一样很重要的东西。他有创伤。"

"创伤?"

"童年某些不好的经历。我始终没有跟他亲近到能够了解这些话。虽然有一段很短的时间……"

"很短的时间怎么样?"

"没什么,我们应该只是玩玩。"

布隆维斯特决定不再追问。

"我还看到他请假去旅行。"他说。

"在他母亲死后。"

"她怎么死的?"

"哦,很可怕。胰脏癌。"

"可怜。"

"我觉得其实这样对里欧也好。"

"哦?"

"他爸妈总是对他很不满。我倒希望他借此机会脱离金融界,认真地开始弹钢琴或做什么都好。你知道吗?就在我离开阿弗雷·厄格连之前,里欧过得非常快乐,我一直不知道为什么,总之有一小段时间,他好像逃离了笼罩在他头上的乌云。可是后来状况反而更糟。真让人难过。"

"那时候他母亲还活着吗?"

"还活着,但没多久就走了。"

"他去哪里旅行?"

"不知道。当时我已经离职了。"

"最后他又回到阿弗雷·厄格连。"

"我想他没有勇气挣脱。"

"他现在会发表演讲。"

"也许这一步走对了方向,"她说,"他为什么会让你感兴趣?"

"他拿布鲁塞尔的攻击事件和其他散布假情报的活动做比较。"

"俄国的活动,是吗?"

"他把它形容为现代的战争形态,我觉得很有意思。"

"以谎言作为武器。"

"以谎言制造混乱与惊慌。谎言成了暴力的替代品。"

"不是有证据显示那次黑客攻击是从俄国发动的吗?"她说。

"是啊,但没有人知道俄国那边的幕后黑手是谁。克里姆林宫的先生们当然声称与他们无关。"

"你怀疑是你一直在追查的那个帮派吗?叫蜘蛛会的?"

"曾经想过。"

"我很怀疑里欧能给你什么帮助。"

"也许不行,但我想……"

他似乎一时乱了思绪。

"请我喝一杯吗?"她提议道,"还是给我一堆谄媚赞美的好听话和昂贵的礼物?还是带我去巴黎?"

"什么?"

"巴黎,欧洲的一个城市。听说有一座很出名的塔。"

"明天,里欧会在摄影博物馆现场接受访问,"他说道,好像根本没听到她说话,"你为何不跟我一起去?也许能知道些什么。"

"知道些什么?拜托,麦可,面对一个沮丧的姑娘,你只能有这种提议?"

"暂时是的。"他回答的口气又再次显得心不在焉,让她更加恼火。

"布隆维斯特,你这个猪头!"她呸了一声,挂断电话。她站在人行道上,内心燃烧着一股每次和他说话就会炸开的熟悉的怒火。

不过她很快就冷静下来。一段与布隆维斯特无关的回忆在慢慢浮现。她脑海中可以看见某天深夜,曼海默在阿弗雷·厄格连的办公室里，正在一张寄信纸上写字。这一幕似乎隐含着某种讯息，那感觉如薄雾般弥漫于滨海大道。玛莲呆立了片刻，陷入沉思。随后信步走向皇家戏剧院与伯恩斯饭店，一面暗暗咒骂所有前夫、前男友与其他典型的男人。

布隆维斯特发觉自己说错话惹恼了她，正想着要回拨电话道歉，甚至可以请她吃顿饭，忽然间无数的念头纷纷涌入脑中，结果他改打电话给了安妮卡。安妮卡·贾尼尼不只是他妹妹，也是莎兰德的律师。或许她会知道莎兰德在找什么。她对于为当事人保密一事一丝不苟，但倘若透露信息对当事人有帮助，她可能会乐于配合。

起先无人接听，但半小时后她回电了，并立刻证实莎兰德似乎变了。安妮卡认为最高戒护监狱的情形，莎兰德始终看在眼里，现在她已能看清那里并不安全。正因如此，安妮卡才会一再要求让莎兰德移监。可是莎兰德不肯。她说她有事情要做，而且坚称她毫无危险。但是有其他人，尤其是一个名叫法黎雅·卡齐的年轻女生，先是在家里因为名誉问题受到暴力对待，进了监狱后又饱受霸凌。

"那个案子很有意思，"安妮卡说，"我打算接下来。这个可能对我们俩都有好处，麦可。"

"什么意思？"

"你有好的报道素材，对我的研究也可能有所帮助。这里头有种不太对劲的感觉。"

布隆维斯特没有上钩，而是转移话题："你还有没有再听说过莉丝受威胁的事？"

"不算有，只不过消息来源多得吓人。全是关于她妹妹，关于那些俄国罪犯和硫磺湖摩托俱乐部。"

"你怎么处理？"

"尽全力处理啊，麦可，要不然呢？我已经向狱方施压，要他们加强维护她的安全。目前我没有看到任何迫切的危险，但有另一件事可能影响了她。"

"什么事？"

"潘格兰去探过监。"

"你开玩笑。"

"没开玩笑，声势应该挺壮观的。不过他坚持要去，我想应该有什么重要的事。"

"我实在无法想象他怎么有办法到达富罗博加？"

"繁琐的手续是我帮他搞定的，来回的交通费是莉丝帮他付的，还有一名随车护士。他就坐着轮椅进监狱。"

"这次会面让莉丝心烦吗？"

"她当然没有那么容易心烦。不过她和潘格兰很亲近，这我们俩都知道。"

"会不会是潘格兰说了什么话让她心浮气躁？"

"比如说？"

"也许是关于她的过去。这方面没有人比他更了解了。"

"她没这么说。眼下唯一让她感觉强烈的就是那个名叫法黎雅的女人。"

"你有没有听说过里欧·曼海默这个人？"

"有点耳熟。怎么会问起他？"

"只是想到。"

"莉丝提过他吗？"

"以后再告诉你。"

"好，但如果你想知道她和潘格兰谈了些什么，直接和潘格兰联络应该是最好的办法，"安妮卡说，"这个时候你要是能多关注他一下，莉丝应该会感激你。"

"我会的。"他说。

挂断电话后，他立刻打给潘格兰。电话一直是忙音，等了八百年还是接不通，然后忽然就没人接电话了。布隆维斯特考虑要不要干脆直接上利里叶岛去，但随即又想到潘格兰的健康情况。他年迈体弱，病痛缠身，需要好好休息。布隆维斯特决定等一等，并转而继续搜寻曼海默的家庭与阿弗雷·厄格连公司的信息。

他收获不少。只要他深入挖掘，总能找到些什么。可是毫无特别之处，看似与莎兰德或黑客攻击也毫无关联。于是他改变策略，原因正在于潘格兰与他老人家对莎兰德童年的了解。布隆维斯特认为曼海默与她的过往有所牵连，绝非不可能的事，毕竟她提到了一些旧名单。因此他决定回溯久远的过去，至少回溯到网络与数据库能回溯的地步。《乌普萨拉新新闻报》有一篇报道吸引了他的目光。有一段时间，这则新闻引起了不小的关注，因为它夹在 TT 通讯社同一天送出的新闻稿当中。据他看来，这起意外并未再度被提及，很可能是考虑到牵涉其中的人，而且当时的媒体比较宽容——尤其是对精英阶级。

这起戏剧性的事故发生于二十五年前，事关东哈玛的一场猎麋鹿活动。阿弗雷·厄格连的狩猎队（曼海默的父亲荷曼也是其中一员）在用完为时颇长的午餐后，重新回到森林里。午餐时肯定喝了酒。当时似乎阳光灿烂，由于种种原因，大伙各自分散了。有人在林间看见两头麋鹿，便开了枪。有个年纪较大、名叫培·费特的人，时任鲁斯维克集团财务长，自称兴奋得头脑不太清醒，加上动物的动作迅速，让他搞混了。他开了一枪，随即听到尖叫与求救声。结果是狩猎队的另一名成员，一位名叫卡尔·赛革的年轻心理医生腹部中弹，就在心窝处。没过多久，他就在一条小溪旁断气了。

在警方的后续调查中，没有证据显示这不是意外，更没有证据显示阿弗雷·厄格连或荷曼·曼海默涉案。但布隆维斯特认为这其中可能有重大线索，尤其又得知培·费特——开了那致命一枪的人——也在一年后去世，没有留下妻儿。在一篇无足轻重的讣闻中，他被形容为"忠贞不渝的友人"，也是为鲁斯维克集团全心奉献的忠实伙伴。

布隆维斯特望向窗外，沉思起来。骑士湾上方的天空已转黑，天气骤变，又下起了烦人的雨。他伸伸懒腰，按摩一下肩膀。那个中枪身亡的心理医生会不会和里欧·曼海默有什么关联？

无从得知。这有可能是个死胡同，只是一场没有特殊意义的悲剧。即便如此，布隆维斯特仍尽可能地搜寻有关那位心理医生的信息。能找到的不多。卡尔·赛革去世时三十二岁，才刚刚受雇。前一年，他在斯德哥尔摩大学取得博士学位，论文题目是关于听力对自我知觉的影响。这被称为"实证研究"。

网络上找不到内容，无法确切知道研究的结果是什么，不过布隆维斯特利用谷歌学术搜寻找到赛革的其他学术文章，这些文章也简略提到了这个主题。其中有一篇描述的是一项古典实验，实验显示，在数百张照片中，假如受试者的照片经过美化让他们显得更有魅力，他们便能更快指认出来。当我们需要在群体中追求配偶或领导地位，高估自我是一种演化优势，但也必定伴随着风险："对自己的能力太有信心可能会妨碍成长。自我怀疑在智能的成熟发展上扮演关键的角色。"赛革如此写道。称不上什么创见，但至少他提到有关孩童的研究与自信的重要，还算有趣。

布隆维斯特走进厨房收拾餐桌，清理流理台。他已决定即使玛莲不去，他也要去摄影博物馆听曼海默的演讲。这件事他要一探究竟。可是还来不及进一步多想，门铃忽然响了。他感到气恼——总该先打个电话吧。气归气，他还是去开了门。

第五章
六月十八日

法黎雅双手抱膝，缩坐在牢房床上。她只是个苍白且随时可能消失的影子，这是她对自己的想法，但凡是见到她的人无不深感着迷。从她四岁那年自孟加拉国来到瑞典以后便是如此——如今她二十岁了。

法黎雅在斯德哥尔摩郊区瓦勒岛的一栋公寓大楼长大，家里有三个哥哥、一个弟弟。她的童年平淡无奇。父亲卡林姆开了一家连锁干洗店，家境变得相当富裕，后来在希克拉买了一间有大型观景窗的公寓。

法黎雅会打篮球，功课也不错，尤其是语言方面，她还喜欢做女红、画连环漫画。然而进入青春期后，她渐渐被剥夺了自由。她知道最直接的原因就是她已届妙龄，便在小区招来不少口哨声。但她深信这番改变来自不可知的世界，一如东方吹来的冷风。当母亲爱莎因为严重中风去世后，情况变得更糟。他们家失去的不只是母亲，还有望向世界的窗与理性的力量。

坐在舍房里的法黎雅想起有一天晚上，来自波切尔卡的教长哈山·费尔多希，未先告知便上他们家来。法黎雅很喜欢这位教长，一直迫切地等着要跟他说话。可是费尔多希不是来串门子的，她在厨房里听见他气愤地说：

"你们误解伊斯兰教了。要是再这样下去，后果不堪设想。"

那天晚上过后，她自己也这么认为。她两个较年长的哥哥艾哈迈德和巴希尔流露出一种越来越病态的残酷恨意。他们（而不是父亲）坚持要她穿戴蒙面罩袍，哪怕只是到街角去买牛奶也不例外。如果完全照他们的意思做，她会烂在家里。另一个哥哥拉赞没有那么严厉，也没有特别插手管教她，他有其他嗜好。但他也没有因此成为她的盟友,而是倾向于跟随艾哈迈德与巴希尔,不时留意她的一举一动。

虽然受到严密监视,法黎雅偶尔仍能找到几扇自由之窗,只不过需要撒谎与创意。哥哥们让她保留她的笔记本电脑,有一天她上网看到一个消息,哈山·费尔多希本人将在文化中心与一位姓高曼的犹太教士,针对宗教对女性的迫害进行辩论。当时是六月底,她刚刚从国王岛高中毕业,已经十天没出家门。她很想逃离,想得都快发疯了。她的姑妈法娣玛是个制图师,单身未婚,也是法黎雅在家中的最后一位盟友。要说服法娣玛并不容易,但她看得出来法黎雅有多绝望,最后终于答应佯称要和法黎雅一起吃个便饭。哥哥们相信了。

法娣玛在坦斯达的公寓接待法黎雅,但旋即让她直接去市区。法黎雅得在八点半以前回来,巴希尔会来接她,不过还有一点时间。姑妈借给她一袭黑色洋装和一双高跟鞋。这身打扮或许略嫌隆重——她不是去参加派对,而是去听宗教辩论会。但是盛装让她有种特别的感觉。事实上,她几乎不记得讨论的内容,因为光是出席又看到现场那么多观众,已经让她无心听讲,甚至有一两次觉得感动莫名。

辩论会后开放问答,观众席上有人问为什么每次男人创立一个宗教,最后受苦的总是女人。费尔多希回答得语意模糊:

"我们因为自己的渺小而利用最伟大的存在作为工具,这点实在令人深感难过。"

她还在思考这句话,周遭的人已纷纷起身。有个身穿牛仔裤、白衬衫的年轻男子朝她走来。她很不习惯没有穿戴蒙面罩袍或头巾就直接与年纪相仿的男孩见面,感觉好像赤身裸体,过于暴露。但她没有逃走,仍继续坐在位子上,谨慎地观察他。他年约二十五岁,不是特别高大,虽然不是很有自信的模样,两眼却闪闪发光。他脚步中带着轻盈,与严肃甚至阴郁的神情形成强烈对比,而且他还显得害羞,让她感到安心。他用孟加拉国语和她说话。

"你是孟加拉国人,对吧?"他说。

"你怎么知道?"

"我就是知道。哪里人?"

"达卡。"

"我也是。"

他露出亲切无比的笑容,让她忍不住也报以微笑。他们四目交接,她的心怦怦跳得厉害。之后,法黎雅只记得他们一块儿慢慢逛到赛耶尔广场,一开始交谈便开诚布公。两个人正式自我介绍完毕后,他对她说起在达卡有一个提倡自由言论与人权的博客,他曾经上去发表过言论。那些留过言的人最后都被伊斯兰极端分子列入暗杀名单,一个接着一个遭到谋害。他们被人用菜刀残忍砍杀,警察和政府却毫无作为。"一点作为都没有。"他说。因此他才会被迫离开孟加拉国,与家人来到瑞典寻求庇护。

"有一次事情发生时,我人就在现场。我的运动衫溅满了我最好的朋友的血。"他说。尽管她不完全理解(至少当时不太理解),却感受到他的哀愁比她的更大,也对他生出一种按理说对相识时间这么短的人不会有的亲密感。

他名叫贾马·裘德里。她牵着他的手,连咽口水都觉得艰难。但两个人还是信步朝国会大厦的方向走去。许久以来,这是她第一次感觉整个人活了过来。但并未持续太久,后来想到巴希尔的黑眼睛便开始焦虑起来。来到旧城区后,她就自己走了。但接下来的日日月月里,她会借由两个人邂逅的回忆来寻求慰藉。那就像一个宝藏密室。

那么她在牢里仍紧守着这段回忆也就不足为奇了,特别是在这天晚上,货运列车隆隆驶过之前。随着贝尼托的脚步声越来越近,法黎雅全身每个细胞都知道这回会比以前更惨。

欧森在自己的办公室里,还在等法格的电话。可是时间一分一秒过去,电话始终没响。他低声咒骂,心里想到女儿。今天欧森原本预定休假,带葳妲去韦斯特罗斯看一场足球赛,后来全部取消了,因为他不敢离开工作岗位。当他第 N 次请姨妈当保姆时,便觉得自己真是有史以来最差劲的父亲。但又有什么办法?

他拼命想让贝尼托移监,却招致反效果。贝尼托全都知情,总是以威胁的眼光狠狠瞪着他。整个监狱骚动不安，到处都可见到囚犯窃窃私语，仿佛即将发生重大冲突或暴动，而他则是以哀求的眼神看着莎兰德。她答应过要处理这个情况，比起问题本身，这个承诺同样令他焦虑，因此他也坚持先让他试着解决。如今五天已经过去，毫无成果。他实在害怕死了。

不过，还是有个好的结果。他本来以为会受到内部调查，因为监视器录到他在囚房上锁后和莎兰德一起走进办公室，一直待到凌晨。接下来的几天，他随时都等着被高层叫去问一些难以回答的问题。结果没有。等到最后他再也忍不住，便借口要查看几桩与贝尼托有关的事故，而匆匆赶到B区的监控中心，心怀忧惧地找到六月十二日晚上到六月十三日清晨的录像画面。

起初他无法理解，于是将画面一再回放，却只看到一条安静无人的走廊，既没有他也没有莎兰德的身影。他安全了。虽然他宁可相信在那一刻，监视器刚好奇迹似的故障，但事实如何他心知肚明。当时他亲眼看见莎兰德黑进监狱的服务器，想必是在某些监视画面动了手脚。他大大地松了口气，但又觉得心惊胆战。他暗咒几声后再次查看邮箱，毫无音讯。要找个人来把贝尼托带走，真的就这么难吗？

时间是晚上七点十五分。外头大雨如注，他应该要去查看一下法黎雅的牢房有没有出事，应该要去对贝尼托盯得更紧一些，让她的日子不好过。但他仍待在原处，动也不动。他环顾办公室一圈，内心感到不安。昨天莎兰德在这里做了些什么呢？那几个小时十分诡异。她把那些旧数据重新浏览一遍，这次找的是一个叫丹尼尔·卜洛林的人。他只知道这么多，但实际上欧森也尽量不去看，他不想介入太多。只不过无论他想不想，毕竟也已经介入了。莎兰德用他的计算机打了一通电话，奇怪的是她的口气像变了个人，变得亲切友善。对话中她问到有没有发现新文件，然后一讲完电话，就要求回舍房了。

二十四小时过后，欧森越来越忐忑，决定到囚室去看一看。他刚从办公椅上跳起来，还来不及进一步动作，内部电话就响了。是法格，终于回电了。明天早上就可以把贝尼托送到海诺桑的哈莫佛斯监狱。这是天大的好消息，欧森的心情却不如预期的轻松。一开始他不明白为什么，后来听到货运列车驶过，他没有再多说一句便挂断电话，匆匆奔向监狱舍房区。

布隆维斯特稍后会说自己遭受了袭击，但这是长久以来，他所遭遇到较令人愉快的一次袭击。玛莲站在门口，全身淋成落汤鸡，脸上的妆都花了，眼中带着狂野而坚定的眼神。布隆维斯特看不出她是来揍他还是来扒光他的衣服。

结果是介于两者之间。她把他推到墙壁上，两手抓住他的臀部，说要惩罚他整天只知道工作不知道玩乐，凶悍的同时也性感得要命。他还来不及反应，她已经将他压倒在床跨坐在他身上，而且不止一次达到高潮，是两次。

完事后他们紧贴着彼此躺卧着，粗粗地喘息。他轻抚她的头发，对她说着甜言蜜语。他发觉自己是真的想念她。骑士湾上有帆船纵横往来，雨滴叮叮咚咚打在屋顶上。这是个美好时刻。然而他思绪飘走了，玛莲立刻察觉。

"我已经让你厌烦了？"她说道。

"什么？不，不是，我一直渴望和你重聚。"他说，而且是认真的，只是他也觉得内疚。刚刚和许久未见的女人欢爱完，实在不应该想到工作。

"你最后一次说实话是什么时候？"

"我是真的很努力，事实上也常常在努力。"

"又是因为爱莉卡？"

"不是。就是我们在电话里谈到的事。"

"那次黑客攻击？"

"和其他一些事情。"

"里欧吗？"

"他也是。"

"拜托，那你告诉我啊，你到底为什么对他那么感兴趣？"

"我也不确定是这样。我只是想把一些事兜起来。"

"我越听越糊涂了,小侦探布隆维斯特。"

"哦?"

"你有事情没告诉我,难道是为了保护消息来源?"她说。

"也许是。"

"王八蛋!"

"抱歉。"

她脸色缓和下来,将一绺发丝往后拨。

"我们谈过以后,关于里欧,我的确想了很久。"她说。

她将羽绒被裹紧一些。她的魅力着实难以抗拒。

"你想到什么了吗?"他问道。

"我想起他答应过会告诉我他为什么那么高兴。可是后来他不再快乐,我也不忍心逼问。"

"你怎么会想到这个?"

她迟疑了一下,望向窗外。

"或许是因为看到他快乐,我既为他高兴,也觉得担心。他变化太大了。"

"也许他恋爱了。"

"我正是这么问他的,他一口否认。当时我们在丽希的酒吧里,这件事本身也很不寻常。里欧不喜欢人多的地方,却愿意到那里去。本来是想讨论谁会来接我的位置,但里欧根本不可理喻,每次我提到一些人名,他就转移话题。他想谈论爱与人生,然后就自顾自地谈起他的音乐。我完全听不懂,老实说真的很无聊。说什么人天生就会喜欢特定的和音与音阶之类的。反正我没认真听。他整个人亢奋到让我生气,我像个傻瓜似的冲他发脾气:'你是怎么回事?你非告诉我不可。'可是他什么都不肯多说。他不能说,还不能。他唯一愿意说的就是他终于找到自己的归属。"

"他看见光了?"

"里欧痛恨宗教。"

"那是什么原因?"

"没概念。我只知道他的快乐来得快去得也快,短短几天后,他就彻底崩溃了。"

"什么意思?"

"那是一年半前的圣诞前夕,我在阿弗雷·厄格连的最后一天。我在家里办了一个欢送派对,里欧没来,让我很烦。毕竟我们关系很亲密。"她乜了布隆维斯特一眼,"不必嫉妒。"

"光是这样还不足以让我嫉妒。"

"我知道,我就恨你这样。你至少可以假装一下,哄我开心。总之,刚认识你那段时间,我和里欧有过一段无伤大雅的暧昧期。我当时在办离婚,又有一堆杂事,生活一团乱,可能就是因为这样才会对他忽然那么快乐感到震惊。再说那也不符合他的个性。派对结束后,我半夜打电话给他,他人还在公司,我听了更烦。但是他一再地道歉,我也就原谅他了,当他问我要不要过去喝杯睡前酒,我马上跑去了。我不知道该期待些什么。里欧称不上工作狂,没道理这么晚了还留在公司。那个房间以前是他爸爸的办公室,墙上挂了一幅后印象派画家达德尔的作品,角落里摆了一个传奇家具大师豪普特风格的斗柜。实在难以想象。有时候,里欧会说那种可憎的奢华让他觉得很难为情。可是那天晚上我到了那里……我也不知道该怎么形容。他两眼闪闪发光,声音里有一种新的、破碎的感觉。他努力地微笑,露出快乐的神情,但眼神失落而悲伤。斗柜上有一只空的勃艮第红酒瓶和两只用过的杯子,刚才显然有客人。我们互相拥抱,交换几句玩笑话,喝下半瓶香槟,并承诺会保持联系。但他很明显的心不在焉。最后我便说:'你看起来不再快乐了。'他说:'我很快乐。我只是……'他没把话说完,而是沉默了好一会儿,把杯里的香槟干了,一脸的心烦意乱,说他打算捐一大笔钱。"

"给谁?"

"我不知道,我怀疑他是临时起意做的决定,话一出口,脸色立刻显得尴尬,我也决定不再深究,感觉太私密了,之后我们就这样别扭地坐在那里。最后我站起来，他也跟着跳起来，我们再次拥抱，有点敷衍地亲吻一下。我叫他多保重，然后走进走廊等电梯。不一会儿，我越想越生气，决定再回去找他。可是等我走到他办公室——我是说甚至还没开口以前——就发觉自己会打扰他。他坐在那里，在一张看起来很特别的纸上写字，看得出来他字斟句酌。他的肩膀紧绷，眼中似乎有泪。我不忍心打断他，他也始终没有注意到我。"

"你不知道是怎么回事？"

"事后我猜想可能和他母亲有关。她在几天后去世了，然后你也知道里欧请了假，出门旅行了很长时间，不见踪影。也许我应该和他联络，向他致哀。但是如你所知，当时我自己的生活都变成一场噩梦。新工作让我忙得日夜不分，偶尔有空还要和前夫大吵大闹，除此之外还得跟你上床。"

"这肯定是最糟的部分。"

"很有可能。"

"后来你没有再见过里欧了？"

"没见过本人，只在电视上看过一个节目片段。我以为我已经忘了他，又或者比较像是已经把他推出心门。可是当你今天打电话来……"玛莲迟疑着，仿佛在搜寻语句，"我想起了办公室的那一幕，感觉有点不对劲。我也说不出个所以然，就是心里放不下。后来我太恼火了，又试着打电话给他，但他已经换了号码。"

"我有没有跟你说过有个心理医生在阿弗雷·厄格连的一场狩猎会上丧命？事发时里欧还小。"布隆维斯特说。

"没有，怎么了？"

"那个医生名叫卡尔·赛革。"

"没听过。发生了什么事？"

"二十五年前，赛革在东哈玛附近的森林猎麋鹿时，腹部中弹——很可能是意外。开枪的是鲁斯维克的财务长培·费特。"

"你怀疑是故意杀人？"

"倒也不是，至少现在还不是。只是我觉得赛革和里欧可能关系不浅。里欧的父母准备大大地投资和栽培儿子,不是吗?练习智商测验之类的。我看到赛革写过关于自信心对于年轻人成长的重要性,所以我在想……"

"里欧的自我怀疑恐怕高于自信。"玛莲说。

"赛革也写到这一点。里欧会不会经常谈起他的父母?"

"有时候会,但总是勉为其难。"

"听起来不妙。"

"我可以确定荷曼和薇薇卡有他们的优点,但我认为里欧悲惨的原因之一是他从来没办法反抗他们。他们从来不许他走自己的路。"

"换句话说,他是勉强成了理财专家。"

"他内心里肯定也有一部分想要这样。世事从来都不是百分之百的。可是我相当确定他的梦想就是挣脱出来得到自由。也许就是这样,他坐在桌前那一幕才会困扰我。他几乎像是在诀别——不只是向他母亲,也在向另一个更重要的东西诀别。"

"你说他是哈姆雷特。"

"主要是和你对比之下吧。不过他的确对任何事情都犹豫不决。"

"哈姆雷特最后变粗暴了。"

"哈,是啊,但是里欧绝对不会……"

"绝对不会怎样?"

玛莲的脸上掠过一道阴影,布隆维斯特一手按着她的肩。

"怎么了?"

"没什么。"

"别这样,说吧。"

"其实,我还真有一次看过里欧情绪完全失控。"她说。

晚上七点二十九分。法黎雅感觉到货运列车的第一阵抖动犹如一阵剧痛穿遍她的全身。距离锁门时间只剩十六分钟。但这期间有可能发生很多事情,这点她比谁都清楚。走廊上,警卫的钥匙哐啷哐啷响,有人在大声说话,虽然她听不清楚,却感受得到嘈杂中的骚动。

她不知道发生了什么事，只知道出了紧急状况。而且听说贝尼托可能要走了。一个小时前就觉得雷声滚滚而来，现在列车的震动则是她们与外界的唯一联系。

墙壁仿佛在晃动着，受刑人来来回回走动，但不像要发生什么重大事情。也许今晚她终于能落得清静。警卫们看似提高了警觉，分区主任欧森一直在密切注意着她，他好像时时刻刻都在工作。也许他终究还是会保护她，也许一切都会没事，不管外面的人在小声地说些什么。她想到兄长与母亲，想到瓦勒岛的草坪上阳光曾经那么灿烂。

然而她的幻想被打断了。稍远处可以听到拖鞋啪嗒啪嗒响，她认出了那个声音，满心恐惧，如今再无疑问了。法黎雅感觉呼吸困难，她真想在墙上砸一个洞，沿着铁路线逃离，或是像变魔术一样凭空消失，可是她逃不出这间牢房与这张床的掌控。她又像在希克拉时一样脆弱，她试着再次回想贾马，却没有帮助，慰藉无处可寻。列车轰隆隆行驶而过，脚步声越来越近，很快便会再闻到那股甜甜的香水味。再过几秒钟，她又会一如既往被抛入那个无底深渊，即便无数次告诉自己反正人生已经无望，反正也不怕再失去什么，可依然无济于事。每当贝尼托出现在门口，带着胜利的笑容说哥哥们要向她问好，她就吓得魂不附体。

贝尼托不见得跟巴希尔和艾哈迈德碰过面，甚至不见得和他们联系过。这声招呼有如致命的威胁，紧接着贝尼托总会又扇耳光又轻柔爱抚，摸着她的乳房与双腿之间，骂她贱人、婊子。但是抚摸与咒骂还不是最糟的，最糟的是这感觉好像只是在为更可怕得多的事做准备。有时候她会预先看到贝尼托手中有金属光芒闪现。

贝尼托恶名昭彰的原因来自一对印度尼西亚短剑，据说那是她在发了一连串誓言后自己铸造而成。还有人说只要将那对短剑指向某人，就等于宣判死刑。这些传闻犹如一圈邪恶的光环，混杂着香水味，伴随贝尼托来往于监狱各个廊道。法黎雅经常想象贝尼托拿着短剑攻击她的情形。有些时候，她觉得自己能欣然迎接。

她倾听着 B 区里的响动，一度燃起希望。拖鞋拖行声消失了。

贝尼托被拦下了吗？没有，又开始走动了，而且还有同伴。这时的香水味夹着刺鼻的汗味和薄荷糖味。是蒂娜·葛兰伦，贝尼托的喽啰兼保镖。法黎雅知道这意味的不是减刑，而是层次升级。这下她不好过了。

此时门口已能看见贝尼托涂了指甲油的脚指甲，她苍白的脚趾从狱方统一发放的塑料拖鞋前端突伸出来，卷高的袖子底下露出蛇纹刺青。她流着汗、化了妆，眼神冰冷，却面带微笑。再没有人的笑容能像贝尼托这样令人如坐针毡。蒂娜跟在她身后进来，随手关上了房舍的门——在这里只有狱警可以关门。

"葛蕾妲和洛兰就在外面，所以不用担心有人来打扰。"蒂娜说。

贝尼托朝法黎雅跨前一步，手插在裤袋里不知玩弄着什么。她的微笑扁成一条细线，几乎细不可察。接着苍白额头上显出新的皱纹，唇上出现一滴汗水。

"现在情况有点急，"她说，"那些狱卒想把我送走，你听说了吗？所以我们现在就得做个决定。我们喜欢你，法黎雅。你人长得漂亮，我们喜欢美女，可是我们也喜欢你那些哥哥。他们出手很大方，现在我们想知道……"

"我没钱。"法黎雅说。

"女生有其他付钱的方法，而且我们有自己的喜好、自己的货币，不是吗，蒂娜？法黎雅，我有个东西要给你，也许能让你稍微配合一点。"

贝尼托的手又伸进裤袋，并露出大大的笑容，那笑容中蕴含着一种胜券在握的冷酷自信。

"你觉得我手里有什么？"她说道，"会是什么呢？不是我的印度尼西亚短剑，所以你不必担心。不过对我来说还是很宝贵的东西。"

她从口袋掏出一件黑色物体，发出咔嗒一声金属声。法黎雅无法呼吸。那是一把刀刃细长的匕首。她吓得全身僵硬，连贝尼托一把抓住她的头发往后拉扯都来不及反应。

小刀慢慢靠近她的喉咙，直到抵住颈动脉，贝尼托就像在示范哪里才是最致命的下刀处。贝尼托口沫横飞、愤恨怒喊着要她为自己血液里的原罪赎罪，让家人重获幸福。法黎雅鼻孔内可以感觉到那股甜香水味，吸了一口，却掺入烟草的酸味和一种闷浊、恶心的味道。她无法再多想，便闭上双眼，因此一时间没能明白囚室里怎会忽然一阵令人心惊的警铃声。但她随即发现身后的门打开后又重新关上。

房里多了一个人。一开始，法黎雅不知道是谁，却从眼角余光瞥见了莎兰德。她的表情怪异、眼神空洞、若有所思，好像不知道自己身在何处。即使当贝尼托走上前来，她也毫不退缩。

"我没打扰你们吧？"她说。

"你就是打扰了。谁他妈的让你进来的？"

"你留在外面的那些女生。她们倒是没有太大惊小怪。"

"白痴！你没看到我有这个吗？"贝尼托挥着小刀，尖声喊道。

莎兰德瞄了小刀一眼，还是没有反应，只是漫不经心地看着贝尼托。

"滚出去，你这贱人，不然我就像剁猪肉一样把你剁碎。"

"只怕你没时间了。"莎兰德说。

"是吗？"

一波恨意在囚室里扩散开来，贝尼托举起刀子，朝莎兰德冲过去。法黎雅始终没弄清楚接下来发生了什么事。只见拳头一挥、手肘一拐，贝尼托便有如撞到墙壁，脸朝下，直挺挺地往水泥地板倒下，甚至没有伸手撑扶一下。接着一片沉静，只听见外面货运列车轰隆轰隆驶过。

第六章
六月十八日

玛莲和布隆维斯特凭靠着床头板，布隆维斯特轻轻抚摸她的肩膀说道：

"发生了什么事，让里欧变成这个样子？"

"你有没有上好的红酒？我很需要。"

"好像有一瓶巴罗洛。"他说着慢慢走到厨房去。

当他带着那瓶酒和两只酒杯回来时，玛莲正凝视着窗外。骑士湾上空依然下着雨，水面上一片薄雾弥漫，远方可听见鸣笛声。布隆维斯特倒了酒，亲亲玛莲的脸颊和嘴巴。当她开始讲述，他重新拉高被子盖住两个人。

"你也知道阿弗雷·厄格连的儿子伊瓦虽然是最小的儿子，现在却当上了总经理。他才比里欧大三岁，两个人从小就认识，但称不上朋友，事实上还很讨厌对方。"

"为什么？"

"竞争关系、缺乏安全感，怎么说都行。伊瓦知道里欧比较聪明，能看穿他的威吓与谎言，而且他有点自卑，不只是在智力方面。伊瓦一天到晚上昂贵的餐厅，虽然还不到四十岁，已经像个臃肿的老头，而里欧则常常跑步，状况好的时候甚至看起来像二十五岁。但另一方面，伊瓦比较积极、强势，结果……"

玛莲扮了个鬼脸，喝下一口酒。

"结果怎样？"

"说起来很难为情，这事和我也有关系。伊瓦可以是个很不错的人，也许有点太自以为是，但可以忍受。不过有些时候他简直像噩梦一样，看了就觉得可怕。我想他是害怕被里欧给取代了，很多人——甚至包括几位董事——都这么希望。我在公司的最后那个星期，在我那天晚上见到里欧之前，我们三个人开了个会。本来是要讨论接替我的人选，但无可避免地聊到其他话题。你知道吗？伊瓦从一开始就很气恼，我敢说他跟我发现了同一件事。里欧快乐得有点荒谬，好像整个人飘浮在半空中，而且他几乎整个星期都没进办公室。伊瓦开始炮轰，骂他是个只会说教的懒惰鬼、软脚虾。起先里欧不以为意，只是笑笑。这让伊瓦更火了，开始口不择言，全是种族歧视的字眼，好像把里欧当成了吉卜赛人。实在是荒唐透顶，我以为里欧不会理睬这个白痴，没想到他从椅子上跳起来，一把抓住伊瓦的喉咙，简直像疯了一样。我整个人扑向里欧，把他拉倒在地。我记得他嘴里念念有词：'我们比较好，我们比较好。'过了好一会儿才终于冷静下来。"

"伊瓦有什么反应？"

"他坐在椅子上动也没动，只是满脸惊吓地瞪着我们看。然后他往前倾身，带着羞愧的脸色道歉之后便离开了，而我还和里欧一起倒在地上。"

"里欧怎么说？"

"就我记得，他什么也没说。他这种表现实在很差劲。"

"可是喊他吉卜赛佬不也很差劲吗？"

"伊瓦就是这样，一生起气来就失去理性，这跟骂他怪胎或猪头是一样意思。我想他心胸狭窄是遗传父亲，那家人开口闭口全是歧视人的鬼话，所以我才说我难为情。我根本不应该在阿弗雷·厄格连工作。"

布隆维斯特点点头，将红酒一饮而尽。或许应该再多问几个问题，或是说点什么安慰玛莲，但他未发一语。好像有件事压在他心上，只是一时不明所以，后来才忽然想到莎兰德的母亲安奈妲承袭了父亲一半的吉卜赛血统。布隆维斯特隐约想起莎兰德这个姓氏曾被列入户籍册，后来却被宣布不合法。

"你会不会觉得……"他终于开口说道。

"什么？"

"伊瓦的确自认为高人一等？"

"肯定是的。"

"我是说在种族血统上。"

"那就奇怪了。曼海默的出身非常高贵啊。你想说什么?"

"我也不确定。"

玛莲看似若有所思,布隆维斯特亲了亲她的肩膀。他已经确切知道该查看什么,恐怕得一路回溯到很久很久以前,必要的话还得翻出旧日的教会记录。

莎兰德狠狠揍了一拳——恐怕是太狠了点。贝尼托还没倒下,甚至还没挨拳之前,她就知道了,因为自己的动作轻松不费力,因为力道丝毫未受阻。凡是从事爆发性运动的人都知道,动作越不费力,便越接近完美。

她挥出右拳打中贝尼托的气管,准度惊人,接着快速地以手肘连续撞击她的下巴两下,之后往旁边跨一步,不只是挪出空间让对方倒下,也为了让自己评估情势。于是她眼睁睁看着贝尼托没有伸手保护自己,直接脸部朝下砰然倒地。莎兰德听见骨头咔嚓断裂,情况比她预期得还要好。

贝尼托动也不动地趴着,脸僵硬地纠结扭曲。她没有发出声音,连呼吸声都没有。莎兰德不会比任何人为贝尼托多流一滴泪,但万一她死了,情况会变得意外复杂。何况蒂娜就站在她旁边。

蒂娜不是贝尼托,看起来比较像是天生的追随者,需要有人发号施令。但是她高大健壮、动作迅速,而且拳头可以伸得很远,不好对付,尤其是从侧面攻来,防不胜防,就像现在。莎兰德只避开一半,打得她耳鸣、脸颊发烫,她连忙准备好迎接下一拳。可是没有了。蒂娜没有再次发动攻势,只是呆呆盯着躺在地上的贝尼托。情况看起来不太妙。

她不止是嘴里冒出血来,在水泥地上流淌成红色爪状纹路,而且整个身体和脸都扭曲变形。贝尼托看起来是需要长期照护了——如果不是更糟的话。

"贝尼托，你还活着吗？"蒂娜沙哑着声音问。

"她还活着。"莎兰德说，心里却没有十足把握。

她以前也打倒过人，不管是在拳击场上或场外，几乎每一次对方都是马上发出呻吟或做出动作，现在却什么也没有，只有一片静默，仿佛随着震颤紧张的气氛逐渐放大。

"说什么屁话……她根本没气了。"蒂娜厉声喊道。

"你说得对，她看起来状况不太好。"莎兰德说。

蒂娜低低威胁咒骂一声，一副准备发动攻击的模样。接着忽然挥舞着双手冲了出去。莎兰德依然无动于衷，站在原地不动，两眼看着法黎雅。法黎雅坐在床上，穿着一件过大的蓝色衬衫，双手抱住膝盖，惶惑地注视莎兰德。

"我会把你从这里弄出去。"莎兰德说。

潘格兰躺在利里叶岛住处的护理床上，回想着与莎兰德的对话，很遗憾仍未能回答她的问题。他身子太虚弱、状况太差，无法自己去找文件。他的臀部与双腿都疼痛不已，即使用助步器也不太能走。现在几乎做什么都需要人帮忙，因此有看护会到家里来。他们大多把他当成五岁小孩看待，似乎也不怎么喜欢自己的工作，甚至不喜欢老人家。有时候他会后悔（但不常，他毕竟也有自尊），当初莎兰德提议出钱为他请有执照的私人看护，真不该一口回绝。就在几天前，他问一个名叫玛莉塔的看护有没有小孩——她年轻、严肃，每次要扶他下床总是一脸嫌恶。

"我不想谈我的私生活。"她没好气地回他。

他只是礼貌询问，竟被怀疑是想探人隐私！老年让人失去尊严，打击完整心性，在他看来便是如此。就在刚才，需要更衣时，他想起了贡纳尔·埃凯洛夫的诗作《莲》。

年纪较长后便没有再读过，但他仍记得十分清楚，也许不能逐字背诵，却记得大部分。这首诗在描述一个人——可能是诗人自己——为他的死亡写了所谓的临终演说。他希望自己最后留下的痕迹犹如一只紧握的拳头，从一池莲花当中破水而出，文字语句汨汨涌出水面。

潘格兰满心凄楚，似乎唯有这首诗能带给他希望——反抗！他的状态无疑只会每况愈下，再过不久就会像植物人一样躺在床上，说不定连心智都会丧失。如今的他只能期待死亡，但这并不代表他非接受不可——这正是诗中传达的讯息与慰藉。他可以握紧拳头抗议，他可以骄傲而叛逆地沉到水底，对疼痛、失禁、无法动弹等羞辱勃然大怒。

他的生活倒也不只有悲惨的一面。他还是有朋友的，最主要是还有莎兰德，以及马上就会到家里来帮他找文件的露露。露露来自索马里，长得高挑、美丽，留着长长的辫子。她说话诚恳无比，让他恢复了些许自尊。露露轮值最后的晚班，会替他贴上吗啡贴片、换上睡衣，然后照料他就寝。尽管她说瑞典话时仍会犯错，提问却是真心诚意，而不光是以复数人称表达空泛的陈腔滥调，譬如："我们有没有觉得好一点啊？"她会向他询问她该读些什么、学些什么，也会问他的人生经历。她将他当成一个人看待，而不是一具没有历史的衰老残骸。

这些日子，露露是他生活的重心之一，他也只告诉过她关于莎兰德与他赴富罗博加探监的事。那趟行程犹如一场噩梦。光是看到监狱高墙，他就开始发抖了。他们怎么能把莎兰德关在这种地方？她毕竟做了一件了不起的事，她救了一个孩子的命，结果竟然置身于全国获刑罚最重的女囚犯之间，根本是大错特错。当他在接见室里见到她时，心思实在太过烦乱，言语便不如平时谨慎。

他问起她的龙纹刺青。他一直都很好奇，而他这一辈的人也的确无法理解刺青怎能称为艺术。人总是不断地改变与成长，为什么要用一个永远去除不掉的东西来装饰自己呢？

莎兰德的回答简短明确，但已绰绰有余。他觉得感动，便紧张而随意地絮叨不停。他想必是让她回想起童年了，真蠢，尤其是他都不知道自己在说些什么。他是怎么回事？这并不完全是年纪与判断力失灵的缘故。几星期前，有一位名叫玛伊布莉特·杜芮的女人意外来访，她已上了年纪，体态仍轻盈苗条，以前担任过约翰纳斯·卡尔定医师的秘书，而卡尔定正是莎兰德住院时期，那家圣史蒂芬精神病院的主任。杜芮在报上看到有关莎兰德的报道，决定重新翻阅卡尔定去世时交给她负责的那几箱病历表。她特别指出，她从未破坏过医病关系中的保密伦理，只是这个案例情况特殊。"你是知道的。那个女孩所遭受的对待太可怕了，不是吗？"杜芮迫不及待想交出文件，想将真相公之于世。

潘格兰谢过杜芮，与她道别并看完病历后，顿生绝望之感。还是那个令人难过的老故事：精神科医师彼得·泰勒波利安将莎兰德绑在诊间里，对她极尽凌虐之能事。据他看来，档案里没有什么新的信息，但有可能是他错了。只是在监狱里无心的几句话，就让莎兰德激动起来。如今她知道自己参与了一项政府赞助的研究计划，还说她前后届都有孩童参与其中，但是找不到是哪些人在幕后操控，看来是有人大费周章不让他们的名字出现在网络上和所有的档案中。

"你能不能再看一下，看能不能找到些什么？"她在电话上这么说。他一定会的，只等露露来帮他。

一阵噼里啪啦叽里咕噜的声音从地板上传来，法黎雅甚至还没听清楚就知道是一连串的咒骂和威胁。她低头看着贝尼托，只见那女人摊开双臂躺着，身体没有一个部位在动，连手指也不例外，只有头抬离地面五六公分，眼睛斜瞪着莎兰德。

"我的印度尼西亚短剑指向你了！"

那声音沉闷沙哑到几乎不似人声。在法黎雅心里，这些话语随贝尼托嘴里流出的血一起流动着。

"短剑指向你了，你死定了。"

此话犹如宣判死刑。贝尼托一度看似收复了部分失地，但莎兰德显得毫不在意。她好像没在听似的，说道："你看起来比我更像是要死了。"

接着莎兰德竖耳倾听走廊上的噪声，就好像贝尼托已无关紧要。

法黎雅听见沉重的脚步声快速接近,有人正朝她的舍房赶来,紧接着外面响起说话声与咒骂声,然后一句:"都给我滚开!"门轰然打开,分区主任欧森就站在门槛上。他穿着平日的蓝色警卫服,上气不接下气,显然是一路跑来。

"我的老天,这里是怎么搞的?"

他先看看地上的贝尼托,再看看莎兰德,最后望向床上的法黎雅。

"这里是怎么搞的?"他又问一遍。

"你看地上。"莎兰德说。

欧森低下头,看见贝尼托右手边一条细细的血流里躺着一柄细长小刀。

"搞什么……?"

"没错。有人夹带刀子通过你的金属探测器。所以情况就是一座大监狱里的工作人员失去控制,无法保护受威胁的囚犯。"

"可是那……那……"欧森结结巴巴,不能自已地指着贝尼托的下巴。

"那是你早就该做的事,阿勒瓦。"

欧森呆呆地凝视着贝尼托不成人形的脸。

"我的印度尼西亚短剑指向你了。你死定了,莎兰德,去死吧。"贝尼托哑了一声,欧森一见此景,开始真正感到恐慌。他按下腰带间的警报器,大声呼叫支持,随后转向莎兰德。

"她会杀了你。"

"那是我的事,"莎兰德说,"以前还有更恶劣的王八蛋威胁过我。"

"没有人会更恶劣。"

走廊上传来脚步声。难道这些兔崽子一直就在附近?他一点也不惊讶。他感觉到内心一股盛怒沸腾,又想到葳妲和那些恫吓。事实上,这整个舍房区都丢尽了颜面。他再次望着莎兰德,想起她说的话:他早就该做的事。他知道自己应该做点什么,他必须恢复自己的尊严。可是没时间了。同事哈莉与弗瑞德冲进舍房后,仿佛麻痹似的站着不动。他们也看见贝尼托躺在地上,听见她的诅咒,只不过现在已听不清她想说什么。贝尼托恶狠狠的咆哮声中,字词零零碎碎,只听到"剑"或"死"。

"要命!"弗瑞德大喊,"要命啊!"

欧森往前一步,清了清喉咙。直到此时弗瑞德才定睛看他。弗瑞德眼中露出惧色,额头与脸颊都开始冒汗。

"哈莉,去叫医务员,"欧森说,"快去,快去啊!还有你,弗瑞德……"

他不知道该说什么。他想以拖延战术换取时间,想树立一点威严,但显然行不通,因为弗瑞德以同样激动的语气打断他:"这下可麻烦了!怎么回事?"

"情况太危急了。"欧森说。

"是你打她的?"

欧森没有回答,一开始没有。但他旋即想起贝尼托描述葳妲教室的路线,精确得教人毛骨悚然。他还想起她说出了女儿橡胶靴的颜色。

"我……"他说。

他犹豫着,却感觉到"我"这个字既可怕又迷人。他迅速地瞅了莎兰德一眼。她摇摇头,仿佛对他的心思一清二楚。可是不行……就孤注一掷吧。感觉上这样才对。

"我没有选择。"

"拜托,这看起来太可怕了。贝尼托,贝尼托,你还好吗?"弗瑞德问道。这是历经几个月视而不见之后的最后一根稻草。

"与其担心贝尼托,你怎么不去照顾一下法黎雅?"欧森大吼,"我们已经让整个舍房区烂到底了。你看看地上的小刀!看见了没?贝尼托夹带了一件该死的凶器进来,当时她正要攻击法黎雅,我才……"

他思索着该怎么说,好像这才顿悟自己撒了个弥天大谎,几乎是带着绝望再度看向莎兰德，希望得到救援。不过她并不打算放他一马。

"她想杀我。"法黎雅从床上开口说道，并指着自己喉咙处一道小伤口，此举让欧森有了新的勇气。

"所以我能怎么办？就等着看事情会不会圆满落幕？"他冲着弗瑞德怒吼。发泄后觉得舒坦了些，但也渐渐意识到自己所冒的危险。

不过现在后悔已经太迟了。其他受刑人纷纷聚拢在门口，甚至有人还想推挤进来。情况即将失控，走廊上人声鼎沸，还有一些人在鼓掌。一股轻松的氛围开始蔓延开来。有一名女囚高兴得大喊，话语声逐渐变成嗡鸣，一道音墙越来越厚实，有点像刚看完一场残暴的拳击比赛或斗牛。

不过骚动中不尽然都是喜悦之情，也有威胁恐吓的杂音，但威胁的对象是莎兰德而不是他，看来真正的情形已经泄漏出去。他知道此时必须当机立断，于是扯开嗓门宣布会马上通报警方。他知道会有更多狱警从其他分区赶来，这是警报声响后的标准作业流程，只是不知道是该将囚犯关回各自的舍房，还是应该等候支持。他看着法黎雅，告诉哈莉和弗瑞德应该让医护人员还有心理医生来看看她，然后转向莎兰德叫她跟他出去。

他们走进走廊，挤过成群的因犯与警卫，他一度觉得场面可能会失控。大伙对着他们又是呐喊又是拉扯，整个 B 区已濒临暴动，就好像压抑已久的紧张与愤怒情绪即将爆发出来。他费尽力气，好不容易才把莎兰德送进舍房，关上了门。有人开始用力敲门，他的同事高喊着要众人安静，他的心怦怦跳，口干舌燥，想不出该说什么。莎兰德看都不看他一眼，只是看着自己的桌子，用手顺顺头发。

"我想为自己的行为负责。"她说。

"我是想保护你。"

"狗屁。你是想让自己好过一点。不过没关系，阿勒瓦，你可以走了。"

他想再说点什么，想做点辩解，但可想而知，听起来只会让人觉得可笑。他转过身,听见她在背后喃喃自语:"我打中了她的气管。"

气管?他锁门时暗自琢磨着。随后奋力从走廊上的大混战中杀出一条路来。

潘格兰等候露露时,试着回想那些文件里究竟写了什么。里头真的藏有新的重要讯息吗?他已经知道在莎兰德的父亲情况很糟(包括他性侵安奈妲)的时候,便有让莎兰德接受收养的计划,很难相信除此之外还能发掘出什么信息。

总之,很快就会知道了。露露每星期工作四天,而她总会在晚上九点准时到达。他迫不及待想见到她。她会协助他就寝前的例行公事、贴上吗啡贴片、让他换个舒服的姿势,然后从斗柜的最下层抽屉拿出文件来,那是上回杜芮造访后,她亲自放进去的。

潘格兰发誓要极尽所能专心研究这些文件。或许这是他最后一次有幸能帮助莎兰德。他呻吟了一声,感觉臀部一阵剧痛。现在是一天当中最难过的时刻,他短短祈祷一句:"亲爱的好露露,我需要你,快来吧。"果然,他一边用尚可活动的手敲打着被褥,一边又躺了五分钟又或是十分钟后,玄关便响起他自认为熟悉的脚步声。

门开了。她是不是早到了二十分钟?太好了!可是前门并未传来愉快的招呼声,没有那句"你好,老朋友",只有脚步声轻轻走进公寓,朝他的房间走来。他害怕起来,而他并不是个轻易就会害怕的人。年纪大的好处之一就是不再担心会失去什么。可是现在他很焦虑,或许因为那些文件。他希望在仔细看过后,能找到什么可用的讯息来帮助莎兰德。他忽然有了活下去的理由。

"哈啰,"他喊道,"哈啰?"

"噢……你醒着?我还以为你睡着了。"

"可是你来的时候我都是醒着的呀。"他说,大大地松了口气。

"你大概没意识到你最近有多累,状况有多不好。我觉得去探望那个人可能是你的极限了。"露露边说边走进门来。

她上了眼妆、涂了口红,还穿了一件色彩鲜艳的非洲洋装。

"有那么糟吗？"

"几乎都没办法跟你说话。"

"对不起。我会努力做得更好。"

"你是我的第一名，你知道的。你唯一的缺点就是老爱说对不起。"

"对不起。"

"你看吧。"

"你今天怎么了，露露？看起来特别美丽。"

"我要跟一个来自西哈宁格的瑞典人约会。你能想象吗？他是工程师，自己有一栋房子和一辆新的富豪。"

"他肯定被你迷住了咯？"

"但愿如此。"她说。她将他的双腿与臀部拉直拉正，确认他的头已舒适地躺在枕头上，然后将靠背升起成为坐姿。床在细微的嗡嗡声中移动的同时，她仍叨叨地叙述着那个西哈宁格的男人，说是名叫罗杰，也可能是罗夫。潘格兰并未细听，露露用手摸摸他的额头。

"你在冒冷汗呢，傻瓜。应该替你冲个澡。"

没有人能像露露用这么温柔的口气喊他傻瓜。平时他很享受这种揶揄，今天却感到不耐烦。他低头看着自己毫无生气的左手，好像比以往更显得可悲。

"对不起，露露。你能不能帮我一个忙？"

"尽昐咐。"

"是尽管昐咐，"他纠正她，"你记得上次收进抽屉那些文件吧？替我拿来好吗？我需要再看一遍。"

"可是你说看得很不舒服。"

"是啊。但就是得再看一下。"

她匆匆走开，一两分钟后重新抱着比他印象中更厚的一叠纸出现。也许她拿的不止一份档案。他开始烦躁起来。文件中可能毫无重要之处，也可能有，而万一有的话，谁能预料莉丝会有什么打算。

"你今天好像比较快活，可是不是百分之百，对吧？是在想那个叫莎兰德的女人吗？"露露说着将整叠文件放到床头柜上，放在他的药盒和书本旁边。

"恐怕是吧。看她被关在那座监狱真不好受。能不能麻烦你帮我拿牙刷，再替我贴上吗啡贴片？请把我两条腿移到左边一点。我觉得整个下半身好像……"

"有刀子在刺吗？"她说。

"说对了，刀子。我是不是一天到晚这么说？"

"是的，一天到晚。"

"你看，我真的老了。不过我要看这些文件，你可以离开去见你的罗杰了。"

"是罗夫。"她纠正他。

"对，罗夫。希望他是个好人。个性好是最重要的事。"

"真的吗？你选择爱人的时候都会看她们个性好不好？"

"我的确应该是这么做的。"

"所有男人都这么说，可是一看到漂亮女人就追过去了。"

"什么？不，我从来不会这样。"

他的心思游移不定。他请露露将档案放到床上他的身边，但即使用完好的右手也拿不起一整份。当露露替他解开衬衫扣子后，他开始阅读。露露继续做她的工作，他则偶尔停下来说几句贴心鼓励的话。之后他格外温柔地与她道别，祝她与她的罗夫或罗杰约会顺利。

一如他所记得的，文件中记录的多半是精神科医师泰勒波利安的观察：药物治疗记录、病患拒吃的药与她沉默地坚持拒绝吃药期间的治疗计划、采取强制手段的决定、重新评估、征求其他意见、决定采取更强制性的手段，即便是以不露声色的临床术语表达，仍清楚可见其中隐含的虐待癖——这一切都让潘格兰痛不欲生。

尽管读得十分仔细，却完全找不到莎兰德想要的信息。于是他又开始从头看起，而且为了保险起见，这回还出动他的放大镜。他细细研究每一页，最后确实留意到一点什么，但也不多：莎兰德住进乌普萨拉的病院后不久，泰勒波利安写了两笔次要的机密笔记。不过正好让潘格兰找到莎兰德要求他找的东西——人名。

第一份笔记写道：

> 遗传与社会环境研究数据管理处（R.G.S.E.）已得知。参与了九号计划（结果：不理想）。
>
> 社会学教授马丁·斯坦伯格决定安置于寄养家庭。无法执行。可能逃离。想象力丰富。在伦达路公寓与G发生严重事故——六岁逃离家中。

六岁逃离家中？就是他去探监时，莎兰德提到的那起事故吗？想必是，那么G可能就是那个喉咙处有胎记的女人。但文件中未曾再提及，所以无法确定。潘格兰绞尽脑汁地想，然后再看一次泰勒波利安的笔记，微微一笑。"想象力丰富。"那个人这么写道。这是那个王八蛋给莎兰德唯一正面的评语。就算是狗嘴偶尔也会说点好话——但现在可不是开玩笑的时候。这份笔记证明了莎兰德小时候随时可能被送走。

潘格兰继续往下读：

> 母亲安奈妲·莎兰德头部遭殴打，导致脑部严重受创。入住阿普湾疗养院。原先由精神科医师希尔妲·冯·坎特波负责——据说此人未遵守保密义务，泄漏了关于数据管理处的讯息。不能再给她与病人接触的机会。进一步的措施由斯坦伯格教授与G计划安排。

斯坦伯格教授，他暗想。马丁·斯坦伯格。不知怎么，这名字听起来有些耳熟。潘格兰费尽千辛万苦——如今做什么事情都是这样——在手机上搜寻此人，一眼就认出来了。怎么可能不认识？倒不是因为他和马丁有多亲近，而是他们约莫相识于二十五年前，当时有一位弱势青年被控伤害父亲，潘格兰担任他的辩护律师，而斯坦伯格则是专家证人。

他还记得自己有多高兴能得到斯坦伯格这样的倚靠。斯坦伯格是几个享有盛名的委员会的成员,也参与过一些调查工作。他的观点较为老派,甚至死板,但对这个案件很有帮助,最后他的当事人无罪释放。庭审结束后他们一起喝了一杯,后来还见过几次面。或许能从他口中打听到一点什么。

潘格兰躺在床上,一大叠纸就安放在他胸口与腹部。他试着理清思路。贸然打电话给斯坦伯格会不会太鲁莽?他花了十到十五分钟反复思量,这期间吗啡发挥了效力,臀部的痛感渐渐像针刺而不像刀割。到最后,他挥去心中的忧虑。莎兰德既然开口请他帮忙,他就应该尽力而为。于是他想出一个策略,然后拨了电话。电话拨通后他瞄一眼时钟,已经晚上十点二十了,有点晚,但不算太晚。他会小心。然而斯坦伯格一接起电话,潘格兰忽然胆怯了,不得不力图镇定,维持令人信服的口气。

"这么晚打电话,希望没有打扰你,"他说,"只是我有个问题想问你。"

斯坦伯格不是不友善,但声音中确实带有忧虑,即使当潘格兰说在网上看到他被任命与选派一些重要职位而向他道贺,他也没有变得开朗。斯坦伯格礼貌性地询问潘格兰的健康状况。

"我都这把年纪了,还能怎么样?我还得感谢身体的疼痛让我记得它的存在。"潘格兰说完干笑两声。斯坦伯格也跟着笑了,然后两个人叙旧一二。

接着潘格兰告知来电的原因。他说有位当事人找上他,希望能知道一点有关斯坦伯格以前在所谓的数据管理处做的工作。话一出口他就知道自己错了。斯坦伯格并未惊慌失措,但口气明显紧张。

"我不明白你在说什么。"斯坦伯格说。

"是吗?那就奇怪了。这里面说代表相关单位做决定的人是你。"

"哪里说的?"

"我手上的文件。"潘格兰说,他现在变得更加含糊,也更有戒心。

"我需要知道到底是哪里说的，因为听起来错得离谱。"斯坦伯格的语调尖锐得惊人。

"那好吧。我想我最好再查看一下。"

"对，你确实应该这么做。"

"也可能是我全搞混了。你也知道我这把年纪……"潘格兰说。

"是啊，难免的。"斯坦伯格说，口气尽可能显得友善甚至不经意，可惜掩饰不了他受震撼的事实，他自己也明白。他又多此一举地提醒一句：

"也有可能你的文件出错了。跟你联络的当事人是谁？"

潘格兰喃喃地说，斯坦伯格身为医界人士应该理解他不能泄漏名字，不是吗？语毕便尽快结束了通话。不过早在挂断前，他就领会到这通电话会有后坐力。他怎能这么愚蠢？本想帮忙的，却反而越帮越忙。随着时间过去，夜色笼罩利里叶岛，他的焦虑和不安只是越扩越大，最后与背部和臀部的疼痛融为一体。他一次又一次地暗骂自己愚蠢、没有判断力。

可怜的老潘格兰，要人不同情他也难。

第七章
六月十九日

星期天，布隆维斯特早早醒来，蹑手蹑脚地下床，以免吵醒玛莲。他穿上牛仔裤和灰色棉质衬衫，一边冲泡浓浓的卡布奇诺、做三明治，一边迅速浏览早报。

接着他坐到计算机前面，寻思该从何处着手。这些年他几乎挖遍了所有的数据：档案、日记、数据库、法院诉讼记录、微缩胶卷、一叠又一叠的文件、财产目录、税务账目、财务报表、遗嘱、公开的报税资料，等等。他对诸多的保密决定提出质疑，诉诸民众可调阅公家记录与吹哨人保护制度等原则，从而发现不少不正当手段与漏洞。他仔细研究旧照片，揭露矛盾的证词，在地下室与冰冷的储藏室里意外找到数据，而且毫不夸张，他还翻过垃圾桶。但他从未试图去查某人是否被收养或者是私生子。他从来不认为这和自己有任何关系，就连这次也不是很确定，他只是依直觉行事。伊瓦·厄格连骂里欧是吉卜赛佬，而且这不只是个出于种族歧视的、老掉牙又令人不悦的辱骂。如果那个笨蛋是在质疑里欧的"瑞典血统"，这着实令人不解。无论以什么标准来看，曼海默家族的血统都比厄格连家族高贵，家族系谱与祖先可以追溯到一六〇〇年代。不过他有预感，往事或许值得探查一下。

布隆维斯特开始搜寻不久，脸上便露出了笑容。寻根已经成为热门消遣，相关档案不计其数，还有大量的教会记录、人口普查记录以及境外与境内移民的登记数据，都已经扫描数字化。这堪称一座金矿。只要有足够的钱和耐心，谁都能尽情追溯祖先的脚步，漫游过大草原与内陆，穿越数千年时空，甚至可以回溯到我们非洲的女性祖先。

然而近期的收养却是个问题。这些数据有七十年的保密期限，可以上诉行政法院申请调阅，但只有特殊情况才可能获准。只是为了刺探而不知道自己想找什么的记者，不可能符合条件。照规定的话，到此已无路可走，但他比谁都清楚路是人走出来的。他只要设法走出这条路来。

现在是早上七点半。玛莲还熟睡着，看看外头的骑士湾，接下来似乎会是晴朗的一天。再过几个小时，他们便要出发前往史塔戈兹登码头的摄影博物馆听曼海默的访谈。不过在此之前，布隆维斯特想先查查曼海默的过去。可惜今天是星期天，服务台人员与其他友善的人都不上班。再者，与玛莲谈过之后，他开始对此人略感同情。但他仍不打算放弃。如果他的理解无误，首先必须向斯德哥尔摩市政府档案室调阅曼海默的出生记录。倘若申请遭拒，等于证实了他的怀疑，但这样还不够。出生记录有可能因为各种原因被列为机密，不见得一定是收养。那么就得拿到父母亲的个人资料，与曼海默的加以比较。个人资料（只有特殊案例会列为机密）会包含他们各个阶段的居住地。假如里欧出生时登记的教区与双亲不同——应该是在诺克比的威斯特雷教区——便不言可喻了：荷曼与薇薇卡不可能是他的生身父母。

布隆维斯特于是草拟了一封电子邮件，打算向市府档案室申请调阅曼海默的出生记录以及他与父母亲的个人资料。不过信一直没送出去。布隆维斯特的名字就像警铃：好比大家会感兴趣，这家伙为什么想知道这项或那项讯息？然后谣言风车便会开始转动：麦可·布隆维斯特又在到处打探消息了，而他申请的消息也八成会传播开来，倘若这当中果真有可疑之处，这么一来甚至会招致反效果。因此他决定隔天周一打电话到档案室，以匿名方式行使调阅公开数据的权利。

这时他忽然想到，潘格兰或许已经知道答案，因为他克服一切困难，而且很可能是不顾医生反对，去富罗博加见了莎兰德。无论如何，能够和他谈谈、听听他的近况也是好的。布隆维斯特拿起手机，看了一下时间。会不会太早呢？不，不会，潘格兰总是天一亮就醒来，不分周末或周中。可是电话打不通，老人家的手机好像出了问题，有个声音说：您拨的号码目前已停用。布隆维斯特改试打室内电话，也没有人接。他正想再试一次，听到背后有赤脚走路的声音，随即带着微笑转过头去。

潘格兰也察觉了自己的手机故障。他心想,很正常,什么东西都故障了,尤其是他自己,状况悲惨。他一大早就醒过来躺在那里,疼痛不堪。他到底是怎么了?

此时的他深信昨天打那通电话是犯了大错。任职于声名卓著的各类委员会,并不代表斯坦伯格就不是骗子。那个人违反莎兰德与她母亲的意愿,签名把莎兰德送到了寄养家庭,光是这点就够该死了。

老天哪,他真是个大笨蛋!现在该怎么办呢?首先,必须联络上莎兰德向她解释清楚。可是电话坏了。潘格兰已经不用室内电话,因为最近打来的不是推销电话就是他不想再有瓜葛的人。他费力地在床上转身,可以看到连电话线都拔掉了。他伸手越过床垫,胸口趴靠在床边栏杆上,好不容易将电话线重新插上。之后他躺回床上,喘气休息片刻后,拿起床头柜上的旧听筒。有拨号音。这样已经算是有进步:他又再度恢复运作了。他打到查号台,请他们转接富罗博加监狱。他并不期望接电话的人特别亲切,但监狱总机的傲慢与粗鲁口吻还是让他备感惊愕。

"我叫霍雷尔·潘格兰,"他极尽所能地展现威严,"我是律师,请替我转接给最高戒护区的负责人。我有非常重要的事。"

"等一下。"

"没时间等了。"他说,但还是得等,拖了又拖,最后终于接通该单位的一名狱警叫哈莉·林佛许。林佛许说话很不客气,但他告诉她事关重大,必须马上和莉丝·莎兰德通话。她的回答让他打了个寒战:

"不行,以目前的状况没办法。"

"发生什么事了吗?"

"你是她的律师吗?"

"不是,不,也可以说是,我是。"

"哪个案子?"

"我没有直接负责,可是……"

"那你就得晚一点再打。"林佛许说完随即挂断。潘格兰难忍怒火,用健全的手重重捶打床面。他担心最糟的情形已经发生,而一切都是他的错。虽然努力想镇定下来,种种疯狂的揣测仍在脑海中奔窜不息。他想起身掌控局面,可是手指扭曲僵硬,身体也歪斜半瘫,没有人帮忙,他甚至无法坐上轮椅。这是何等的侮辱啊。假如夜晚是他的骷髅地,他现在已感觉被钉上了十字架,也就是这张令人厌恨的床。如今就连老诗人埃凯洛夫和他在莲花间那只紧握的拳头,也无法让他获得安慰。

他看着电话的基座,显示灯在闪,方才等候富罗博加总机转接时,想必有人来电。播放出来一听,那声音肯定是麦可·布隆维斯特。好消息——布隆维斯特可以帮得上忙,他会知道该怎么处理这项讯息。潘格兰拨了他的号码。一开始无人接听,于是他重打一次、两次,直到布隆维斯特接起电话。他发出粗重的喘息声,潘格兰立刻听出那是较为美好的喘气声,不像让他受苦的这种。

"我打得不是时候吗?"

"当然不是。"布隆维斯特回答时仍上气不接下气。

"你有女伴吧?"

"没有。"

"他当然有。"背后有女子的声音说。

"你可别惹女士生气,麦可。"

尽管情况紧急,潘格兰仍然能够小心翼翼地保持礼貌。

"很明智的建议。"布隆维斯特说。

"那么你先照顾她吧。我还是打给你妹妹好了。"

"等一下!"布隆维斯特想必听出了他担忧的口气,"我也一直在找你。你去见了莎兰德,对不对?"

"是的,我很担心她。"潘格兰迟疑地说。

"我也是。你听说了什么?"

"我……"他想起布隆维斯特曾提醒他不要在电话上透露敏感

讯息。

"怎么样?"

"她好像又想查些什么了。"他说。

"查什么?"

"童年往事。可是我的心情很糟,麦可。我好像多管闲事了。我是想帮她,真的,没想到把事情搞砸了。你要是能来的话,我再告诉你。"

"当然,我马上去。"

"这可不行!"可以听到女人的声音说。

潘格兰想着那个女人,不管她是谁。接着又想到玛莉塔,她很快就会踩着沉重步伐进门,展开一连串辛苦费力、伤人自尊的程序,让他坐上轮椅,换上清爽的衣服,然后喝他那淡如茶水的咖啡。现在最要紧的是联系到莎兰德,无论如何也得让她知道,斯坦伯格教授极可能是遗传与社会环境研究数据管理处的负责人。

"也许你晚一点再过来比较好,今晚九点以后吧,"他说,"那么我们也能喝一杯。我真的很需要。"

"没问题,太好了,今天晚上见。"布隆维斯特说。

潘格兰挂上电话后,从床头柜拿起莎兰德的旧资料。接着他先试着打给安妮卡,而后打给富罗博加典狱长法格,两个电话都没能接通。几个小时后,他发觉连室内电话都故障了,而那个爱管闲事的玛莉塔也似乎迟迟不来。

里欧·曼海默经常想起那个十月的午后。当时他十一岁。那天是星期六。母亲正在和天主教会的主教吃中饭,父亲则出门到乌普兰地区的森林去猎麋鹿。屋内静悄悄,只有里欧一人,连管家文黛拉也不在,既然无人看管,他便将家庭教师布置的额外作业丢到一旁。他坐在平台钢琴前面,不是弹奏鸣曲或练习曲,而是在作曲。他才刚刚开始写曲子,到目前为止,作品并未获得热情回响。母亲说那是"无聊的音乐片段,亲爱的"。但他喜爱创作,上课与读书的时间都渴望能作曲。那天下午他在谱一首旋律优美、哀伤的歌曲，而且终其一生弹奏不辍，尽管旋律近似《给阿德琳的诗》到令人困扰，尽管他充分理解母亲说的话。母亲对十一岁的儿子说这种话，他并不感到奇怪，只觉得她说得有道理。

他早期的作品过于浮夸，他还不够老练，还有待爵士乐的熏陶，让和弦能多一点粗糙的棱角。最重要的是，他还没学会如何驾驭虫声、树丛窸窣声、脚步声、远方引擎声、人声与风扇的咻咻声等——只有他能听到的声音。

无论如何，那天坐在钢琴前面的他很快乐，是他这个年纪的男孩该有的快乐。尽管随时都有人看管着他，他还是个孤单的孩子，而且他只爱一个人，就是他的心理医生卡尔·赛革。里欧每星期二下午四点，都会到他位于布罗马的诊所看诊，而且晚上经常瞒着父母偷偷打电话给他。赛革了解他，赛革会为了里欧与他的父母亲据理力争：

"你们得让这孩子能够呼吸！你们要让他像个孩子！"

当然没有用，可是只有赛革会为他挺身而出，只有赛革和他的未婚妻伊莲娜。

赛革与里欧的父亲便有如白天与黑夜，但他们之间有个里欧并不了解的联系。赛革甚至答应一起去狩猎，虽然他不喜欢杀害动物。在里欧眼里，赛革与父亲或阿弗雷·厄格连是不同类的人，他不会玩弄权术，不会在餐桌上高傲地大笑，他对于社会精英和成功人士不感兴趣，反而喜欢谈论这世界的边缘人。赛革会读诗，尤其喜爱法国诗。他也喜欢法国小说家司汤达和加缪，还有罗曼·加里，他深爱歌后伊迪丝·琵雅芙，也会吹笛子，平时穿着简朴，似乎刻意效法波希米亚风。而最重要的是，他会倾听里欧的烦恼，只有他真正看透这孩子的才华——也可以说是诅咒，视观点而异。

"你要对自己的敏感度自豪，里欧。你有无穷的力量，情况会慢慢好转的，你等着看吧。"

赛革的话让里欧得到安慰，与赛革见面是他一星期当中的高潮。赛革的诊所就在他位于哥伦维克路的住处。诊所的墙上有一九五〇年代雾锁巴黎的黑白照片，还有一张仿旧皮革扶手椅，里欧会在这里坐上一小时，有时两小时，畅谈那些他父母和朋友无法理解的话题。赛革是他童年最美好的部分，不过即便在当时，里欧也意识到自己把他理想化了。

从那个十月的午后开始，里欧将会用余生继续将他理想化，也会一而再，再而三地回到在平台钢琴前度过的那最后几个小时。

里欧对每个音符、每个旋律与和弦的改变都再三琢磨。当他听到父亲的奔驰车开向车库，立刻停下来。父亲原本预定隔天才会回来，因此提早回家已然是个警讯。但不仅如此。车道上空凝结着一种特殊的气氛，车门打开时带着迟疑，接着——宛如自相矛盾似的——又砰一声带着愤怒关上。走在碎石子路上的脚步沉重而缓慢，呼吸急促，从玄关就传来叹息声，混杂着放下行李、收拾物品（无疑是枪）的声音。

通往楼上的弯曲木梯吱嘎作响。父亲的身影出现在门口之前，里欧便感受到黑暗迫近。他记得是这样的画面：父亲穿着绿色狩猎马裤和黑色油布外套，光秃的头上闪着汗水的光泽。他显得颇为焦躁，通常当他处于困境时，总会表现出傲慢的反应，此时的他却看上去很惊恐，有些踉跄不稳地上前几步。不知如何是好的里欧从钢琴前面站起来，接受了一个扭捏的拥抱。

"我很遗憾，儿子，非常非常遗憾。"

虽然里欧从未怀疑过这句话的真诚度，但父亲对于事发经过的叙述加上他无法正视里欧，使他在难以解释之余，也暗示了事情并不单纯，背后有可怕且不可说的内幕。不过在当时，这些都不重要。

卡尔·赛革死了，里欧的人生从此彻底改变。

虽然天气暖和，来到摄影博物馆出席股东协会活动的人仍多得不寻常。这呼应了时势。凡是与股票、股份相关的主题都能吸引群众，而这一次主办单位为这些富贵梦添加了些许不确定性。这场座谈会的名称是"上升的指数或是即将破灭的泡沫？一场以急速发展的市场为主题的午后座谈"，受邀与会的不乏业界知名人士。

里欧·曼海默不是主打，却是头一个上场，布隆维斯特与玛莲到达时，他正要上台。他们匆匆穿过炎热无风的市区来到现场，幸好在礼堂后侧找到座位。玛莲对于再见到曼海默感到紧张，布隆维斯特则是在和潘格兰交谈后，忧心忡忡，因此当股东协会那位年轻的总干事卡琳·雷丝丹德上台做开场白的时候，他几乎都没听进去。

"今天会是令人兴奋的一天，"她说，"有许多专家要为我们分析目前的市场趋势。但首先我们还是从一个比较哲学的角度来看股市。请掌声欢迎经济学博士，也是阿弗雷·厄格连证券公司的研究主任里欧·曼海默。"

一位身材瘦长、一头鬈发、穿着淡蓝色西装的男子，从第一排起身走上台去。他的步伐坚定而轻盈，外表一如预期：富裕而自信。但就在此时，忽然有人笨拙地拖行椅子，尖锐刺耳的声音划过拥挤的礼堂，曼海默听到后整个人绊跌了一下，脸色变得惨白，好像就要瘫倒在地。玛莲抓住布隆维斯特的手喃喃地说"糟了"。

"里欧！你还好吗？"雷丝丹德结结巴巴地问。

"我没事。"

"真的吗？"

曼海默抓住眼前的圆桌边缘，手忙脚乱地打开一瓶水。

"只是有点太紧张了。"他试着露出微笑。

"那么，热烈欢迎你。"雷丝丹德似乎不太确定是否应该继续。

"谢谢你。"

"通常，里欧……"

"通常我会站得比较稳一点。"

礼堂内响起一波紧张的笑声。

雷丝丹德脸色一亮。"没错，稳如磐石。平常你都是根据事实为阿弗雷·厄格连公司分析经济，但最近你开始以比较哲学的方式描述市场，还把证券交易所称为信众的殿堂。"

"是啊，"他说，"我不是第一个这么说的。很明显，金融市场与宗教都要仰赖信念。一旦开始怀疑，两者都会崩垮。"他挺直肩膀说道，脸上已稍微恢复血色。

"但是我们当然都会怀疑，随时都会，"雷丝丹德说，"事实上，这也是我们今天到这里来的原因——我们自问是否置身于泡沫中或是经济繁荣景象的最后一个阶段。"

"小小的怀疑才能造就股市，"曼海默回答，"每一天都有数以百万的人在怀疑、希望与分析。股价就是这么决定的。但我现在说的是实际存在的深刻怀疑，也就是对经济成长与未来收益缺乏信心。没有什么比受到高度重视的市场更加危险。那种程度的恐惧有可能造成崩盘，让整个世界陷入萧条。我们甚至可能会开始质疑这整个构想，这个想象的架构。这话在某些人听来，可能觉得像是挑衅，我为此道歉。不过金融市场的存在并不像你、我、卡琳或桌上这瓶水的存在。当我们不再相信它的那一刻，它就不再存在了。"

"这么说会不会有点夸张？"

"不，不，想一想就知道了。市场是什么？这是一种约定俗成。我们决定让我们对未来的焦虑、梦想与构思来决定货币、公司行号与原料的价格。我们生活中许多重要的东西，诸如文化遗产与组织机构，其实都只是人类想象的产物。"

"当然还有我们的钱。"

"一点也没错，尤其现在更是如此。我们不会像漫画书里唐老鸭的史高治叔叔那样跳进金币堆里，也不会把现金藏在床垫底下。如今我们的存款成了计算机屏幕上的数字，不断随着市场走向而波动，而且我们彻底倚赖这些数字。但试想一下，假如我们开始担心那些股价行情不仅随着市场上下震荡，还可能直接被抹消掉，就像写在黑板上的数字一样，到时会怎么样呢？"

"我们的社会将严重受创。"

"没错，就某种程度而言，几个月前发生的事正是如此。"

"你是说'金融保全'受到黑客攻击的事件？以前的中央集保结算所？"

"正是。当时的情形是我们的投资短暂消失了，整个网络空间里遍寻不着，市场因此被打乱，瑞典克朗下跌了百分之四十六。"

"不过斯德哥尔摩证券交易所的反应快得惊人，他们立刻关闭了所有的交易平台。"

"的确如此，我们必须把它交给那边负责的人，卡琳。但之所以能控制住暴跌的危险，是因为在瑞典没有人能继续交易。实际上已再无资产。但请相信我，有些人能从中获利，变得更富有。只需要让你们晕头转向就行了。那些人制造股灾，然后进场买空卖空，你无法想象他们获利有多大。要想积聚那么多钱，你得去抢无数家银行。"

"那是肯定的，"雷丝丹德说，"很多人都写过相关文章，尤其是《千禧年》的麦可·布隆维斯特。事实上，我可以看见他就坐在后面的位子。不过说实话，里欧，情况到底有多严重？"

"实际上的风险不大，'金融保全'和瑞典各家银行都有庞大的备份系统。只不过有一度我们终究还是对数字资产的存在本身有疑虑。"

"除了黑客攻击之外，社交媒体上也出现大量的假讯息。"

"可以这么说。有无数假讯息纷纷涌现，说我们的资产永远无法复原，因此受攻击的不只是我们的金钱，还包括我们的信心——如果你能分得清两者的差别的话。"

"似乎有明确证据显示，无论是黑客攻击，还是随之而来在社交媒体上散布假消息，都是俄国方面发动的。"

"提出这种指控应该要很小心，但这件事毕竟让我们开了眼界。或许将来的侵略战就是这么展开的。几乎没有什么事情能比对金钱失去信心引发的混乱更大。请记住一点，不一定要我们本身心生疑虑，只需要让我们认为别人有所怀疑就行了。"

"你能不能解释一下，里欧？"

"想象一下有一大群人。我们自己可能知道情况受到控制，没有发生任何危险。但假如其他人开始惊慌逃跑，那么我们也得跑。传奇的经济学家凯恩斯老兄曾经将股市与选美比赛相提并论，选美的时候，我们评审不会选自己心目中最美的人，而是选我们认为可能获胜的人。"

"意思是?"

"就是说我们必须忘记自己的喜好,转而考虑别人的爱好与意见。事实上还不止如此,我们应该想想一般人认为其他人觉得谁最美。这不会比金融市场上分分秒秒发生的状况更复杂。股市不只是分析公司行情与周遭世界的结果,心理因素也扮演着同样重要的角色,除了真正的心理机制,还有对这些机制的猜测,猜测别人如何猜测。所有事情都会扭曲反转,因为每个人都想比别人早一步,也就是说希望能比其他任何一个人提早起跑,这点和凯恩斯的时代并无不同。其实,自动化交易越普及,市场的自我反思就越明显。算法支配了投资人的买卖指令,因而强化了种种模式。这当中有个重大风险。市场迅速波动有可能导致失控。在这种情况下,不合理的行为反而变得合理了,也就是明知抛售是疯狂之举,却仍不得不这么做。当其他人都顾着逃命,你站在那里大喊'你们这些白痴,根本没有危险'是没有用的。"

"但如果是不必要的恐慌,市场会自动恢复平稳,不是吗?"雷丝丹德说。

"只是要花一点时间,而且不管你多么有理都一样。再套用一下凯恩斯的观点,你可能会一路有理地直奔破产法庭。不过还是有希望的,因为市场能够自我反省。当一个气象专家分析气候时,并不会改变天气。但是当我们研究经济学,我们的猜测与分析也成了经济体的一部分。所以市场就像任何一个自尊心强又神经质的人——它会进化,变得聪明一点。"

"那么就无法预测了,不是吗?"

"有点像台上的我。我们永远无法确知什么时候会绊一跤。"

这回听到的是真心的笑声,还透着一种松了口气的感觉。曼海默露出谨慎的微笑,往台边跨了一步。

"就此说来,股市是个悖论,"他说,"我们都想了解它,从中赚钱。可是如果真正了解了,我们的理解又会改变它,然后它就会变成另一个样子,像个变种病毒。我们唯一能确切预测的就是它无法预测。"

"而我们的悬殊差异正是它的灵魂所在。"雷丝丹德说。

"差不多是这样。我们既需要买家,也需要卖家,既需要相信者,也需要怀疑者,这便是它的美妙之处。不同声音的混杂往往让它聪明得出人意料,比现场任何一位想当个纸上谈兵的导师的人更加敏锐。假如世界各地的人分别自问:'怎样才能尽可能赚到更多的钱?'当猜测与知识、买家的希望与卖家的怀疑之间达到完美平衡,就可能出现近乎先知般的洞察力。问题是:什么时候市场知道自己在做什么?什么时候它又会发疯,像疯狂暴民一样逃窜?"

"我们怎么会知道呢?"

"重点就在这里,"曼海默说,"我虽然感到踌躇满志,却还是想说,正因为我现在对金融市场的认识已经够多,才发觉我并不了解这些市场。"

玛莲在布隆维斯特耳边小声说:
"他肯定不笨,对吧?"
布隆维斯特正要回答,口袋里的手机忽然响了。是妹妹安妮卡。他想起和潘格兰的对话,低声道歉后,满怀心事地离开会场,却没注意到他的离开让曼海默脸上闪过一丝惊慌。但玛莲可没有忽略,因此凝神端详着曼海默。她脑中还有另一个画面,是他坐在办公室,在那张信纸上写字。这一幕有一种重大又古怪的氛围,她现在更能清楚感觉到。于是她决定在访谈结束后,强留下曼海默问个明白。

布隆维斯特站在码头上,越过水面眺望旧城区与王宫。海水平静,远方有一艘游轮正要进港。他决定用安卓手机和加密的 Signal app 回电话给安妮卡。只响了一声她便接起来,听起来有些气喘吁吁,因此他问她是不是出了什么事。她说,她正要从富罗博加回家,莎兰德接受了警方讯问。

"她受到什么指控吗?"
"还没有,幸运的话也不会。不过事情很严重,麦可。"

"那就说来听听。"

"别紧张。我跟你说过那个女人，贝尼托·安德森，就是一直在威胁、剥削狱警和囚犯的那个让人难以想象的虐待狂，她被送到奥勒布鲁大学医院去了，因为在最高戒护区她遭到暴力攻击，下巴和头骨严重受伤。"

"那和莉丝有什么关系？"

"我这么说吧，分区的主管阿勒瓦·欧森说是他做的，说他必须把贝尼托打倒，因为她拿了一把小刀想伤害某人。"

"在监狱里？"

"这当然是天大的丑闻，所以他们也同时在调查刀子是怎么夹带进去的，因此我才会说攻击事件本身不会成问题。要判定成自卫应该不难，尤其欧森的说辞又有法黎雅·卡齐作证，就是我跟你说过的那个孟加拉国女生。法黎雅坚称是欧森救了她一命。"

"那莉丝有什么问题？"

"首先，是她的目击证词。"

"她是目击者？"

"我们一件一件说。法黎雅的证词和欧森的有出入。欧森声称他两度用拳头打中贝尼托的气管，法黎雅却说他用手肘撞她，然后贝尼托就重重摔倒在水泥地上。不过这应该不成问题。凡是有经验的刑事调查员都知道，人在经历创伤事件后，记忆有可能出现偏差。比较大的问题在于监视器画面。"

"画面是？"

"整个意外发生在晚上七点半刚过。那是最高戒护区里最糟的时间。大部分的暴力事件都发生在囚室即将上锁以前，而欧森心知肚明，没有人比法黎雅的处境更危险。他一直都知道，却不敢采取任何行动。这是他自己说的。他这点还不错，非常诚实——我看过约谈记录的副本。昨天晚上七点三十二分，他坐在他的办公室里，而且终于接到他等了又等的电话，得知贝尼托将被移送到另一座监狱。可是他似乎什么也没说，只是放下听筒。"

"为什么?"

"他说,因为就在同一时间,他发现已经七点半了。他很担心,便急忙用密码打开安全门,跑过最高戒护区的走廊。奇怪的是……就在那时候,另一个受刑人蒂娜·葛兰伦从法黎雅的舍房冲出来。最高戒护区的人都说蒂娜是贝尼托的走狗,所以问题就来了:她为什么会冲出来?因为她听到欧森来了?还是因为截然不同的理由?欧森说他根本没看见她,他只顾着挤过成群围在法黎雅门外的受刑人,等他一进到房里,就发现贝尼托手里拿着刀。他用尽全力打她的气管。为了保护隐私,囚室里没有装监视器,所以无法证实他的说辞。在我看来,他像是个守纪律、正直的人。不过当时莉丝已经在里面了。"

"而莉丝不是那种会眼睁睁看着人被霸凌还袖手旁观的人。"

"尤其受害者又是像法黎雅这样的女人。不过事情还不仅如此。"

"好,你继续说。"

"就是舍房区的气氛,麦可。和平常在监狱一样,谁都不想开口。但即使离得远远的,都可以感觉到人心沸腾。我才和莉丝经过餐厅,受刑人就开始用杯子敲桌面。她们把她当成英雄,但也当成……被判死刑的人。我还听到有人说'赴刑场的女人'。虽然这只是让她博得更好的名声,却很危险,不只是因为这话里的讯息让人不舒服,警察也对此起疑:如果真是欧森殴打贝尼托的下巴,为什么是莉丝受到威胁?"

"我懂了。"布隆维斯特若有所思地说。

"莉丝现在被隔离了,而且受到严重怀疑。当然,有很多论点对她有利。譬如好像没有人相信这么瘦小的人能挥出杀伤力这么大的一拳,也没有人能理解,如果不是欧森打人,他何必要自己背黑锅,而且法黎雅还为他作证。不过麦可,以莉丝那么聪明的人,这次却笨得气死人。"

"怎么说?"

"她就是不肯透露到底发生什么事。她说,她只有两句话可说。"

"什么话?"

"第一，贝尼托是罪有应得。第二，贝尼托是罪有应得。"

布隆维斯特笑出声来。他也不明白为什么，分明知道情况严重。

"那么你认为到底发生了什么事？"他问。

"我的职责不是认为什么，而是为我的当事人辩护，"安妮卡说，"不过纯粹出于假设：贝尼托完完全全就是莉丝无法忍受的那种人。"

"我能帮上什么忙吗？"

"所以我才打给你。你可以帮我处理法黎雅。应莉丝的要求，我也会替她辩护——我是说针对她入狱的问题。莉丝在狱中好像已经对她的背景做了一些调查，也许能让你和杂志社拿到一条大新闻。法黎雅的男友贾马·裘德里因为跌落轨道，被地铁撞死了。我们今晚能不能碰个面？"

"我九点要去见潘格兰。"

"请代我向他问好。他今天好像打过电话给我。既然这样，我们何不在你去之前一起吃个饭？六点在 Pane Vino 餐厅如何？"

"好，很好。"布隆维斯特说。

他挂断电话，遥望着大饭店与国王花园，心想着不知该不该再回座谈会场。不过他先用手机搜寻了几项讯息，将近二十分钟后才回去。

当他匆匆忙忙经过入口处的书籍展示桌时，发生了一件奇特的事。只见曼海默正好迎面走来，他本想与他握手，赞美他在台上的言论。不料曼海默显得十分紧张不悦，于是布隆维斯特未发一语，看着他消失在外头的阳光底下。

布隆维斯特在那儿站立思索了片刻，然后才进礼堂找玛莲。她已经不在座位上，难道是等得不耐烦先走了？他四下扫视一圈，现在讲台上有一位较年长的男人在说话，一面指着白色屏幕上的曲线与直线。布隆维斯特未加理会。最后终于发现玛莲站在右侧吧台边。那里摆着一杯杯的红酒与白酒，供来宾休息时间饮用。玛莲手拿着酒杯，一脸沮丧。

一定有什么地方不对劲。

第八章
六月十九日

　　法黎雅倚靠在舍房的墙边，闭着双眼。许久许久以来，她头一次渴望能照照镜子。尽管体内仍残存着恐惧，但她已感受到了一丝希望。她想到分区主任的道歉，想到她的新律师安妮卡，想到讯问她的警察。当然还想到了贾马。

　　在她的裤袋里有个褐色皮夹，里面放着贾马在文化中心听完辩论后给她的名片。名片上写着：

贾马·裘德里
博客写手、作家、达卡大学生物学博士

　　然后是他的邮箱地址与手机号码。底下用不同字体印着一个网址：www.mukto-mona.com。名片已经发皱，字体也因为摩擦而变得模糊。这想必是贾马自己印制的。她从来没问过，何必问呢？她怎会知道这张卡片会变成她最宝贵的资产？他们邂逅的那天夜里，她躲在毯子底下端详着名片，回想他们的谈话，脑中清楚记得他脸上的皱褶纹路。她应该马上打电话给他的，应该当天晚上就要取得联系，只是她年轻无知，又不想显得太急迫。最主要是她怎会知道自己马上就要被夺走一切：手机、计算机，甚至于穿着蒙面罩袍在小区走动的自由。

　　此时坐在囚室里，人生中悄悄射入第一道微弱的光线之际，她再次想起那个夏日，姑妈法娣玛坦承自己为了法黎雅撒谎后，法黎雅便被囚禁在家中。家人将她锁起来，并告知她即将嫁给一个她从未谋面的六等亲表兄，说他在达卡有三间纺织厂。三间哪！她记不得这个数字究竟听了几次。

"你想想啊，法黎雅。三间工厂啊！"

就算他们说三百三十三间，对她来说都一样。她觉得那个名叫喀马尔·法塔利的表哥令人厌恶。照片里的他看起来傲慢又坏脾气，听说他是萨拉菲主义者，也公然反对孟加拉国的世俗主义运动，这丝毫不令法黎雅惊讶。在喀马尔表哥前来拯救她脱离西方之前，她必须保持处女之身，还要当个逊尼派的良家妇女，因为喀马尔认为这是生死攸关的大事，这些说法她得知后也不意外。

那时候家里没有人知道贾马的事，但除了怀疑她不在法娣玛家的时间到底做了什么，还有其他因素使她招恨。另外在"脸书"网上有一些天真的旧照片，或许也有传闻证实了她"作贱"自己。

大门从里面用安全锁上了锁，由于两个哥哥（艾哈迈德和巴希尔）出外工作，家里总会安排人看住她。她多半只能打扫、煮饭、服侍家人，不然就是躺在房里，阅读她能取得的书籍：《古兰经》、泰戈尔的诗和小说、穆罕默德与最早几位哈里发的传记。不过她最喜欢做白日梦。光是想到贾马，就会害羞脸红。她知道自己很可悲，但也算是家人给她的礼物——就在所有的喜悦都被剥夺之后，单凭跟贾马沿着陀特宁街散步的回忆就能撼动整个世界。

当时她便已生活在监狱里，但她从不允许自己屈服于认命或绝望的感觉，而是变得愤怒，渐渐地，对贾马的怀念越来越无法带给她安慰。光是想到曾经畅所欲言的对话，便觉得在家里的每一段交谈都压抑而生硬，就连神也无法作为补偿。神一点也不崇高或宽大，至少在她家不是。神几乎等同于一把用来敲头的铁锤，一件没有气度的压迫工具，一如费尔多希教长所言。她开始因为呼吸困难与心悸而痛苦，到最后再也忍无可忍。不管怎么样，她非得逃离这种生活不可。

时序已进入九月，天气日渐转凉，她的双眼练就了一种新的敏锐度，时时留意着能够逃脱的途径。她满脑子几乎都只想着这个。夜里她会梦见自己逃跑，白天醒来依然幻想着此事。她时不时会偷瞄年纪最小的弟弟卡里尔，他也同样受到影响，不能再看他的美国或英国影视剧，甚至不能见他最好的朋友巴巴克，因为他是什叶派信徒。偶尔卡里尔会以痛苦不堪的眼神看她，仿佛完全理解她的感受。他能帮她吗？

她整颗心都被这个念头占据，还有电话。她开始跟着哥哥们在屋里打转，但会保持距离。当他们手里玩着手机输入密码时，她总是直勾勾地盯着看。但最重要的是她发现他们偶尔会把手机忘在桌上或斗柜上，还有几个较不显眼的地方，例如电视机上面，或是厨房的烤面包机或电水壶旁边。有时会上演一段滑稽的插曲，哥哥们找不到手机就起争执、互拨电话，要是设定静音，甚至会吵得更凶，还得循着震动嗡鸣声找半天。

她渐渐发觉这些闹剧是她的大好机会。机会一来，她就必须把握住，尽管知道这冒着相当大的风险。而且不仅仅事关家人颜面，也同时会断送父亲与兄长未来的"钱途"。那三间该死的工厂可以说是天上掉下来的礼物，能让他们赚大钱。倘若被她坏了好事，后果不堪设想，因此可想而知，他们会把她拴得更紧。

家里弥漫着一种毒素，如今哥哥们的眼神中已不只有自以为是与贪婪，他们也开始怕她。有时候他们会逼她多吃一点，因为听说喀马尔喜欢有曲线的女人，她要是太瘦可不行。她不能变得不洁，更不能有自由。他们像老鹰似的紧盯着她。

她本来可能就这样听天由命，放弃挣扎。不料，两年前那个九月中旬的某天早上，时机忽然成熟了。当时她正在吃早餐，大哥巴希尔在玩手机。

玛莲在摄影博物馆的临时酒吧旁啜了一口红酒。布隆维斯特离座时，她还很高兴亢奋，此时的她却像枯萎的花朵，十指埋插在长发中。

"嗨。"他轻声招呼。演说活动还在进行中。

"谁打来的？"她问道。

"我妹妹。"

"那个律师？"

布隆维斯特点点头:"出了什么事吗?"

"也没什么。我只是和里欧聊了两句。"

"聊得不投机?"

"聊得很开心。"

"那你怎么一脸闷闷不乐?"

"我们说了很多客套话。说我看起来有多美、说他在台上表现有多好、说我们有多想念对方……巴拉巴拉巴拉。可是我马上就感觉到有点不一样。"

"怎么个不一样法?"

玛莲沉默不语。她左右看了看,似乎想确认曼海默不会听到。

"觉得……空空的,"她说,"好像说的全是些空话。他看到我在这里,好像有点困扰。"

"朋友来来去去的嘛。"布隆维斯特带着好意说。

"我知道,拜托,没有里欧我也活得下去。可是我还是觉得不舒服。毕竟我们……有一阵子我们真的……"

布隆维斯特谨慎地挑选字眼:"你们很亲近。"

"我们是很亲近,但现在不只是疏远而已,还有种说不出的奇怪感觉。譬如,他说他和茱莉亚·邓培尔订婚了。"

"谁?"

"她以前是阿弗雷·厄格连的分析师。人长得漂亮,甚至可以说很美,但是不怎么聪明。里欧一直都不太喜欢她,还常说她幼稚。我怎么也想不通,他们怎么会忽然订婚了?"

"真凄惨。"

"你够了!"她啐了一口,"我可不是嫉妒,如果你是这么想的话。我是……"

"怎么样?"

"老实说,是困惑,不解。这其中有古怪。"

"你是说除了他打算娶一个不相配的女人之外?"

"你脑筋有问题啊,布隆维斯特。你自己知道,对不对?"

"我只是想要了解。"

"那很抱歉,你办不到。"她说。

"为什么?"

"因为……"她迟疑着,想找个适当说法,"因为我自己也还不了解。有件事我得先查一查。"

"你能不能别再这么神秘兮兮的?"

玛莲神色惊慌地看着他。

"对不起。"他说。

"该说对不起的人是我,"她说,"我有点小题大做了。"

布隆维斯特尽可能以同情的口气问道:"那就告诉我吧,这是怎么回事?"

"我不停地想起他大半夜坐在办公室里的那一天。事情有点说不通。第一,我从电梯走回来,里欧肯定听见了,因为他有听觉过敏症。"

"他有什么?"

"就是对声音极度敏感。他听力好得不得了,再轻的脚步声、蝴蝶拍翅的声音都听得见。真没想到我竟然会忘记这件事。但是今天他开讲前,有椅子刮地的声音,他反应剧烈,我一下全想起来了。麦可,你觉得我们要不要离开这里?我实在受不了这些关于买卖的谈话。"她说完一口气喝下杯子里的酒。

法黎雅正在等候再次问讯,但并没有她预期的那么害怕。她已经不止两次告诉他们有关最高戒护区的霸凌与虐待的事情,也成功地撒了谎。说起来很不容易。但警方还是不断逼问她莎兰德的事。

莎兰德怎么会在她的舍房里?莎兰德在这次意外中扮演什么角色?法黎雅很想放声大喊:救我的人是莎兰德,不是欧森!但她守住了承诺,也觉得这样对莎兰德是最好的。上一次有人为她挺身而出是哪年哪月的事?她记不得了。

这时她又想起在希克拉家中的那顿早餐,哥哥巴希尔就坐在她旁边,边敲手机边喝茶。那是个明媚的好日子,外面的禁区世界里阳光灿烂。家里原本订的日报早已停了,父亲也在更早之前就不再听P1电台的晨间新闻广播。全家人都与社会断绝了关系。

喝着茶的巴希尔抬起双眼。

"你知道喀马尔为什么一直拖时间吧?"

她看着外面的街道。

"他怀疑你是妓女。你是妓女吗,法黎雅?"

她没有应声。她从不回答这类问题。

"那个小混混异教徒老是来找你。"

这时她再也忍不住了:"那是谁?"

"一个达卡来的叛徒。"巴希尔说。

也许她应该感到愤怒,贾马才不是叛徒,他是英雄,是一个为了追求更好、更民主的孟加拉国而置个人生死于度外的人。但她此刻只觉得兴奋莫名。她日日夜夜想着贾马,这没什么好奇怪,因为她被锁起来了,无所事事。可是他自由自在,肯定常常去听讲座、参加招待会,轻而易举就能认识远比她有趣的女生。现在听到巴希尔的辱骂,她知道了贾马想再见她,在她的封闭世界里,没有比这个更美妙的事了。

她希望能独享这份喜悦,但并未松懈心理防线,只要稍微脸红就可能致命,口吃或是神情紧张也可能泄漏她的秘密,因此她继续戴着面具说道:

"叛徒?谁要理一个叛徒?"

她从桌旁起身离开,后来才发觉自己犯了错。为了假装不在意,反而演过了头。不过在当下有胜利的感觉,后来从冲击中回过神之后,她更加专注和小心了。

她一心一意想拿到手机,这份决心想必显露出来了,使得巴希尔和艾哈迈德随时留意着她的一举一动,也不再乱放手机或钥匙。时间一天天过去,十月来临。某个周六晚上,他们家里挤满客人,热闹嘈杂。过了一段时间她才明白是怎么回事。所有人都懒得告诉她,这天是她的订婚喜宴。也没有人显得格外开心。但至少她未来的丈夫不在场——喀马尔的签证出了问题。似乎还有其他人也没来,不外是那些受嫌弃或是在信仰上与她的兄长们渐行渐远的人。这一切都强调出他们家越来越孤立。不过法黎雅只顾着紧盯每个客人的脸。有谁能帮她吗?

一如往常,最有可能的人选就是卡里尔。他现年十六岁,大部分时间都只是闲坐在家,紧张地看着她。以前住在瓦勒岛时,他们共享一个房间,经常聊天到深夜——只要能和他说话的话。那段时间,母亲刚去世不久,他还没有经常往市区跑,一晃好几个小时不回家。但他的性情已开始有所改变,变得沉默寡言,最喜欢做的事就是缝纫和画画。他常常说好想回家,回那个他毫无记忆的家乡。

她考虑要在宴会的掩护下,叫他帮助她逃跑,但终究鼓不起勇气,于是去了洗手间。坐在里面的时候,已习惯随时提高警觉的她忽然瞥见高处的暗蓝色毛巾柜上有一部手机。一开始她不敢相信自己如此幸运。那是艾哈迈德的,她认出了锁定屏幕上的照片,是艾哈迈德得意扬扬地骑坐在一辆根本不属于他的摩托车上,笑得合不拢嘴。她怦然心跳,努力回想艾哈迈德是怎么输入密码的——她很仔细地观察过他。像是L字形,会不会是一、七、八、九?不对。她又试了一组号码,也不对,这时忽然害怕起来。万一把手机锁住了怎么办?她听见外面有脚步声和说话声。有人在等她吗?宴会上,父亲与哥哥们自始至终都看着她,她真的该把电话放回原处然后出去了。不过她又试了一次,这回——她全身像触电似的——成功了。她惊恐地跨进浴缸,因为这里离门最远。接着拨打贾马的电话,如今这个号码和她自己的名字一样已经烂熟于心。

那拨号音有如雾中的号角声,幽暗海上的求救信号,突然间话筒中传出沙沙声。有人接起来了。她闭上眼睛,焦虑地倾听走廊上的声响,准备随时挂断电话。但就在此时她听见了他的声音和他的名字,于是小声地说:

"是我,法黎雅·卡齐。"

"啊，法黎雅！"

"我不能说太久。"

"我听着。"他说。

光是听到他的声音就让她喉咙缩紧起来。她想叫他报警，但没有，她不敢。她只说：

"我需要见你。"

"那我会非常高兴。"他说。

她只想大喊：高兴？我都要飞上天了！"可是我不知道什么时候才可以。"她说。

"我都在家。我在乌普兰路租了一间小公寓，大部分时间都在看书写作，你随时都可以来。"他说完便告诉她地址和大门密码。

她从艾哈迈德的通话记录中删除号码后，将手机放回柜子上，走出洗手间，穿过所有的亲友回到卧室，发现也有人站在里面。她请他们离开，他们尴尬地笑笑便出去了。随后她躺下来蒙上被子，下定决心要逃跑，不惜一切代价。于是，她人生中最快乐也最悲惨的日子就这样展开了。

玛莲与布隆维斯特走向听众席后方，经过入口的展示桌，来到户外的阳光下。他们行经停泊在码头边的船只，抬头望向博物馆与码头后方公路另一边的巨岩，久久未发一言。外头天气炎热。布隆维斯特已抖落急躁情绪，玛莲却看似另有心事。

"你刚刚说的关于他听力的事，很有意思。"

"是吗？"她显得心不在焉。

"赛革，就是多年前中枪丧命的那个心理学家，他的论文正是关于听力对自尊的影响。"布隆维斯特说。

"是因为里欧吗，你觉得？"

"不知道，但听起来不像一般的研究主题。里欧对声音的极度敏感是怎么样的情形？"

"比如说在开会，他会忽然坐挺起来，无缘无故把头偏到一边。

没多久，就会有人走进会议室。他总会比其他人先听到。有一次我向他问起，他不置可否。但后来，我快离开公司的时候，他才告诉我他的听力是他一辈子的负担，还说他在学校一无是处。"

"我还以为他成绩优异呢。"布隆维斯特说。

"我也是。不过刚上学的前几年，他老是坐不住。如果是出身一般家庭，他很可能会被调到特教班。然而他是曼海默家的一员，他们为这个问题倾注了各种资源，结果发现他有特殊听觉，所以受不了在教室上课，即使再细微的嘈杂声或摩擦声都会干扰他。于是他们决定让他在家自学，也是这样才将他培养成你在文章中读到的那个高智商神童。"

"这么说他从未以自己的好听力为傲咯？"

"我不知道……也许一方面觉得丢脸，另一方面却也会加以利用。"

"他一定很善于窃听。"

"那个心理学家有没有写到听力极度敏感的事情？"

"我还没看到他的论文，"布隆维斯特说，"不过他的确在其他地方写过，某个特定时期的资产到了另一个时期可能会演变成负债。在狩猎采集时代的森林里，听力好的人警觉性最高，因此最可能找到食物。而在充满噪声的大城市，同样的人却可能有混乱与负担过重的危险。与其说是参与者，倒不如说是承受者。"

"他是这么写的：与其说是参与者，不如说是承受者？"

"如果我记得没错的话。"

"真可怜。"

"为什么这么说？"

"总的来说，里欧就是这样。他始终是个旁观者。"

"除了十二月那个星期之外。"

"除了那次之外。但你觉得发生在森林的枪击事件有点诡异，对吧？"

他听出她的声音里重新流露出好奇，心想这应该是好预兆。也许她会多透露一点关于那天晚上她在办公室看到的曼海默究竟有何奇怪之处。

"我开始感兴趣了。"他说。

里欧·曼海默从未忘记过卡尔·赛革。即便长大成人后,每到星期二下午四点,平常与赛革约诊的时间,仍会有一股剧烈的失落感蓦然袭上心头。他有时还会在脑中与他对话,像在与幻想的友人交谈。

不过,里欧确实如赛革所预言的,越来越能够应付这个世界与其中的声音。他的听力与绝对乐感变成是一种资产——弹奏乐器时就更不用说了。有一段很长的时间,他几乎什么都不做,只是弹钢琴,梦想着成为爵士钢琴家。将近二十岁时,甚至接到过音响大厂Metronome的录音邀请。他对此婉拒了,因为他觉得手上的素材还不够好。

就读斯德哥尔摩经济学院时期,他只当是一段人生插曲。等到凑齐一些更好的乐曲,他就能出自己的唱片,成为爵士钢琴界的另一个凯斯·杰瑞。不料这段插曲最后却成为他的人生,他自己也始终不明其所以然。是因为害怕失败而让父母失望吗?或者是一回回的消沉,如季节更迭般规律性地发作?

曼海默一直未婚,这点也同样难以理解。大家都对他十分好奇,异性也会被他吸引,他却不那么容易受到吸引——与他人在一起时,他总会渴望着家中的宁静平和。话虽如此,他倒真的爱过玛德莲·巴尔特。

而这也很奇怪,因为他们似乎没有太多共同点。他并不认为自己单纯只是爱上她的外貌,更不可能是为了财富。她与众不同——他向来都这么认为——那双湛蓝色眼睛仿佛暗藏着秘密,美丽的脸庞也偶尔会掠过一丝哀愁。

他们订了婚,并在他位于芙劳拉街的公寓同居过一段时间。当时他刚刚继承了父亲在阿弗雷·厄格连证券的股份,玛德莲的双亲对这类事情十分重视,因此把他当成金龟婿。他们的关系也不是没有麻烦。玛德莲想要接连不断地举办餐宴派对,里欧则是尽可能地抗拒,两个人就会因此吵上几个小时。有时候,她甚至会把自己反锁在卧室里大哭。但无论如何,这应该会是一段良缘,他深信不疑。他和玛德莲可是爱得如痴如狂。

然而灾难降临了,这恐怕只是证明了他一直在自欺欺人。事情发生在八月,在莫那夫妻在群岛区的瓦姆多岛举办的一场小龙虾派对上。从一开始气氛就很紧张。他感到郁闷,觉得客人又吵又无趣,于是孤僻自处,结果让玛德莲像只好动的花蝴蝶,在宾客间飞来舞去,滔滔不绝地对一切发出赞美:"好出色,真的很不可思议,你们把这地方布置得太美了,好棒的一片家业。我实在太——喜欢了。我们马上就搬过来……"但那天晚上并无任何特殊之处,只是日常伪装的一部分。

到了午夜他不再勉强,拿了本书(知名单簧管乐手梅兹·梅兹洛的《正宗蓝调》)躲进一间安静的房间。在书架上发现这本书时,他有些诧异,或许这个派对还是有点意思的。他满脑子幻想着一九三〇年代新奥尔良与芝加哥的爵士俱乐部,对于隔壁传来酒酣耳热、尖声高唱的歌曲几乎充耳不闻。

凌晨一点刚过,伊瓦·厄格连进到房里来,和平常参加派对一样喝得醉醺醺,戴了一顶可笑的黑帽子,身上褐色西装的腰围处绷得紧紧的。里欧用手捂住耳朵,以免伊瓦一如往常大吼大叫或是发出其他讨厌的吵闹声。

"我要带你未婚妻去划船。"伊瓦说。

曼海默反对道:"开什么玩笑,你都喝醉了。"说了也没用,但伊瓦以至少给玛德莲穿上救生衣作为让步。曼海默走上阳台,凝视着红色救生衣消失在海面上。

海面风平浪静。那是个清朗的夏夜,繁星满空。伊瓦和玛德莲在船上轻声细语。不过没有差别,曼海默还是听得见每一个字。他们只是言不及义地瞎扯淡,一个新的、比较粗俗的玛德莲逐渐现形,让他觉得心痛。随后小船消失在更远处,连他也听不见他们说话了。他们离开了几个小时。

两个人回来的时候,其他客人都已经走了。天色已逐渐泛白,曼海默站在海边,喉咙口像是被什么东西梗住。他可以听到他们拉船上岸,玛德莲摇摇晃晃向他走来。搭出租车回家途中,他们俩之间仿佛筑起一道墙,曼海默非常清楚伊瓦在海上说了些什么。九天后,玛德莲便收拾行李离开了。同一年的十一月二十一日,当雪花飘落斯德哥尔摩、全国笼罩在黑暗之际,她宣布了她与伊瓦订婚的消息。

曼海默罹患了一种疾病,医生形容为局部麻痹。

身体复原后,他回到公司,友善地向伊瓦拥抱贺喜。他去参加了订婚宴和婚礼,每当遇上玛德莲也会亲切打招呼。每个该死的日子,他都强装笑颜,让外人以为他和伊瓦之间的终生情谊经得起任何考验。但在他内心深处其实有截然不同的想法。他打算要报复。

至于伊瓦,他自知并未全面胜利。曼海默依然是个威胁,也是他争取阿弗雷·厄格连最高位的竞争对手。他计划要一举击垮曼海默。

在霍恩斯路边上,玛莲忽然无缘无故停了下来。此时留在阳光下实在太热了,但他们就这样犹疑地站在那里,看着行人从旁边经过,远处还有一辆车按着喇叭。玛莲没再多说她与曼海默碰面的事,她往下看着玛利亚广场。

"好了,我得走了。"她说。

她心不在焉地亲他一下,便匆匆步下石阶到霍恩斯路,然后穿越玛利亚广场。布隆维斯特站在原地,犹豫不决。随后他拿出手机,打给爱莉卡,他亲密的友人兼《千禧年》总编辑。

他告诉她说这几天不会进办公室。他们刚刚将七月号刊送印。马上就到仲夏节了,这么多年来,今年头一次有能力聘请两位暑假临时雇员,有助于减轻他们的工作量。

"你听起来有气无力的,发生什么事了吗?"爱莉卡问道。

"莉丝在富罗博加的舍房发生严重的攻击事件。"

"那可不妙。受害者是谁?"

"一个帮派分子。事情相当麻烦，莉丝又是目击者。"

"她通常都知道该怎么办的。"

"但愿如此。不过……你能不能帮我另一个忙？能不能请办公室某个人，最好是苏菲，明天跑一趟市府档案室去调三个人的个人资产？要是有人问起，她可以说基于民众有查看公家记录的权利，我们有权调阅。"

他将自己记在手机上的姓名与身份证号码告诉爱莉卡。

"老曼海默，"爱莉卡说，"他不是早死了吗？"

"六年前。"

"我小时候见过他两三次。我父亲跟他算是旧识。这和莉丝有关系吗？"

"有可能。"

"什么关系？"

"老实说我也不知道。那位老人家是个什么样的人？"

"我当时还小，也说不上来，但他的确有点恶名在外。不过我印象中他人还挺好的，他问我喜欢哪种音乐，他很会吹口哨。你怎么会对他感兴趣？"

"这一点也得晚些时候再告诉你。"布隆维斯特说。

"好吧，随便你。"爱莉卡语毕，开始跟他说起下一期杂志和广告业务的事。

他没怎么用心听，最后突然挂了电话，继续沿着贝尔曼路走。他经过"主教牧徽"酒吧，走下陡斜的卵石街道来到住处大门，然后爬上自家的阁楼公寓。进门后他坐到计算机前，一边继续上网搜寻，一边灌下两瓶捷克比尔森啤酒。

他的重点主要放在东哈玛的枪击意外，但并未找到更多信息。依过去的经验，旧日刑事案件总是很难再找到新线索。他无法取得数字档案（这些数据因公共政策之故受到保护），而且根据瑞典国家档案局的记录保存政策，预审庭的调查资料五年后就会销毁。他决定第二天前往乌普萨拉地方法院，去搜一搜他们的档案记录。之后，或许可以顺便造访那里的警察总局，或是找个可能对该案还有印象的退休刑警问问。到时再见机行事。

他也拨了电话给伊莲娜·尤特，她是卡尔·赛革当时的未婚妻。他马上就发觉对她而言这是禁忌话题，她不想谈论赛革。她始终保持礼貌与亲切的态度，但说自己实在提不起勇气更深入地回忆这一切："希望你能体谅。"后来她又改变心意，答应隔天下午与布隆维斯特见面，不是因为他这个老记者的魅力，也不是对他的动机感到好奇，而是因为他大胆下了赌注，信口说出里欧·曼海默的名字。

"里欧，"她惊呼道，"天哪！都多久了。他好吗？"

布隆维斯特说他不知道："你和他亲近吗？"

"是啊，我和卡尔都很喜欢那个孩子。"

结束通话后，他收拾了厨房，心里琢磨着要不要打电话给玛莲，试着套出令她困扰的原因。后来还是决定淋浴更衣，在快六点时离开住处，走到辛肯斯达姆的 Pane Vino 餐厅去赴妹妹的约。

第九章
六月十九日

她会处理,马丁不需要担心,她这么说。这是他们当天第四次通电话,她仍未泄漏内心的不耐烦。但挂断电话时,她喃喃说了声"没用的家伙",然后检查本杰明(她的忠实友人兼助理)为她准备好的用品。

拉珂·葛莱慈是个心理分析师,也是精神病学的助理教授,她有几项出名的事迹,但最出名的是她有条不紊的个性。她做事极有效率,即使在诊断出罹患胃癌后也未曾改变。现在开始她必须如实遵守一丝不苟的整洁习惯,对这点她绝对是有病态的执着。每一粒灰尘都像变魔术似的凭空消失,而且再没有比她碰过的桌子或水槽更干净的了。她现年七十岁,又患有绝症,却时时刻刻活力充沛。

今天,时间在马不停蹄的匆忙中过得飞快。现在是傍晚六点半,已经太晚了,她本该马上采取行动才对。可是事情老是这样。马丁·斯坦伯格太过软弱,幸好没有听从他的意见。当天早上她便开始联络电话公司和提供居家护理的单位。然而,这期间还是有可能发生很多事。那个愚蠢的老家伙说不定会有访客,然后他就会把自己知道的或怀疑的全说出来了。虽然采取这个行动很危险,但是也别无他法,否则要担的风险太大了,一直以来由她管理的机关里头出了太多差错。

她往手上抹了酒精凝胶后走进浴室。她对着镜子微笑,仿佛为了证明自己还能显露快乐的神情。在葛莱慈看来,现在发生的事有其光明面。她已经在病痛的隧道里活了这么久,此时的任务增加了她人生的真实感,像一个新生而隆重的仪式。葛莱慈一向很享受使命感,喜欢设定更高的目标。

她独自住在斯德哥尔摩瓦萨区卡尔贝路,是一间三十三平方米的公寓。她刚刚结束一个疗程的化疗，整体说来感觉还好。头发变得比较稀疏，但大部分都还在，是她戴的冰帽起了作用。她依然好看，高大、苗条、挺拔、五官端正，并流露出一种不怒而威的气质。这些都是她从卡罗林斯卡医学院毕业后就有的。

她喉咙处确实有那些火焰记号，年轻时这个胎记虽然带来种种不便，但她还是慢慢地懂得欣赏它了。她十分引以为傲，即便如今的她总是穿套头高领衫，却不是因为害羞或丢脸，只是刚好这样的穿衣风格与她的保守性格十分相配——高贵、从不打扮得花枝招展。葛莱慈年轻时定做的外套、裙装与裤装都还能穿得下，而且无须修改。她有一种冷漠又严厉的姿态，也许正因为如此，每个人在她面前都会加倍努力。她能力强、反应快，并且知道忠于信念与忠于人的价值。她从未泄漏过任何工作上的机密，即便是对已故的丈夫艾瑞克也不例外。

她走到阳台上，望向欧登广场，右手稳稳地放在栏杆上，没有颤抖。接着回到屋内，稍微打扫一下，然后从走廊的橱柜中拿出一只棕色皮制医生包，把本杰明准备的东西放进去。随后再次走进浴室，这次画了点妆，选了一顶看起来廉价的黑色假发。她又露出微笑，也或许是脸部抽搐。尽管已是经验老到，她却忽然紧张起来。

布隆维斯特和妹妹来到布兰契尔卡路的 Pane Vino 餐厅，坐在外面的露天座。他们点了松露意大利面和红酒，聊着今年燠热的夏天，并分享彼此的度假计划。安妮卡简要地向哥哥进一步说明富罗博加的情况，然后总算进入这次碰面的正题。

"麦可，有时候警察真的很笨，"她说，"你对孟加拉国的局势熟不熟？"

"说不上熟，不过确实知道一点。"

"那么你至少会注意到当地的主流宗教是伊斯兰教。可是根据宪政体制，他们是一个保障媒体与言论自由的世俗国家。理论上听起来完全有可能。"

"但就我所知，其实不太行得通。"

"政府在伊斯兰主义分子施压之下，立法禁止任何可能伤害宗教情感的言词。只要特别费点心思，就能把'可能'两个字延伸到很多事情上面。法令的诠释也很严格，因此有一大票作家被判多年徒刑。但这还不是最糟的。"

"最糟的肯定是这条法令将攻击那些作家的行为合法化。"

"这条法令让伊斯兰主义极端分子如虎添翼。圣战士和恐怖分子已经开始有系统地威胁、骚扰和谋杀异议分子，而且犯案者几乎都没有被起诉。有一个Mukto-Mona网站受到的打击尤其大。他们的宗旨是要宣扬言论自由，启发民众，促进开放的世俗社会。有不少在网站上留言的人都遭到杀害，好像有三十人左右，其他人则是受到恐吓，被列入死亡名单。贾马·裴德里就是其中一个。他是个年轻的生物学者，偶尔会为Mukto-Mona网站写关于进化理论的文章。裴德里被国内的伊斯兰极端分子正式判死刑，他在瑞典'笔会'的协助下逃到瑞典来。有很长一段时间，他好像又能轻松呼吸了。他原本很沮丧，可是慢慢好转了，后来有一次去文化中心听了一场关于宗教对女性的压迫的座谈会。"

"结果在那里遇见了法黎雅·卡齐。"

"很好，看来你做过功课了，"安妮卡说，"法黎雅坐在靠后面的位子，而且她……绝对可以说是个大美女。贾马看到她以后就无法转移视线，座谈会结束立刻上前搭讪。从此展开的不只是一段罗曼史，也是一出悲剧，现代的《罗密欧与朱丽叶》。"

"怎么说？"

"法黎雅和贾马的家庭立场对立。贾马支持自由开放的孟加拉国，但法黎雅的父兄却和国内的伊斯兰极端分子站在同一阵线，尤其是法黎雅被迫许配给喀马尔·法塔利以后。"

"那是谁？"

"一个四十五岁左右的胖男人，住在达卡的一栋豪宅里，有很多用人服侍。他不只经营一家小纺织企业，也赞助国内的几家'叩密'。"

"叩密是……"

"政府体制外的《古兰经》学校。有证据显示年轻的圣战分子是在其中几间学校接受思想训练的。喀马尔·法塔利已经有一个和他年龄相当的老婆,可是春天时他看到法黎雅的照片便迷上了,想娶她当二房。你应该想象得到,他没那么轻易能申请到签证来见他未来的新娘,所以越来越灰心。"

"加上又跑出贾马这个程咬金。"

"那可不?喀马尔和卡齐家的兄弟至少有两个理由要杀他。"

"所以你的意思是贾马并非自杀?"

"我可什么都还没说,麦可。我只是替你铺陈一下背景,简述我和莉丝的谈话内容。贾马就像罗密欧,属于敌营蒙太古家,是全族的对头。其实贾马也是个虔诚的伊斯兰教教徒,只是思想比较开放,他和父母亲一样(他们都是大学教授),认为在任何社会中,人权都应该是最基本的权利。光是这点就足以让他成为喀马尔和卡齐家的敌人。他对法黎雅的爱让他构成私下的威胁,不只是威胁到法黎雅父兄的名声,也威胁到他们未来的经济状况。他们有明确动机要除掉他,贾马很早就发觉自己身陷险境。但他避免不了。悲剧发生后警方找到了他的日记,并请人翻译,在初步调查贾马的死因时有被提及。他在日记里写了这件事,要不要我念一点给你听听?"

"好啊。"

布隆维斯特喝着他的奇扬第红酒,安妮卡则从公文包取出一叠厚厚的警方记录翻动起来。

"这里,"她说,"你听着。"

自从必须眼睁睁看着朋友死去,被迫离开家乡,我的世界就好像笼罩在烟灰中。再也看不到任何色彩。生命毫无意义。

"最后一句后来被用来佐证他在地铁自杀的说法,"她说,"不过下面还有。"

我仍然试着找事情做，六月的某一天，进市区去听一场关于宗教压迫的辩论会，但并未抱太大期望。以前觉得有意义的事现在似乎都无所谓了，我不明白为什么台上的教长仍然相信还有许多事情值得奋斗。我已经放弃，一脚跳入墓穴。我觉得自己也被杀死了。

"他写得有点煽情。"安妮卡带着歉意说。
"不会啊。贾马还年轻，不是吗？年轻人写文章都是这样。他让我想起我们那位可怜的同事安德雷。继续吧。"

我以为自己心已死，对世界再无感觉。没想到我看见大厅后面有一位穿黑色洋装的年轻女孩，她眼中噙着泪水，美得令人不敢直视。我内心再度活了过来，仿佛受到电击后复苏了，我知道我非去找她说话不可。不知为何我就是知道我们彼此相属，除了我没有人能抚慰她。我走了过去，说了几句陈腔滥调，以为自己把事情搞砸了，不料她露出微笑。于是我们走到外面的广场——就好像本来就知道我们会到广场去似的——然后走过长长的徒步区，经过国会楼。

"好了，我就不再念了。贾马始终无法和任何人讨论他在 Mukto-Mona 网上的那些朋友的遭遇，可是和法黎雅在一起，自然而然就脱口而出了，他把一切都告诉她，从日记里可以清楚知道。他们走了将近一公里之后，法黎雅说她得赶快走了，接过他的名片后，承诺很快会打电话给他。可是她始终没打。贾马等了又等，后来也不再抱希望。他在网络上找到法黎雅的手机号码，并留了话，总共留了四五通，或者六通吧。还是没有回音。后来，有个男人打给贾马，对他大声咆哮，叫他再也不许联络。'法黎雅瞧不起你这个杂碎。'那男人这么说，贾马听了心都碎了。但过了一阵子他开始起疑，便稍稍调查了一下。他并未全盘了解，不知道父亲和哥哥没收了法黎雅的手机和计算机、过滤她的电子邮件和来电，还把她关在屋里。但他不久便察觉到事情很不对劲，于是去找费尔多希教长，教长说他也很担心。他们一起去找相关单位，但没有得到任何帮助。什么事也没发生。费尔多希亲自上门拜访，也吃了闭门羹。贾马已经准备要闹个天翻地覆，没想到……"

"接着说。"

"法黎雅忽然来电，用另一个电话打的，说她想见他。当时贾马在诺斯德出版社的协助下，在乌普兰路偷偷租了间公寓。后来发生了什么事并不清楚，只知道家中的小儿子卡里尔帮助法黎雅逃跑，她直接就到乌普兰路去。贾马和法黎雅的重逢有如电影情节或梦境。他们夜以继日地做爱、谈心。法黎雅在接受警方侦讯时几乎一言不发，却证实了这一点。他们决定联系警方与笔会，求助他们帮忙藏身。只可惜……真令人遗憾。法黎雅想和弟弟道别，她也一直信任他。他们约好在北铁广场的一家咖啡馆碰面。那是个冷飕飕的秋日，法黎雅穿上贾马的蓝色羽绒夹克出去，还戴上了兜帽。她最终没能抵达目的地。"

"她遭到了伏击，对吧？"

"肯定是的——还有目击证人。不过我和莉丝都不相信是卡里尔骗她去的，我们怀疑是哥哥们跟踪卡里尔。他们把红色本田喜美停在班胡斯街，坐在车上等法黎雅，一看见她靠近，就用迅雷不及掩耳的速度把她拖上车，带回希克拉的家中。看样子哥哥们是打算把法黎雅直接送到达卡，但不意外，他们觉得这样太冒险。要怎么预防她在亚兰达机场或飞机上闹事呢？难道得给她下药？"

"所以他们逼她写信给贾马。"

"没错。只是那封信的内容比信纸本身还没价值，麦可。笔迹是法黎雅的，这点相当清楚。但显然是照哥哥或父亲的意思写的——不过法黎雅在内容当中偷偷夹带了一些线索。'我一直都说我从来没爱过你。'这一定是秘密讯息。贾马在日记里说，他们每天早晚总是一遍又一遍地向对方表达浓浓的爱意。"

"她去见卡里尔之后没有回去,必然会让贾马心中警铃大作。"

"当然。有两名助理警员尽责地造访希克拉,当父亲站在门口向他们保证没事,只是法黎雅染上风寒,他们也就离开了。但是贾马可不会任人搪塞过去。他打电话给所有他想得到的人,卡齐家八成察觉到快要没时间了。十月二十三日星期一,贾马在事件的叙述中写道:'他醒来时体内有一种死亡的感觉。'出事以后,警方拿这句话大作文章,我却不会把它解读成他已经死心。那是贾马自我表达的方式。他身心俱裂,已经开始流血不止。他无法入睡、无法思考,几乎不成人样。他写自己是'蹒跚前进',并哭喊出他的'绝望'。对于这些语句,调查人员想太多了,我是这么觉得。从字里行间看来,他比较像是想要奋战,想要收复自己所失去的。最重要的是他很忧心。'法黎雅现在在做什么?''他们在伤害她吗?'虽然法黎雅的信摊开放在厨房餐桌上,他却提都没提,很可能是一眼就看穿了。

"我们知道他再次尝试与费尔多希联络,但教长人在伦敦开会。他也打电话给平时交情不错的斐德瑞·罗大伦,斯德哥尔摩大学生物系的助理教授。他们约晚上七点在霍恩斯布鲁克街见面,罗大伦夫妻和两个小孩就住在那里。贾马待了很久,孩子们都上床了,罗大伦的妻子也去睡了。罗大伦对他深感同情,可是他自己隔天早上还得早起,贾马就跟大多数面临危机的人一样,同样的事说了又说,到了午夜,罗大伦请他回家,并答应隔天早上会联络警察和妇女庇护中心。前往地铁的路上,贾马打电话给他通过笔会认识的作家科拉斯·伏娄贝,没有人接,然后贾马就走下霍恩斯杜尔地铁站。时间是二十四日星期二零点十七分,一场暴风雨刚刚抵达,外面下着雨。"

"所以人不多。"

"月台上有个女人,是个图书管理员。监视器画面捕捉到贾马从她身边走过,整个人垂头丧气。可以理解。自从法黎雅失踪后,他几乎都没睡,觉得每个人都弃他而去。不过,麦可……贾马绝不会在法黎雅最需要他的时候弃她不顾。月台上有一部监视器坏了,这或许是个不幸的巧合。但我不相信有那么巧,就在列车进站时,有个年轻人上前用英语和那位图书管理员交谈,而贾马也在同一时间落轨。女管理员没有看见事发情形,所以不知道贾马是跳下去还是被推下去,而且也无法确认和她说话那个年轻人的身份。"

"列车驾驶怎么说?"

"他名叫史提凡·罗伯松,基本上正是因为他,贾马的死才被判定为自杀。罗伯松说他很肯定贾马是跳下去的。但他也因为这起事故受到创伤,我猜他被问了一些诱导性的问题。"

"怎么说呢?"

"负责讯问的人似乎不想考虑其他可能性。罗伯松第一时间的说辞,也就是在他大脑拼凑出比较可以理解的叙述之前,他说他看到手脚猛烈地挥踢,好像贾马有太多手太多脚似的。这话他没有再说过,更奇怪的是他的记忆好像越来越好。"

"那验票口的警卫呢?他肯定看到犯人了吧?"

"警卫正在 iPad 上看影片,说是有几个人从旁边经过,但没有特别注意到谁。他以为大多都是下车的乘客,他记不清楚了。"

"那里没有摄影机吗?"

"有啊,我看了一下,没什么重大发现,不过出站的人大部分都确认了身份,只有一个看起来年轻、身材瘦长的男人除外。他一直低着头,还戴了帽子和太阳眼镜,所以看不清长相。他的神态显得紧张,好像不想被人认出来。警方竟然没去追踪他,真是丢脸,尤其他有个很明显的抽搐动作。"

"我同意,我会再查查看。"布隆维斯特说。

"另外我们还要替法黎雅辩护,她被判刑的那个案子。"安妮卡说。她正要继续说下去,餐点端上来了,他们的注意力随之转移。不只是因为侍者忙着摆盘、磨帕马森干酪,还因为一群正要前往伊泰史塔小街与希拿维克山的年轻人吵吵嚷嚷地经过。

潘格兰心里想着叙利亚战争与其他种种苦难(包括他痛如刀割的臀部),还想着自己打给马丁·斯坦伯格的那通愚蠢电话。他也口渴得不得了。他水喝得极少，也几乎没有进食。露露还要过一会儿才会来为他进行晚间仪式，如果她真的会来的话。

好像没有一件事顺利。电话就不用说了，两个电话都出故障，又没有人来帮忙，连玛莉塔也没来。他整天都躺在床上，越来越心浮气躁。他其实应该启动就挂在脖子上的警报器，虽然他迟迟不肯使用，此时却似乎是恰当时机。他实在太口渴了，简直无法好好思考。而且又很热，一整天都没有人替他开空调或是开窗。没有人来做任何事情。他近乎绝望地倾听楼梯间的动静。是电梯声吗？随时都能听到电梯的声音，总有人来来去去，但没有人在他门口停下脚步。他嘴里一边咒骂着，一边在床上转身，只觉得阵阵刺痛难忍。与其打电话给（很可能是骗子的）斯坦伯格教授，他其实应该联络机密笔记中也提起过的名叫希尔妲·冯·坎特波的那位心理医生，笔记中说她向莉丝的母亲谈起数据管理处，违反了保密义务。如果有谁能帮他，肯定会是她，而不是负责整个计划的人。他真是大笨蛋，而且人怎么会口渴成这样！他考虑要对着楼梯间扯开喉咙大喊，也许会有哪个邻居听到。不过，等一下……他听到有脚步声往这边来。他脸上绽出一抹微笑。一定是露露，是他的好露露。

大门打开又关上，来人在门垫上蹭了蹭。他用尽最后仅存的力气大喊："哈啰，哈啰，来跟我说说西哈宁格怎么样。那个人叫什么来着？"没人应声，这时候他听出了来人的脚步比露露来得轻，比较有规律，好像也比较用力。他左右张望一下，想找东西防身，但旋即松了一口气。有个高大苗条、穿着高领上衣的女人出现在房门口，对着他微笑。她年约六十，或许七十，五官深邃而分明，眼中透着几分谨慎的暖意。她提着一只看似过时的棕色医生包，身子挺得笔直，整个人流露出一种与生俱来的威严，笑容十分优雅。

"你好，潘格兰先生，"她说，"露露觉得很抱歉，但她今天不能来。"

"她没出什么事吧？"

"没有，没有，只是点私事，不要紧的。"女人说道，潘格兰顿时感到伤心失望。

他还感觉到一点什么，只是自己也说不上来。他实在太昏沉、太口渴了。

"请你替我倒杯水好吗？"

"哎呀，当然可以。"女人说道，口气和多年前他的老母亲一模一样。

她戴上乳胶手套后走开来，回来时端了两杯水。他用颤抖的手喝了水，这才觉得世界逐渐恢复色彩，水让他稍微重新稳定下来。接着他抬头看那个女人。她的眼神看似温暖热情，但他不喜欢那双乳胶手套和那头与她毫不相衬的浓密头发。是假发吗？

"现在好些了吧？"她问道。

"好多了。你是居家照护公司的临时雇员吗？"

"我偶尔会支持紧急状况。我七十岁了，所以很可惜，他们不常找我。"女人一边回答一边解开他的睡衣纽扣，由于躺了一整天，衣服都被汗水浸湿了。

她从棕色皮包里拿出一片吗啡贴片，将他的护理床摇高，拿棉花球擦拭他背部高处的某一部位。她的动作准确利落，碰触时十分小心。她知道自己在做什么，这点毋庸置疑。她是个能手，全然不像某些看护那样笨手笨脚。但这也让潘格兰觉得脆弱——这女人简直专业过头了。

"动作别太快。"他说。

"我会小心的。我看了关于你的疼痛记录，好像非常不舒服。"

"还可以忍受。"

"可以忍受？"她重复了一遍，"这样不够。生活质量应该要更好。今天我会替你增加一点药量，他们对你未免小气了点。"

"露露……"他才刚开口。

"露露很好，但她不是决定吗啡剂量的人。她没有这个权限。"女人打断他的话头，用熟练的双手，驾轻就熟地贴上贴片。

感觉上吗啡似乎立即生效。

"你是医生，对吧？"

"不，我没那么厉害。我在苏菲亚医院当了多年的眼科护士。"

"是吗？"他说道，并似乎察觉到女人有点紧张，嘴角抽动了一下。但或许没什么。

也或许是他试图这么说服自己。不过他还是忍不住开始更加仔细地端详她的面容。她有一定程度的气质，对吧？只是她的头发一点气质也没有。还有眉毛也是，颜色和样式都不对，看起来好像匆匆忙忙贴上去似的。潘格兰暗想，这一天真是奇怪，并回想起前一天的谈话。他看着女人的高领上衣。那件衣服有什么地方令他困扰呢？他无法有条理地思考，空气太闷太热。他在不知不觉中将手移向他的贴身警报器。

"你能不能开扇窗？"他问道。

她没有响应，却以轻柔、从容的手势抚摸他的脖子，然后取下挂在他脖子上的警报器，面带微笑说：

"窗子不能开。"

"什么？"

她的回答苛刻得令人不快至极，他几乎一时还反应不过来，只是惊愕地瞪着她，不知如何是好。他的选择有限。警报器被她拿走了，他只能躺在床上，而她却有一个医生包和高度的专业效率。说来也奇怪，女人看起来很模糊，好像在焦点的范围内移进移出。他蓦然明白了：房里的一切都渐渐模糊不清，他开始感到迷迷糊糊。

他逐渐失去意识，一边又尽全力对抗着。他摇着头，挥舞健全的手，大口吸气。女人却只是面露微笑，仿佛十分得意，接着又在他背上贴了一片贴片。之后她重新帮他穿上睡衣，将枕头扶正、床放低。她轻轻拍他几下，好像想用某种变态方式好好地补偿他。

"现在你就要死了，霍雷尔·潘格兰，"她说，"也该是时候了，对吧？"

安妮卡和布隆维斯特啜饮着酒，半晌沉默不语，只是抬起眼睛望向希拿维克山。

"比起贾马的性命,法黎雅恐怕更为自己担心,"安妮卡说,"但是日子一天天过去,始终相安无事。我们不太清楚希克拉那栋公寓里的情形。她父亲和哥哥口径一致,说辞被美化到根本不可能是真的。不过可以肯定的是他们感受到了压力。小区里传出风声,有人报警,他们恐怕费了很大力气才能让法黎雅乖乖听话。"

安妮卡又接着说:"有两件事可以确定。我们知道贾马跌落地铁轨道的隔天晚上快七点时,大哥艾哈迈德站在四楼客厅的大窗前,法黎雅走到他身边,据老二说他们两个人交谈了几句,然后法黎雅忽然抓狂,整个人扑向艾哈迈德,把他推出窗外。为什么?因为他告诉她说贾马死了吗?"

"听起来有这个可能。"

"我同意。但她是不是也发现了其他事情,因此把怒气和绝望发泄在哥哥身上?最重要的是,她为什么不告诉警察?把事发经过说出来,这对她有百利而无一害。可是她在整个讯问与审判过程都守口如瓶。"

"和莉丝一样。"

"有点像,却不一样。法黎雅退缩在她无言的悲伤中,不肯留意周遭的世界,对自己受到的指控完全不为所动,沉默以对。"

"我可以明白为什么莉丝不喜欢别人去找那个女孩麻烦。"布隆维斯特说。

"同感,所以我很担心。"

"莉丝在富罗博加可以用计算机吗?"

"不行,绝对不行,"安妮卡说,"这点狱方很强硬。禁用计算机,禁用手机。所有访客都要仔细搜身。为什么这么问?"

"我有个感觉,莉丝在里面得知了更多关于她童年的事。有可能是听潘格兰说的。"

"那你得问他。对了,你说你几点要去见他?"

"九点。"

"他一直在找我。"

"你说过了。"

"我今天打过电话给他,但他的电话都出问题。"

"都?"

"我打了手机和家里的电话,两个都打不通。"

"你几点打的?"布隆维斯特问。

"大概一点左右。"

布隆维斯特站起身来,有些恍神地说:

"你买单好吗,安妮卡?我好像得走了。"

他的身影没入了辛肯斯达姆地铁站内。

潘格兰透过好似渐渐聚集的雾气,看见那个女人从床头柜拿起他的手机和关于莎兰德的资料,放进医生包。他可以听到她在他的办公桌抽屉东翻西找。可是他动弹不得。

他沉落一片黑海,有一度心想,或许自己够幸运,能从此沉没湮灭。然而他忽然被一阵惊恐攫住,就好像四周围的空气被下了毒。他的身体往上拱,无法呼吸。他再次被海水覆灭,慢慢地沉下海底,以为一切都结束了。但他隐约意识到有人。有个男人,是个熟人,扯开他的睡衣,撕下他背上的贴片,之后的事潘格兰都不记得了。他尽一切努力集中精神,奋力搏斗,就像深海潜水者尽力抢时间浮上海面。想想他体内那么多毒素加上呼吸微弱,能做到这个地步着实惊人。

他睁开眼睛,好不容易挤出六个字,若能说出九个字会更理想,但已经为重要讯息开了头。

"去找……"

"谁?谁?"男人大喊。

"希尔妲・冯……"

布隆维斯特奔上楼,发现大门敞开。当他一踏进公寓,滞闷的空气迎面扑来,他就知道出大事了。他没有理会散落在走廊地面上的文件，直接冲进卧室。潘格兰全身扭曲躺在床上，右手放在喉咙附近，抽搐的手指张得开开的。他面如死灰，咧开的嘴定格成一副绝望的苦脸。老人看似死得很痛苦，布隆维斯特慌乱又震惊，呆立了片刻。可是不对，那双眼眸深处好像能看见一丝微光，他随即惊醒过来，打电话叫救护车。他摇晃着潘格兰，检查他的胸口与口腔。很明显，老人呼吸困难，于是他立刻紧紧捏住他的鼻孔，重重地、规律地往他的呼吸道吹气。潘格兰的嘴唇发紫发冷，过了很长时间后，布隆维斯特以为已经回天乏术，但他仍不放弃。若非老人猛然抖动一下并挥动一只手，他应该会继续做人工呼吸直到救护车抵达。

起初布隆维斯特以为是老人痉挛，是精力恢复后无意识的动作，因而感觉到一丝希望。随后他心想，那只手是不是想传达什么讯息？它不停地挥向潘格兰背后，于是布隆维斯特扯开他的睡衣，发现有两片贴片，立刻毫不犹豫地撕了下来。那上面写了什么？到底写了什么？他努力地集中精神。

　　活性成分：芬太尼

这是什么？他看着潘格兰，一时不知从何着手。他拿出手机搜寻。网络上写道：

　　芬太尼是一种强效的鸦片类止痛剂，类似吗啡，效力却高出五十至一百倍……常见的副作用包括呼吸抑制、气管肌肉收缩……可用纳洛酮缓解。

"该死，该死！"
他又打到急救中心，报上姓名，说他刚才打过电话。他几乎是嚷着说：
"你们要带纳洛酮来，听到没？他得注射纳洛酮，他有严重的呼吸困难。"

他挂断电话，正要继续做人工呼吸，潘格兰却似乎有话想说。

"等一下，"布隆维斯特制止他，"你要节省体力。"

潘格兰摇摇头，发出沙哑的呢喃。根本无法听懂他说什么，那是一种低沉的、近乎无声的嘶哑声，令人惊悚。布隆维斯特咬咬嘴唇，正打算开始再往老人嘴里吹气，忽然像是听懂了他说的两个字。

"去找……"

"谁？谁？"

这时潘格兰用尽最后力气，气声咻咻地接着说，听起来像是"希尔妲·范……"。

"希尔妲·范什么？"

"希尔妲·冯……"

一定是很重要、很关键的讯息。

"冯什么？冯·艾生？冯·罗森？"

潘格兰露出绝望的表情。接着他的眼睛起了变化，瞳孔放大了，下巴无力地往下掉。看样子情况恶化许多，布隆维斯特能做的都做了（人工呼吸、心肺复苏术等），有那么一刹那他以为又起了作用。潘格兰举起一手，这姿势带有一种庄严气氛，弯曲的手指紧握起来，骨节突出的拳头仿佛挑战似的举高了四五公分。然后手重新跌落在毯子上。潘格兰大大睁着眼皮，身体不停地抽动，最后再无动静。

布隆维斯特看得出来，在他内心最深处是知道的，但他不愿放手。他更用力地压潘格兰的胸口，规律地往他气管内吹气，轻轻拍他的脸颊，呼喊着要他呼吸、要他活下去。最后终究还是得接受事实，一切只是徒劳。老人已没有心跳、没有呼吸，什么都没有了。他恨恨地一拳打在床头柜上，药盒都给震掉下来，药锭满地乱滚。他看着窗外的利里叶岛，时间是晚上八点四十三分，外面广场上有一对少女发出笑声，空气中还有淡淡的烹饪气味。

布隆维斯特为老人阖上双眼，将被毯抚平，看着他的脸庞。他脸上的五官没有一处能让人作出正面描述，整个扭曲变形又皱巴巴，但就是流露着一股深刻的尊严。他是这么觉得的。这个世界好像倏忽间变得贫乏了一些。布隆维斯特感觉喉头紧缩起来，他想到莎兰德，想到潘格兰如何大老远地跑去看她。他什么都想，也什么都不想。

这时候救护人员来了，两名三十来岁的男子。布隆维斯特尽可能地据实叙述，并告知芬太尼的事。他说潘格兰很可能是药量过重，也许有一些可疑的情况，应该要报警。见那两人一副无可奈何的漠然，他气得直想大吼。不过他没有作声，只是僵硬地点点头，看着他们给潘格兰盖上白布，让遗体躺在床上，等候医师来开死亡证明。布隆维斯特继续留在公寓里。他拾起地上的药锭，打开窗户与阳台落地窗，然后坐到床边的黑色扶手椅上，试着理清思路。脑子里实在太多杂音了。此时他忽然想起方才冲进公寓时，走廊上散落一地的文件。

他走过去捡起来，站在大门边看了起来。一开始他并不了解内容，但有个名字他一看到就盯上了。彼得·泰勒波利安。莎兰德十二岁那年朝父亲丢掷了汽油弹，事后正是这位精神科医师泰勒波利安伪造了莎兰德的病历。也是他宣称想要治愈莎兰德，让她恢复正常生活，事实上却日以继夜地凌虐她，把她绑在床上，让她承受极度的心理折磨。关于这个人的文件怎么会散落在潘格兰家的走廊上？

迅速浏览一遍之后，布隆维斯特便知道其中并无新的讯息。当初有一些严酷冰冷的病历笔记导致泰勒波利安被判定严重失职，并被剥夺了医师资格，这些文件看起来倒像是那些笔记的复印件。但也可以清楚看出这些没有页码的文件并不完整。有几页断句断在中间，还有几页一开头与前一页接不上。漏失的纸页在屋里吗？还是被人拿走了？

布隆维斯特考虑着要不要搜索抽屉与橱柜，最后想到警方无疑会展开调查，决定还是不要干扰警方办案。于是他打了电话给督察长杨·包柏蓝斯基，告知来龙去脉，然后又打到富罗博加监狱的最高戒护区。接电话的男人自称弗瑞德，说起话来拖拖拉拉又傲慢自大，布隆维斯特差点按捺不住脾气，尤其当他望向病床，看见白布底下浮现潘格兰身子的轮廓。但他以无比威严的口吻解释说莎兰德家人过世了，这才终于获准与她通话。

这番对话不说也罢。

莎兰德挂了电话,由两名狱警陪同走过长长的走廊回到舍房。她没有发现其中一人(弗瑞德·史卓玛)脸上带着深深的敌意,她对周遭的一切都视若无睹,脸上也没有表露任何情绪。她没有理会"谁死了吗?"的问题,甚至头也不抬,只顾着走路,耳朵里除了自己的脚步声和呼吸声之外什么也听不到,她也不知道为什么狱警跟着她进舍房。无非就是想找她麻烦。自从贝尼托被打倒后,他们便不放过任何荼毒她的机会。现在好像又想搜她的房间了,不是因为他们认为能搜出什么来,而是因为这是绝佳借口,可以把她的房间搞得天翻地覆,把她的床垫丢到地上。也许他们希望激怒她,以便能正面对决。差一点就成功了。可是莎兰德咬紧了牙,就连他们离开时都没有抬头看一眼。

事后她拾起床垫,坐到床角,专注地回想布隆维斯特的话。她想着他从潘格兰背上撕下的贴片,想着散落走廊地板上的文件,尤其"希尔妲·冯……"这几个字,她想得格外用心,但想不出所以然来。她站起身,砰一声捶打桌子,接着踢向衣橱和盥洗台。

在某个心神紊乱的刹那,她一副像要杀人的模样。但她随即镇定下来,试着一次只专注于一件事。首先要找出真相。然后报仇。

第十章
六月二十日

　　督察长包柏蓝斯基往往一开口就是颇富哲思的长篇大论，但此时他一言不发。时间是下午三点二十，他带领的暴力犯罪组的重案小组已经辛苦工作了一整天。位于柏尔街警察总局六楼的会议室又闷又热。

　　到了他这个年龄，包柏蓝斯基害怕的事情很多，但最令他害怕的恐怕是"不存疑"。他是个有信仰的人，面对过度坚定的信念或过度简化的解释，总会感到不安。他随时都在制造反调与相反的假设。没有什么事是确定到不容再质疑一次的。虽然这么做减缓了他做事的速度，却也使得他没有犯太多错。此时他的目标是说服同事恢复理性、善加判断，但不知该从何处着手。

　　就许多方面而言，包柏蓝斯基是个幸运儿。他生命中有了一个新的女人，法拉·沙丽芙教授，他自己说他配不上她的美貌与才智。这对伴侣刚刚搬进新广场附近一间三房公寓，还养了一条拉布拉多。他们经常出去吃饭，并不时去参观艺术展。可是依他看来，这个世界已经发疯，谎言与蠢行的肆虐更胜以往，活跃于政界的全是精神病态与爱煽风点火的家伙，偏见与不容异己的心态祸害四方，有时候甚至会渗透到他们这其实还算明理的团队的讨论当中。

　　与他最亲近的同事桑妮雅·茉迪据说恋爱了，高兴得光芒四射。但这只是让经常打断她说话并与她争辩的同事叶尔凯·霍姆柏和库特·史文森更为气恼。加上队上最年轻的成员亚曼妲·傅萝站在茉迪那边，而且常常贡献聪明的想法，情况也就更加恶化了。也许史文森和霍姆柏觉得自己的资深地位受到威胁。包柏蓝斯基试着对他们露出鼓励的笑容。

　　"基本上……"霍姆柏开口道。

"'基本上'是个好的开始。"包柏蓝斯基说。

"基本上,我看不出怎么会有人这么大费周章去杀一个九十岁老人。"霍姆柏说。

"是八十九岁。"包柏蓝斯基纠正他。

"对,一个几乎足不出户、而且看起来也已经一脚踏入棺材的八十九岁老人。"

"但那只是表象,不是吗?桑妮雅,请你归纳一下到目前为止所掌握的信息好吗?"

"露露·玛哥罗。"她面带笑容说。她那一脸容光焕发的样子,连包柏蓝斯基也希望她能低调一点,就算只是为了维持和谐也好。

"谈她还谈得不够多吗?"史文森说。

"还不够,"包柏蓝斯基的口气严厉,"现在我们需要把每一件事都重新检视一遍,概观全貌。"

"不只是露露,"茉迪说,"还有负责照顾潘格兰的苏菲亚照护中心。昨天早上,他们接获通知说潘格兰因为臀部剧痛,前往厄斯塔医院急诊。没有人想到要提出质疑。打电话去的人自称是资深骨科医师,名叫孟娜·蓝汀。经查证发现那是假名,但她似乎非常可信,也知道潘格兰的医疗与整体状况。那通电话过后,潘格兰的居家照护全部取消。和他格外亲近的露露想去医院探望他,便打电话到医院总机,想问他住哪间病房,但他根本不在那里,所以也问不到什么结果。可是当天下午,这个孟娜·蓝汀联络了她,说潘格兰并无危险,只是动了一个小手术后仍未清醒,不宜打扰。稍后到了晚上,露露试着打潘格兰的手机,却已经停机了。瑞典电信公司无法解释这是怎么回事。那天早上,他的电话直接断线,但电信商方面并不知道是谁授权或执行的,似乎是某个具备相当计算机技能并知悉正确管道的人想要隔离潘格兰。"

"何必这么费事呢?"霍姆柏说。

"有一个因素值得牢记在心,"包柏蓝斯基说,"别忘了潘格兰去富罗博加看过莎兰德。既然知道她受到威胁,可以合理假设潘格兰可能被卷入她的问题当中——也许是因为他发现了什么，或者是因为他想帮忙。露露·玛哥罗说她在星期六替潘格兰挖出一叠文件，潘格兰非常专心地研读。那好像是几星期前，一个与莎兰德有某种关系的女人送来给他的。"

"什么女人？"

"还不知道，露露没留意她的名字，莎兰德又什么都不肯说，不过有个线索。如你们所知，布隆维斯特发现有些纸张散落在走廊上，要不是潘格兰自己弄的，就是攻击他的人落下的。看起来是圣史蒂芬儿童精神病院的病历，那是莎兰德小时候住过的医院。那些文件里出现了彼得·泰勒波利安的名字。"

"那个阴险的家伙。"

"应该说是狡猾的王八蛋。"茉迪说。

"泰勒波利安有没有被讯问？"

"今天亚曼妲约谈过他。他现在和老婆还有一只德国牧羊犬，在海军上将街过着豪华日子。他说听到潘格兰的事很难过，但他不知道是怎么回事。他不认识任何叫希尔妲·冯什么的人，也不愿再多说什么。"

"我们恐怕得再绕回他身上，"包柏蓝斯基说，"同时也要一一检视潘格兰剩下的文件和所有物品。不过还是继续说露露吧，桑妮雅。"

"她每星期会有四到五个晚上去照顾潘格兰，"茉迪说，"每次都会替他贴止痛贴片，叫作 Norspan，活性成分是……那叫什么来着，叶尔凯？"

做得好，包柏蓝斯基暗想，把他们拉进来，让他们觉得自己能发挥点作用。

"丁基原啡因，"霍姆柏说，"是罂粟制成的鸦片类药物，在老年人的照护上会用来做止痛剂。有个名叫舒倍生的药品中也有这种成分，这药是治疗海洛因成瘾者用的。"

"对。通常潘格兰使用的剂量不大，"茉迪说，"可是昨天布隆维斯特从他背上撕下的贴片却完全不同，那是两片经过调配的阿特维斯药厂的芬太尼贴片,加起来的剂量足以致命,对不对,叶尔凯?"

"可以杀死一匹马。"

"潘格兰竟然能撑那么久,真是不可思议,而且还硬挤出了几个字。"

"而且是很有趣的字。"包柏蓝斯基说。

"绝对是,不过在那种情况下,被下了重药的人所说的话都需要审慎看待。他说的是'希尔妲·冯',或者应该说是'去找希尔妲·冯'。据布隆维斯特表示,潘格兰好像有重要的话要对他说。我们可以猜测这会不会是犯人的名字。诚如各位所知,有目击者声称昨天晚上有一位身材苗条、头发乌黑、戴着太阳眼镜的中年女子,提着一只棕色皮包匆匆下楼。现在还无法断定这条线索有多少价值。再者,我也怀疑潘格兰会以'去找'来指称刚刚伤害他的人。听起来这位'希尔妲·冯'比较像是拥有重要信息的人,或者也可能是完全不相干的人,只是在他临死前,脑中忽然冒出这个名字。"

"有可能,但还是可疑。关于这个名字掌握到什么线索?"

"一开始感觉挺乐观的,"茉迪说,"在瑞典,'冯'这个前缀代表贵族,范围十分有限。但是希尔妲在德国也是常见的名字,而在德国,'冯'可能只是意味着'来自何处'的介系词。因此如果将德国姓名包含进来,人数可就多了。我和杨一致认为,在开始约谈瑞典贵族家族里的希尔妲之前,应该再多做一点调查。"

"从莎兰德口中问到了什么?"史文森问。

"可惜不多。"

"正常得要命。"

"是啊,这么说也没错,"茉迪说,"不过我们还没有亲自和她谈过,是请奥勒布鲁的警察同仁帮忙的。她是他们另一个案子的证人,就是贝雅特丽齐·安德森在富罗博加受重伤的案子。"

"是谁那么勇敢,竟敢攻击大名鼎鼎的贝尼托?"霍姆柏脱口而出。

"最高戒护区的主任,阿勒瓦·欧森。他说他别无选择。这点我待会儿说明。"

"希望他有保镖。"霍姆柏说。

"该单位已经提高戒备层级，而且贝尼托一旦可以移动，就会移监。现在她人在奥勒布鲁的医院。"

"我可以保证，这样是不够的，"霍姆柏说，"贝尼托是个什么样的人，你有没有一点概念？你有没有看过她那些被害人的状况？相信我，她要是没有慢慢地割断欧森的喉咙，绝不会善罢甘休。"

"我们和监狱高层都知道情况严重，"茉迪稍感气恼地说，"但是暂时还看不到有什么危险。我可以继续了吗？我刚才说过，奥勒布鲁的同仁没能从莎兰德口中问出什么，杨，现在只能寄望你了，她信任你。我们每个人——应该是吧？——都觉得莎兰德是关键人物。据布隆维斯特说，潘格兰很担心她，而且约莫一天前还在电话上告诉布隆维斯特，说他就是因为太担心，才做了鲁莽或愚蠢的事。这倒有趣。他这话是什么意思呢？再说一个行动不便的八十九岁老人能有多鲁莽？"

"我认为他指的应该是打电话，或是在计算机上的冲动搜索。"傅萝说。

"同意。可惜没有找到任何有帮助的线索。而且，他的手机好像不翼而飞了。"

"听起来很可疑。"傅萝说。

"没错。还有一件事，我认为应该谈一谈。最好还是换你来吧，杨。"茉迪说。

包柏蓝斯基局促地扭动身子，仿佛宁可不要。接下来，他对他们讲述了法黎雅·卡齐的事，而他自己也是当天早上才得知的。

"你们都听到了，莎兰德不愿对奥勒布鲁警方透露她与潘格兰会面的情形，"他说，"对于贝尼托遭袭一事，也不愿多说。不过有件事她倒是乐于讨论，那就是孟加拉国难民贾马·裘德里的死因调查。她认为警方处理得太过草率。我不得不承认我也有同感。"

"为什么这么说？"

"因为太仓促断定是自杀。如果只是又一个可怜的穷光蛋跳轨，我或许可以理解。但这并不是寻常的意外，有针对裘德里发布的伊斯兰教令，这点不能等闲视之。在斯德哥尔摩有一小群人因受到孟加拉国极端分子的影响而变得激进，好像随时都准备要大开杀戒。自从裘德里初抵瑞典，我们就应该怀疑他有没有可能出什么莫名其妙的意外。没想到他爱上了法黎雅·卡齐，她的哥哥们想把她嫁给达卡一个富有的伊斯兰主义极端分子。法黎雅逃家，偏偏又投进裘德里的怀抱，可以想见他们有多愤怒。裘德里不只毁了他们家的名声，同时也是宗教与政治上的敌人。然后他突然就跌落铁轨了，而我们的同仁是怎么做的？他们轻轻松松以自杀结案，就像在调查威灵比区一起闯空门事件，而事实上这整个事件围绕着一长串奇怪的细节。除此之外，裘德里死后第二天发生了什么事呢？法黎雅·卡齐突然怒气发作，在希克拉家中把哥哥艾哈迈德从窗口推了出去。若要说这和地铁意外毫无关系，我实在难以置信。"

"好，我明白了，听起来不太妙。不过这和潘格兰的死有何关联？"史文森说。

"也许无关，不过……法黎雅·卡齐最后和莎兰德一样进了富罗博加监狱最高戒护区，也跟她一样受到严重威胁。令人十分忧心的是她的哥哥们会想要报仇，而今天我们从国安局得到证实，他们曾经接触过的不是别人，正是贝尼托。这几个兄弟自称信徒，其实比起一般穆斯林，他们更接近贝尼托之流，如果他们企图报复，贝尼托是最理想的武器。"

"可想而知。"霍姆柏说。

"另外，贝尼托好像同时以法黎雅和莎兰德为目标。"

"何以见得？"

"从狱方针对贝尼托如何夹带小刀进去的调查中看出来的。他们做了地毯式搜查，一处也没放过，包括H栋接见区的垃圾桶。在那里的一个字纸篓内找到一张揉皱的纸条，上头的内容令人深感不安，而且是贝尼托的字迹。欧森的九岁女儿在几个月前转校了,纸条上不只有她新学校的地址,还有一些关于法黎雅的姑妈法娣玛的细节,在她家里也只剩这个姑妈和她依然亲近。然而最值得注意的是与莎兰德亲近的人的详细资料,诸如麦可·布隆维斯特、直布罗陀一个名叫杰里米·麦米伦的律师——不,我还不知道这是谁——以及霍雷尔·潘格兰。"

"不会吧,真的吗?"傅萝说。

"很不幸是真的。看到上面有潘格兰的名字,而且是在他死前写上去的,几乎让人不寒而栗。不止他的名字,还有他的地址、大门密码和电话号码。"

"不妙。"霍姆柏说。

"是啊。他遭人杀害,或者说我们认为他遭人杀害,不一定和这纸条有关。但还是令人震惊,不是吗?"

布隆维斯特正走在国王岛的手工艺街上,手机忽然响起,是社里的同事苏菲,打来问他好不好。"马马虎虎。"他回答道,心中暗想真的是够了。苏菲已经是当天第八个来电致哀的人。这并没有什么不对,只是他宁可一个人静一静。他想以平常面对死亡的方式来面对此时的情况,也就是努力工作。

当天上午他去了乌普萨拉,调阅那个涉及误杀心理医生赛革的鲁斯维克财务长的资料。此时则正要去见伊莲娜·尤特,亦即当时与赛革订了婚的女子。

"谢谢,苏菲,"他说,"晚点再说,我现在要去开会。"

"好,那就晚一点再处理。"

"处理什么?"

"爱莉卡叫我帮你查一点东西。"

"哦,对,有什么发现吗?"

"难说。"

"什么叫'难说'?"

"荷曼和薇薇卡夫妻俩的个人资产没什么特别之处。"

"如果有的话，我才会觉得惊讶。我对里欧的数据比较感兴趣。他有可能是养子，也或者他的背景有什么敏感或不寻常的地方。"

"事实上他的档案看起来干干净净，一目了然。文件记录得很清楚，他出生于威斯特雷教区，也就是他出生时父母亲住的地方。标示着'收养关系'的第二十栏空白。没有一个地方修改过或被列为机密。看上去一切正常。他成长过程中住过的教区都列得清清楚楚，毫无特殊之处。"

"不过你不是说'难说'吗？"

"这么说吧。我觉得看看自己的个人资产应该也挺有趣的，既然都到市府档案室来了，就顺便申请，付了八克朗，而且我决定不向公司报账。"

"你实在太慷慨了。"

"问题是，我只大里欧三岁，我的档案看起来却截然不同。"她说。

"怎么不同法？"

"没那么一目了然。读那些数据让我觉得自己好老。在第十九栏，记录了我每次搬家，转到另一个教区的日期与其他事项。也不知道是谁做的记录，应该是公务员吧，总之写得乱七八糟。有时候用手写，有时候打字，有些数据是盖章盖上去的，而且不一定都写得很直，好像不知道怎么对齐似的。可是里欧的档案非常完美，数据一笔笔整齐划一，是用同一种机器或计算机打的。"

"就像有人重新整理过？"

"这个嘛……"苏菲说，"如果是另一个人问我，或是我无意中看见他的档案，我绝对不会这么想。可是你让我们都有点疑神疑鬼了，你知道吗，麦可？和你在一起，什么都觉得不对劲。所以没错，心里有这么些想法以后，我不排除这份档案是根据实际版本誊写的。这到底是怎么回事？"

"我还不知道。你没透露你的身份吧，苏菲？"

"我照爱莉卡的建议,主张了匿名的权利,幸好我不像你这么有名。"

"好极了。那你保重,多谢了!"

他挂断电话,黯然地望着国王岛广场。今天是个光灿灿的日子,却让人感觉更糟。他继续走向主人给他的地址,梅拉斯特兰北路三十二号,赛革的前未婚妻伊莲娜和她的十五岁女儿就住在这里。这几年,她在布考斯基拍卖行担任经理,现年五十二岁,三年前离婚,十分积极地参与了几个公益组织的活动。她还是女儿篮球队的教练。显然是个相当活跃的女性。

布隆维斯特朝莫拉伦湖望去,只见湖面风平浪静,接着顺势望向自己位于湖对岸的公寓。四周热气逼人,在门口对讲机输入门牌号码时,他只觉得浑身黏糊糊、沉甸甸,进门后搭电梯上到顶楼。他按了门铃,没有等太久。

伊莲娜·尤特外表非常年轻,留着一头短发,一双暗褐色眼睛,靠近发际线处有一道小疤痕。她穿着黑色轻薄外套和灰色长裤,家里到处都是书画。请布隆维斯特喝茶吃饼干时,她似乎有些紧张,将茶放到茶几上时,茶杯与茶碟还发出微微的碰撞声。茶几摆在一张淡蓝色长沙发与几张成套的扶手椅之间,布隆维斯特毫不拘束地坐进一张扶手椅,上方挂了一幅色彩相当华丽的威尼斯风景油画。

"老实说,我很惊讶事情都经过这么多年了,竟然还有人来旧事重提。"她说。

"我了解,如果揭开了你的旧伤疤,我向你道歉。不过我想多知道一点关于卡尔的事。"

"为什么会忽然对他感兴趣?"

布隆维斯特沉吟着,最后决定坦诚相告:"我也希望能说得出来。也许他的死因不像表面那么单纯。我总觉得有点不太对劲。"

"你能不能说得明白一点?"

"主要还是出于直觉。我去了乌普萨拉,读了所有的目击证词,事实上这些证词完全没有不一致或奇怪之处,不过呢,问题也就在这里。这么多年来,要说我学到了什么,那就是事实真相通常都有一点出人意表,甚至不合逻辑,因为我们人类并不是百分之百理性。但是谎言通常倾向于毫无矛盾、处处周全,而且往往听起来像是陈腔滥调——尤其说谎者技巧不高明的时候。"

"所以说卡尔的死因调查是陈腔滥调,是这样吗?"她说。

"整件事有点兜得太完美了,"布隆维斯特说,"矛盾的点不够多,特别突出的细节也太少。"

"你能不能说一些我还不知道的事?"伊莲娜的口气近乎嘲讽。

"我可以再补充一点,据说开了枪的那个人培·费特……"

伊莲娜打断他,坚定地说她非常敬重他的专业与观察力,可是关于这项调查,不需要他再来告诉她什么。

"这份报告我已经读过上百次,"她说,"你所说的每件事都像一把刀刺在我背上。你以为我没有向荷曼和阿弗雷·厄格连尖叫高喊'你们这些王八蛋在隐瞒什么'吗?我当然有!"

"结果得到什么回答?"

"包容的微笑和体贴的话语:'我们了解你很难接受,我们真的很遗憾……'可是过了一阵子,见我仍不放弃,他们就恐吓我,叫我走路要小心,说他们是有权有势的人,我这些影射全是谎言与诽谤,他们认识许多优秀律师,等等等等。我力量太弱,又悲伤过度,无法再继续争论。卡尔曾经是我全部的生命。我整个人心力交瘁,无法读书、工作,或是应付大多数的日常作息。"

"我明白。"

"但是很奇怪,这也是为什么我今天会和你坐在这里的原因,当时有一个人比我的父母、姐妹和朋友都更能抚慰我,你觉得他是谁?"

"里欧吗?"

"正是,可爱的小里欧。他和我一样伤痛。我们坐在我和卡尔位于哥伦维克路的家里,一起哭泣、一起怒骂世界和森林里那群混账王八蛋,而且当我尖叫哭喊'现在的我只剩半条命了',他也会说同样的话。他还只是个孩子，但悲伤让我们紧密结合。"

"为什么卡尔对他那么重要？"

"他们每星期都会在卡尔的诊疗室见面，不过当然不止如此。里欧除了将卡尔当成治疗师，还视他为朋友，或许也可能是全世界唯一了解他的人，至于卡尔，他则是想……"她没把话说完。

"怎么样？"

"想帮里欧，想让他明白他是个具有特殊潜能、天赋异禀的孩子，另外当然……我不会佯称这不是原因之一：里欧对卡尔的研究，对他的博士论文很重要。"

"里欧有听觉过敏症。"

伊莲娜诧异地看着布隆维斯特："对，这是部分原因。卡尔想研究这是不是造成孩子孤僻的主要原因，还有里欧眼中的世界是否和其他人不同。不过不要以为卡尔是自私地利用他，他们之间有一种连结是连我也无法体会的。"

布隆维斯特决定冒险一试。

"里欧是养子，对不对？"他问道。

伊莲娜饮尽杯中的茶，瞄向左边的阳台。

"也许是。"她回答。

"此话怎讲？"

"因为有时我觉得他的背景好像有些敏感。"

布隆维斯特决定再赌一把。

"里欧有吉卜赛人血统吗？"

伊莲娜抬起头，目不转睛地看着他。

"你这么说倒是有趣。"她说。

"为什么？"

"因为我记得……有一次卡尔请我和里欧去陀特宁岛吃午饭。"

"发生了什么事？"

"也没什么，但我还是记得。我和卡尔非常相爱，但有时候总觉得他有秘密瞒着我，不光是诊疗工作上的职业秘密，这八成也是我满心嫉妒的原因之一。那次的午餐就是这种情形。"

"什么情形?"

"里欧心里很烦,因为有人喊他'吉卜赛佬',而卡尔非但没有直接发火说'是哪个白痴这么喊你?',反而像学校老师一样谆谆教诲,解释说'吉卜赛佬'是种族歧视的字眼,是从黑暗时代遗留下来的。里欧不断点头,好像早就听过了。他虽然还小,却已经知道罗姆人这个族群与他们受到的迫害,例如被迫消毒、被切除脑叶,有些教区甚至进行种族肃清。我觉得……不管怎么说……像他这样的孩子很令人吃惊。"

"那么当时发生了什么事?"

"没发生什么事,一点事也没有,"她说,"我事后问起,卡尔就随便敷衍我一下。或许是因为医病关系需要保密,但是就更广泛的层面来看,我觉得他有事瞒着我。到现在,那件事偶尔还会刺痛我。"

"喊他'吉卜赛佬'的是阿弗雷·厄格连的儿子吗?"

"回想起来,确实是伊瓦,最小的儿子,唯一继承老爸衣钵的儿子。你认识他吗?"

"略有所闻,"他说,"他心眼很坏,是吗?"

"坏死了。"

"为什么?"

"我猜大家都想知道。早期持续下来的竞争关系肯定有所关联,不光只是孩子,就连父亲之间也一样。为了胜过对方,荷曼和阿弗雷会鼓励儿子互相竞争,看看谁更加聪明或更加积极进取。凡是仰赖体力的,伊瓦总是占上风,但只要涉及聪明才智,则是里欧胜出,这想必招来不少忌恨。伊瓦知道里欧患有听觉过敏,却完全不为他着想,暑假到法尔斯特布度假时,反而老是把收音机开得震天响,吵醒里欧。有一次,他买来一袋气球,灌饱了气,然后趁里欧不注意,在他背后一个个爆破。卡尔听说此事后,把伊瓦拉到一旁打他耳光。阿弗雷气炸了。"

"所以在他们较大的家族圈子里,对卡尔有一些攻击行为?"

"那是一定的。但我得说,里欧的父母始终都会为卡尔说话。他们知道他对儿子有多重要。也正因为如此,我最后才会接受——或者是试着接受——枪击是意外的说法。荷曼绝不会杀死他儿子最好的朋友。"

"卡尔一开始是怎么接触到这家人的?"

"通过他的大学,时机非常凑巧。以前,中小学从未针对天赋异秉的孩子做过什么。把这些学童特别挑选出来的做法,是和瑞典的平等理念相抵触的,而学校方面也没有能力确认并了解这样的学生。许多聪明的学生因为刺激不足而开始做出破坏行为,然后就被分到特教班。出现在精神科门诊的天才儿童,好像多到不成比例。卡尔很痛恨这点,所以挺身为那些孩子奋战。就在几年前,他还被称为精英主义者。后来他开始被延揽进政府的委员会,并通过指导教授希尔妲·冯·坎特波认识了荷曼。"

布隆维斯特心突了一下。

"希尔妲·冯·坎特波是谁?"

"她是心理学系的助理教授,也是两三名博士生的指导教授,"伊莲娜说,"她很年轻,比卡尔大不了几岁,前途十分光明。所以真的很悲惨,她竟然……"

"她死了吗?"

"据我所知没有。可是最后落得声名狼藉,听说还酗酒。"

"为什么会声名狼藉?"

一时间,伊莲娜似乎恍神了。随后才直视着布隆维斯特。

"那是卡尔死后的事,所以我没有内部消息。但我的感觉是很不公平。"

"怎么说?"

"我相信比起任何一个稍微得意忘形的男性学者,希尔妲并不算更糟。我因为卡尔的关系见过她几次,她非常有魅力,光是那双眼睛就会深深吸引住你。她似乎有不少风流韵事,对象还包括两三个学生。这样虽然不好,但他们都是两情相悦的成年人,她人缘好又聪明,谁也没太在意,至少一开始不会。希尔妲过于贪求了,贪求生命、贪求新友谊——也贪求男人。她既不是工于心计,也不是怀有恶意,纯粹只是到处瞎搞。"

"所以到底发生什么事?"

"我也不十分清楚,只知道大学行政处公布,有两个学生宣称——或者应该说是有点模糊地暗示——希尔妲向他们卖身。实在是很低俗,好像找不到更有力的把柄,只能把她贬为妓女。你在做什么?"

布隆维斯特不知不觉间已经站起来,开始用手机搜寻。

"这里有个希尔妲·冯·坎特波住在鲁格·福克斯街。你觉得会是她吗?"

"叫这个名字的人应该不多。你怎么会突然对她这么感兴趣?"

"因为……"布隆维斯特停顿了片刻,"说来复杂,不过你可帮了大忙。"

"意思是说你要走了?"

"是的,我得加紧动作。我感觉……"

他还是没把话说完。玛莲来电,语气至少和他一样焦急。他说稍后再回拨给她。他与伊莲娜握了手,向她道谢后,快步奔下楼梯。人一到外面的街上,就打给希尔妲·冯·坎特波。

一年半前的十二月

什么能被原谅,什么不能?里欧和卡尔经常讨论这些问题。这对他们俩都很重要,只是意义不同。大致上而言,他们的立场都很宽容:大多数事情都可以原谅,即使是伊瓦的霸凌也一样。他和伊瓦暂时可以和平相处。伊瓦也无法做得更好,他的坏就像别人的害羞或是对音乐没天分。他难以理解别人的感受,就如同音痴分辨不出曲调旋律。里欧包容他,偶尔会得到一个友善的拍肩、一个你知我知的眼神作为回报。伊瓦经常询问他的建议,也许是为了自身利益,但毕竟还是……有时候也会送他一句挖苦的恭维:"你到底还是不笨嘛,里欧!"

伊瓦娶了玛德莲之后,把这一切都毁了。里欧被抛入恨意的深渊,再多的疗程都无法治愈或抑制他,而他也不加以抗拒。他接受这番恨意,仿佛接受一场热病、一场风暴。状态最糟的时候是在深夜或凌晨,此时对报复的渴望击打着他的太阳穴与心口。他幻想着枪击与其他意外事故、公开羞辱、疾病、可怕的皮肤疹等,甚至在照片上戳洞,并试图利用意念让伊瓦从阳台或露台跌落。他在疯狂的边缘摇摇欲坠。但什么事也没发生,伊瓦除了变得警觉而焦虑,说不定他也开始谋划些什么。随着时间流逝,情况时好时坏。

下雪了,天气异常寒冷。母亲躺在病榻上奄奄一息。他每星期会坐在一旁陪她三四次,努力做个令人欣慰的好儿子,但并不容易。疾病并未让她的性情稍显温和。吗啡反而为她脱去一层约束,使得她曾经两度责备他懦弱。

"你老是让人失望,里欧。"她说。

这种时候他不会回嘴,但的确会梦想着永远离开这个国家。除了当时正在办离婚且即将离开公司的玛莲之外,他很少与人见面。里欧从来就不相信她爱他,可是光和她在一起就很舒服。他们互相扶持渡过难关,也一同欢笑,但即便在这个时候,愤怒与奇思怪想也未曾消失。有时里欧真的很怕伊瓦。他会疑神疑鬼地觉得自己被跟踪、被监视,他再也不抱期待了,这个伊瓦几乎什么事都做得出来。

里欧觉得自己也是几乎什么事都做得出来。也许有一天,他会猛然扑向伊瓦,狠狠伤害他。但也可能是他受到对方袭击。他试着将这些当成是自己疑神疑鬼的愚蠢念头,不予理会,但偏偏就是挥之不去。他不断听到身后有脚步声,觉得背后有人盯着他看。他仿佛看见巷弄街角处有黑影,几次在胡姆乐公园,他冷不防转过身去,却没有看见任何异状。

十二月十五日星期五,雪下得更大了。圣诞灯饰在街头闪闪烁烁，他提早回家，换上牛仔裤和羊毛衫，放了一杯红酒在平台钢琴上。那是一台九十七键的贝森朵夫帝王琴，每周一他都会亲自调音。钢琴椅是一张黑色的詹森牌皮椅，他坐下来弹了一首以降多利亚调式开头的新谱乐曲。每当乐句结束落在七级和弦，便会制造出一种不祥又哀伤的声音。他弹了好一会儿，除了琴声什么也听不见，甚至没听到楼梯间的脚步声。他聚精会神。但忽然间，他留意到一件奇特无比的事，一度还以为是自己幻想、是听觉太敏感的缘故。不过听起来真的很像有人用吉他在为他伴奏。他于是停下来，走到前门，想要从信箱投入口往外喊："是谁？"

但一转念，他解开门锁，打开了门，霎时间他仿佛脱离了现实。

第十一章
六月二十日

在最高戒护区里，囚犯已经吃完晚餐，离开了餐厅。有些人去健身，有些人三三两两在运动场上抽烟闲聊，也有人津津有味地在看电影《瞒天过海》。其他人则是在走廊和娱乐室走来走去，或是在开着门的舍房里小声说话。这有可能是寻常的一天，只是一切再也不同以往。

不但警卫人数增多，也禁止会面与打电话，而且天气前所未有的闷热。典狱长理卡德·法格正在巡视，警卫受到受刑人之间的氛围影响，变得更加忧心忡忡。

空气中有一种解放的感觉在颤动。大家走路、微笑都带着一种新的自由感。如今众人的喧闹声比较轻松，充满生气，不再充满恐惧焦虑。但话说回来，也有一种不安定感与权力真空的迹象，就像是一个暴君倒台了。有几个人——包括蒂娜——似乎很怕遭到偷袭。到处都有人在谈论发生了什么事，接下来又会发生什么事。

尽管多半都是迷思与传闻，囚犯们知道的消息还是比狱警多。大家都知道砸烂贝尼托下巴的是莎兰德，也都知道她的性命岌岌可危。有谣言说莎兰德已经有亲戚被杀，说她会遭到可怕的报复，尤其是据说贝尼托将终身毁容。众所周知，有人出钱买法黎雅的人头，据传悬赏的人是有钱的伊斯兰主义极端分子，甚至可能是某个教长。她们都知道贝尼托一旦能够移动，就会直接从医院移送新监狱，重大改变即将降临。单凭典狱长现身一事就暗示了这一点。法格是这个地方最讨人厌的家伙——如果不算 C 栋那些弑子的女人。但这次很难得，囚犯们对他抱持的不只有敌意，还有某种程度的期望。谁知道呢？如今贝尼托走了，也许大伙能轻松一点。

法格看看手表，挥着手赶走一名前来抱怨太热的受刑人。法格现年四十九岁，相貌堂堂，但表情空洞。他穿了一件灰色西装，打着红色领带，脚上是一双亮晶晶的高级爱尔登皮鞋。尽管监狱高层倾向于低调打扮，以免激怒他人，他却反其道而行，借以强化自己的权威。今天他倒是颇后悔这么穿。因为汗水从额头不停地流下，合身的西装穿得很不舒服，长裤又黏在大腿上。他接起对讲机通话。

之后，他紧抿着嘴唇点点头，走向代理主任哈莉，在她耳边低语几句。接着他走向七号舍房，也就是从前一晚开始，莎兰德被隔离关押的房间。

莎兰德坐在桌前演算所谓"威尔逊旋回"的一个特殊层面，这对于她想将循环量子重力公式化的努力越来越重要。这时，法格和哈莉一起走进她的舍房，但她认为没有理由抬头或中断演算。她没注意到典狱长用手肘撞了撞哈莉，示意她通报他的到来。

"典狱长来跟你说话了。"哈莉说话时语气严峻，流露出嫌恶表情。直到此时莎兰德才转头。她发现法格在西装袖子上掸了掸，好像担心自己沾上囚室里的灰尘。他嘴唇动了一下，几乎细不可察，同时眯起眼睛，仿佛强忍住不露出愁眉苦脸。很明显的，他并不喜欢她，她反正无所谓，她也不喜欢他，因为看了太多他的电子邮件。

"我有好消息。"他说。

莎兰德一声不吭。

"好消息。"他又说。

她仍然没作声，似乎把法格惹恼了。

"你耳聋了吗？"他说。

"没有！"

她低头看着地板。

"哦，那就好，"他说，"听着，你还剩九天的刑期，不过明天就会放你出去。斯德哥尔摩警局的督察长杨·包柏蓝斯基想简短地问你一些话，希望你好好配合。"

"你们不想让我再待在这里了？"

"这和我们想不想没关系。我们接到指示,加上工作人员也证实……"

法格似乎难以启齿。

"你的表现良好,这样就可以让你提早出狱了。"

"我没有表现良好。"她说。

"没有吗?我手上的报告……"

"肯定都是狗屁不通、中看不中用的东西。就像你自己的报告。"

"我的报告,你知道什么?"

莎兰德依然看着地上,回答的声音平平板板,像是照着念似的:

"我知道你写得又烂又啰嗦。你常常用错介系词,文笔浮夸,但最重要的是只会拍马屁,浅薄无知,有时候还不诚实。有些消息你显然收到了却隐匿不报,你说服监狱管理局官员相信最高戒护区是个很棒的地方,这件事很严重,法格。这是让法黎雅在这里的日子生不如死的原因之一。甚至还差一点要了她的命,真的让我非常不爽。"

法格瞠目结舌,嘴巴不由自主地抽动,脸上血色顿失。但他勉强清了清喉咙,前言不搭后语地说:"你这个女人在说些什么?你是什么意思?难道你看过公文?"

"有些可能是公文,没错。"

法格似乎并未意识到自己在说什么:"你说谎!"

"我没说谎。我就是看过,至于用什么方式,不关你的事。"

他全身颤抖。

"你……"

"怎么样?"

法格似乎想不出适当的说辞,只好咆哮着说:"你别忘了,释放你的决定随时可以驳回。"

"那就驳回啊。我在乎的只有一件事。"

法格的上唇开始冒汗。

"是什么事?"他带着提防的口气说。

"让法黎雅得到支持和帮助,在她的律师安妮卡·贾尼尼把她弄出去以前，要保证她绝对安全。出狱以后还要为她提供证人保护。"

法格怒吼："你没有资格谈条件！"

"那你就错了。不过话说回来，你才是一点资格也没有，"她说道，"你是个满口谎言的伪君子，你还允许一个帮派分子掌控监狱里最重要的舍房区。"

"我看你根本不知道自己在说什么。"他气急败坏地说。

"我才不管你怎么想。我有证据。现在我只需要知道你打算怎么处理法黎雅。"

他的目光闪烁不定。

"放心吧，我们会照顾她。"他说。

他似乎觉得尴尬，语气阴沉地接着说："你要知道受到严重威胁的不只有法黎雅一个人。"

"出去。"她说。

"我警告你，我不会容忍……"

"出去！"

法格的右手微微颤抖，嘴唇抽动，有一两秒的时间仿佛麻痹一般站定不动。他显然还想再说什么，最后还是转过身去，命令哈莉锁门之后便甩门出去，走廊上回响着他沉重的脚步声。

法黎雅听见他们的声音，心里想着莎兰德。她不断回想莎兰德挥拳出击、贝尼托轰然倒向水泥地板的那一刻。她几乎无法专心于其他事情。那个画面一再浮现脑海，有时候会让她联想起导致她锒铛入狱的一连串事件。

她想到与贾马偷偷通话的几天后，她躺在希克拉家中的卧室里读泰戈尔的诗。那天下午三点左右，巴希尔往房里探了探头，怒斥说女孩家不应该读书，因为这样只会让她们变成妓女和异教徒，然后便扇她耳光。但这回难得她既不愤怒也不感到屈辱，事实上这一巴掌反而给了她力量。她起身下床，在屋里四下走动，目光几乎没离开过弟弟卡里尔。

当天下午，她分分秒秒都在改变计划。一下想叫卡里尔趁无人注意时放她出去，一下想叫他打电话给社服机构、警察或她的母校，一下又想让他联络某个记者或是教长费尔多希，或是姑妈法娣玛。她想跟卡里尔说要是不帮她，她就割腕自杀。

　　但她什么也没说。就在快五点的时候，她看了看衣橱，里头几乎只有面纱罩袍和家居服。洋装裙子早就被剪烂丢弃了。不过她还有一条牛仔裤和一件黑色衬衫。她换上衣裤、穿上球鞋，走进厨房。巴希尔和艾哈迈德坐在里面，一见到她先是怀疑地怒目以对，随后才转过头去。她很想大声尖叫，把所有的玻璃杯和盘子全砸碎。但她只是静静站着，听着脚步声往前门走去。是卡里尔的脚步声。这时她以自己也难以置信的闪电般的速度，从厨房抽屉拿出一把菜刀，藏到衣服底下，匆匆走出去。

　　卡里尔穿着蓝色运动服站在大门边，一脸愁苦迷惘。他想必是听见她的脚步声了，所以紧张地抚弄安全锁的钥匙。法黎雅喘着气说："你一定要让我出去，卡里尔。我不能再过这种日子，我宁可自杀。"

　　卡里尔转过头，看她的眼神是那么不快乐，让她畏缩了一下。与此同时，她听到厨房里巴希尔与艾哈迈德将椅子往后退。她拔出刀子小声说："假装是我威胁你的，卡里尔。不管你怎么做，让我出去就对了！"

　　"他们会杀了我的。"他说。于是她心想一切都完了。

　　行不通的，代价太高了。巴希尔和艾哈迈德已慢慢接近，她也听到楼梯那儿传来说话声。没戏唱了。她很确定计划失败了。不料……依然一脸悲苦的卡里尔忽然打开门，她立刻丢下刀子跑出去。到了外面走廊，她闪过父亲与拉赞奔下楼梯，有好一会儿，她耳边只听到自己的呼吸声和脚步声。接着嘈杂的人声从上面噼里啪啦传来，沉重愤怒的步伐也随之追来。到现在她都还记得逃跑的感觉。那感觉很奇怪。当时她已经数月未出门，在家几乎都没动，身体状况显然一点也不好。但她觉得好像随着秋风与凉爽的寒意在往前飘飞。

　　她从未像这样奔跑过，在楼宇间东奔西窜，沿着哈马比港的河岸跑，然后再度重返街道，过桥来到环城大道。她在这里跳上一辆公交车前往瓦萨区，到达后又继续跑，途中有一两次一时重心不稳跌倒了。当她从乌普兰路的大门口进入，一口气奔上三层楼时，两边手肘都还流着血。

她按了门铃，站着等，印象中好像听见了脚步声。她暗暗祈祷、怀抱希望，闭上了眼睛。这时门开了，她简直吓坏了。虽然是大白天，贾马却穿着睡袍，胡子没刮、头发乱糟糟，一副张皇失措、近乎惊吓的模样。那一瞬间她觉得自己做错了。但其实贾马只是太震惊了，一时搞不清楚状况。

"谢天谢地！"他说。

她全身发抖跌入他怀里，怎么也不肯松手。他带她进屋，关上门。他也有一副沉重的安全锁，但在这里她感到安全。两个人长久地沉默，未发一语，只是缠抱着躺在窄床上，任由时间一分一秒过去。接着他们开始谈话、接吻、哭泣，最后做爱。慢慢地，她胸口的压力解除了，恐惧随之消退。她与贾马合而为一，这是她与其他人从未有过的体验。但是她并不知道——恐怕也不想知道——希克拉家中的情况正在改变。家人中多了一个新敌人，而那个敌人正是她的弟弟卡里尔。

布隆维斯特听不懂玛莲想说什么，因为他一心只想着要联络上希尔妲·冯·坎特波，几乎听而不闻。他正搭着出租车经由西桥，要前往史康斯杜尔的鲁格·福克斯街。下方公园有许多人在做日光浴。骑士湾上也有许多汽艇来回穿梭。

"你听着，麦可，"她说，"请专心一点。是你把我拖进这堆麻烦事的。"

"我知道，对不起。我得让心情平静一下。我们从头来过。是关于里欧坐在办公室写东西的事情，对吧？"

"没错，有个地方很奇怪。"

"你觉得他在写遗书。"

"不是他在写的东西,而是他写的方式。"

"什么意思?"

"当时他用左手写字,麦可。里欧向来都是左撇子,我忽然记得一清二楚了。他老是用左手写字,用左手接苹果、橙子,任何东西。可是现在他却是右撇子。"

"听起来有点古怪。"

"但事实就是如此。自从前一阵子在电视上看到里欧,我的下意识肯定就已经注意到了。当时他在用 PPT 软件做报告,遥控器拿在右手。"

"抱歉,玛莲,但光是这样还不足以说服我。"

"我还没说完。我本来也没太在意,甚至没有真的察觉。只是心里有个疙瘩,所以在摄影博物馆时,我特别仔细地观察里欧。我快离开阿弗雷·厄格连的时候,我们俩走得很近,所以他的一举一动我非常熟悉。"

"好。"

"他在摄影博物馆发表谈话时,举止动作都和以前一模一样,只是左右相反。就像所有的右撇子,他用右手拿起水瓶,换到左手,再用右手打开瓶盖,然后还是用右手拿杯子。看到这里我明白了。事后我去找他聊天。"

"聊得不是很愉快。"

"看得出来他急着想摆脱我,当时在吧台边,他也是用右手拿酒杯。我真的浑身起鸡皮疙瘩。"

"会不会和神经系统有关?"

"他的解释大概也是这样。"

"什么?你直接问他了?"

"不是我,只不过事后我不肯相信自己的双眼。于是我上网找里欧上电视节目的画面,全部看过一次,甚至打电话问老同事,竟然没有一个人发觉。好像从头到尾都没人注意到。后来我和妮娜·魏斯特聊到,她是外汇交易员,相当敏锐,她也发现了这个变化。你可以想象当我听到她这么说时,松了多大一口气。是妮娜去问他的。"

"他怎么说?"

"他很尴尬,开始结巴起来。他说他是左右开弓型,母亲死后才决定换惯用手,也算是一种解放。说他想寻找一个新的生活方式。"

"这样的解释不够充分吗?"

"听觉过敏外加双撇子?我觉得有点过头了。"

布隆维斯特望向远处的辛肯斯达姆。

"或许吧,但并非不可能。不过……"他又思索片刻,"你说得对,这件事的确有点不对劲。我们尽快再找个时间碰面吧。"

"那当然。"她说。·

结束通话后,他继续往史康斯杜尔与希尔妲·冯·坎特波的方向而去。

这些年来,包柏蓝斯基已渐渐喜欢上莎兰德,但面对她时仍感到不自在。他知道她不喜欢权威人士,虽然以她的背景出身,他可以体会她的心情,却还是讨厌她这种以偏概全的心态。

"莉丝,到头来你还是得学着信任人,甚至信任警察。否则你不会好过。"他说。

"我尽量。"她冷冷地说。

他在 H 栋的接见室,忸怩不安地与她相对而坐。她看起来也太年轻了,他暗想。

"且容我先为潘格兰的死表达最深沉的哀悼之意。这必然是莫大的打击。记得我妻子去世的时候……"

"免了吧。"她说。

"好,那我们言归正传。你知不知道为什么有人想杀死潘格兰?"

莎兰德将一手举至肩头,胸部上方处,那里有个旧枪伤。她用一种怪异的冷漠口气开始说话,包柏蓝斯基听着感觉很不自在,但至少她说的话简洁明了——这可以说是侦讯者梦寐以求的。

"几个星期前,有一个上了年纪的女人去找潘格兰,她名叫玛伊布莉特·杜芮，是约翰纳斯·卡尔定教授的前秘书，这个教授曾经是乌普萨拉的圣史蒂芬儿童精神病院的负责人。"

"你住过的那家医院？"

"那女人在报上看到我的消息，就带了一大堆文件去给他。起先，潘格兰不认为里面有什么新信息，但后来发现其中有重大牵连。我小时候被安排收养过几次，我一直以为是他们存心不良，想帮忙处理我那个混蛋父亲的问题。可是这些文件证明那其实是一项科学实验的一部分，计划的机构叫遗传与社会环境研究数据管理处。它的存在是个机密，气人的是我找不出负责人的名字。所以我打电话给潘格兰，请他再仔细看看这些文件。我不知道他发现了什么，只知道布隆维斯特打电话来说潘格兰死了，而且可能是被杀。所以我建议你去联络杜芮，她住在阿斯卜丹区。她或许有文件的副本，也可能另外有备份，最好也能偶尔去查看一下她的安全。"

"多谢你的协助，"他说，"这个机构到底在做什么？"

"看名称应该猜得出来。"

"名称可能会误导人。"

"有个讨厌的家伙叫泰勒波利安。"

"我们侦讯过他了。"

"再侦讯一次。"

"应该朝什么方向着手？"

"可以试着拷问乌普萨拉那个遗传中心的高层。但恐怕不会有太多收获。"

"莉丝，你能不能说明白点？这到底是怎么回事？"

"就是科学，或者应该说伪科学，有一些白痴以为把孩子送给人收养，就能研究社会环境和遗传的影响。"

"听起来不是什么好事。"

"见识满分。"她说。

"还有其他线索吗？"

"没有。"

包柏蓝斯基并不相信。

"我相信你知道潘格兰最后的遗言是'去找希尔妲·冯……',你有没有想到些什么?"

当然有。前一天布隆维斯特来电时,她也想到了。不过暂时要先保留。她自有道理。另外她也没有提到里欧·曼海默或是有胎记的女人。包柏蓝斯基接下来的问题,她都只是简短而粗率地回答了,在道别之后便被带回舍房。第二天早上九点,她就要离开富罗博加。她猜想那个法格应该巴不得她马上走。

第十二章

六月二十日

　　一如往常，葛莱慈对清洁工还是不满意。应该要下更明确的指令才对。现在只好自己拖地擦干，自己给植物浇水，整理书本、玻璃杯、马克杯。尽管她身体不舒服，头发也一簇簇掉落，但她仍咬紧牙根，要做的事还很多。

　　她把从潘格兰家带回来的文件重新再看一遍。不难看出是哪些数据促使他打那通电话。笔记本身的问题不大，尤其泰勒波利安够细心，提到她时只用姓氏的开头字母。其中并未详细描述实际做的研究，也没有提及其他孩子的姓名。无论如何，令她不安的不是这个，而是事隔多年，如今潘格兰又拿出这些来看。

　　有可能只是巧合，斯坦伯格这么认为。也许文件一直在潘格兰手里，他忽然心血来潮决定拿出来翻一翻，看了以后对这项信息感到好奇，却没有太在意。倘若真是这样，那么她最近的行动可就大错特错了。然而葛莱慈不相信巧合，尤其现在那么多事都濒临灾难的边缘。

　　再者，她知道潘格兰最近去富罗博加女子监狱看过莎兰德。葛莱慈不会再低估莎兰德了，尤其文件上又有希尔妲·冯·坎特波的名字。除了希尔妲，葛莱慈想不出还有谁能让莎兰德找上她。她十分确定，自从与安奈妲的那段孽缘之后，希尔妲便没有再鲁莽行事。但凡事都没有绝对，说不定还有文件副本流落在外，因此葛莱慈一定要弄清楚潘格兰是怎么拿到的。会不会是在泰勒波利安接受调查的时候，或是后来才取得——若是如此，是从谁那里取得的？葛莱慈确信他们已将所有敏感数据都从圣史蒂芬移除，但或许……她陷入沉思之际忽然灵光一闪：病院主任卡尔定。他始终让他们觉得如芒在背。难道是他在去世前交出了文件？又或是某个与他亲近的人，譬如他的……

　　葛莱慈暗咒一声："可不是她嘛，那个该死的女人。"

她走进厨房，配着柠檬汁吞了两片止痛药。然后打电话给斯坦伯格（那个软脚虾也该起来动一动，发挥一点作用了），叫他和那个"妥瑞氏"联络，葛莱慈总爱这么喊她。

"现在就去，"她说，"马上！"

随后她用芝麻叶加核桃和西红柿做了一道沙拉，又打扫了浴室。下午五点半。虽然阳台的门开着，她还是觉得热。很希望能脱掉套头高领衫，换上一件亚麻衫，但她克制住了欲望，并再次想到希尔妲。她对这个女人除了鄙视还是鄙视。希尔妲是个酒鬼，也是个放荡的女人。不过曾有一段时间，葛莱慈很羡慕她。男人经常围着她转，其实女人和小孩也一样。在美好的往日，她有一颗开阔宽大的心，当时他们都怀抱着莫大的希望。

像他们这样的计划并非独一无二，灵感来自纽约，只不过她和斯坦伯格将计划推得更远。实验的结果偶尔会让他们惊讶或失望，但整体而言，她从不认为支出更多的成本算是代价太高。毋庸讳言，有些孩子确实变得更糟了。但人生际遇本就是如此。

九号计划基本上值得一试，而且很重要——她是这么认为的。它能向世人展现如何培养出更强大、更均衡的个体，也因此当两名受试者甘冒一切危险，迫使她采取如此极端的手段，才会造成这样的悲剧。犯下这样的罪，她并不感到格外困扰，有时候她自己也觉得讶异。毕竟她不乏自知之明，她知道自己不太可能懊悔。只是确实会为后果担忧。

远远地可以听到卡尔贝路上传来的喧闹声和谈笑声。她的公寓里散发着清洁剂与消毒用酒精的气味。她又看了一次手表，从书桌前起身，拿出另一只医生包（这只是黑色的，比较新潮）和一顶低调的新假发、一副新的太阳眼镜、一些针筒和安瓿，以及一小瓶亮蓝色液体。接着她从衣橱取出一支银柄拐杖，又从玄关架上取下一顶灰色帽子，便下楼等本杰明来接她前往史康斯杜尔。

希尔妲倒了一杯白酒，慢慢啜饮。她无疑是个酒鬼，尽管不像外界传的那般酗酒，但的确喝得太多，正如她过度纵容其他恶习一样。别人都以为希尔妲是家世显赫却家道中落的贵族，其实不然。她也不是一天到晚醉生梦死。她现在仍然以李奥纳·巴克为笔名发表心理学文章。

她父亲威摩·卡森本来是个承包商兼骗子，结果被松兹瓦尔地方法院以加重诈欺罪判刑。后来，他无意间发现约翰·福雷德·坎特贝这个名字，此人是王室近卫龙骑兵队的年轻中尉，死于一七八七年一场决斗，也断了他家族的血脉。多亏了几番交涉和一两个花招，尽管瑞典贵族院规定严格，威摩·卡森还是成功变换了姓氏，但不是坎特贝而是坎特波，而且自行加上一个"冯"字，后来也不知怎么就列入正式记录了。

希尔妲觉得这个姓氏冗长又做作，尤其是父亲抛家弃子后，他们搬进蒂姆罗市区一栋破落的两室公寓。在那个环境中，"冯·坎特波"听起来的别扭程度应该就如同她进到贵族院的感觉。她性格的养成，或许有一部分是为了反抗这个姓氏。青少年时期，她以身试毒，还跟一些小混混在市中心鬼混。

不过她在校成绩很好，后来进了斯德哥尔摩大学读心理学。刚入学时，她成天参加派对，但老师们开始注意到她。她既有魅力又聪明，是一个有创见的人。她的道德标准也颇高，只不过与当时社会对女孩期望的标准不同。她不拘小节，也不是个文静漂亮的小女生。她痛恨不公正，而且从未让任何人失望。

结束论文答辩后不久，她在瓦萨区罗斯川德路的一家餐厅巧遇斯坦伯格。所有的博士生都认识斯坦伯格。他高大英俊，留着一撇修得整整齐齐的小胡子，有点神似好莱坞影星戴维·尼文。他娶了一个身材粗壮的老婆叫格特鲁德，有时会被误认为他母亲。她比他大上十四岁，除了有一个充满个人魅力的丈夫之外，十分普通。

据说斯坦伯格在外面有其他女人，还听说他极善于玩弄权术，影响力之大似乎连那份令人印象深刻的履历也无法尽述。他曾任斯德哥尔摩大学社会学系主任，也在政府机关的几个调查委员会担任过主席。希尔妲觉得他独断又迟钝,却仍深深为他着迷,而且不只是因为他的外表与光环,她还把他当成一个待解的谜。

看见他和一个女人同在餐厅里,她感到好奇。那个女人肯定不是他老婆,她留着灰金色的短发,有一双美丽、坚定的眼睛,还有一股威严的气势。希尔妲不敢确定那是不是恋人的幽会,可是当斯坦伯格看见她时,显然十分慌乱。事实上那个场面毫无异常之处。即便如此,她还是觉得好像窥见了平日想象中的斯坦伯格的私生活,于是很快就悄悄地离开了。

接下来的数周里,斯坦伯格总带着好奇的眼光看她,有一天傍晚他邀请她一起到校园里的林间小径散步。那天的天色阴暗。斯坦伯格沉默不语许久,但看似有重要的事情想与她分享。最后他打破沉默,问了一个陈腐得令她吃惊的问题:"希尔妲,你有没有想过自己为什么会是现在这个样子?"

她礼貌地回答:"有啊,我想过。"

"这是一个重要的问题,不只是就我们自己的过去而言,对未来也是一样。"他说。

她就这样被拉进了九号计划。有很长一段时间看起来并无危害,对一群来自不同社会背景、从小被安置到寄养家庭的孩子进行测验与评估。有些人天分极高,有些则不然。但这些结果都没有对外公开。表面上看来,整个计划毫无不当的剥削,而且还恰恰相反:孩子们受到体贴的照顾对待。在某些领域,他们团队启动了即使不是划时代也算得上创新的系列研究。

但事后回想起来,她理当多问几个问题:这些孩子是怎么挑选的?为什么将那么多人安置在如此广泛且不同的社会环境里?后来她逐渐看清了更加全面的情形,只是当时大门已经关上了。不管怎么说,她还是觉得这项计划无论是就整体还是就个案而言,都有其正当的一面。

接着又一个秋天到来,同时传来卡尔·赛革在一场猎麋鹿活动中意外身亡的消息。这下她真的害怕了,决定要退出。斯坦伯格与葛莱慈立刻察觉。他们给她机会，让她能对计划有正面影响，因此她又多留了一阵子。她的任务是拯救某个女孩，这个女孩与孪生妹妹住在斯德哥尔摩的伦达路，生活宛如人间炼狱。官方机构帮不上忙，因此希尔妲得找出解决方法与寄养家庭。

这是她所听过最简单明了的指示。她设法接近那对母女，为她们挺身而出，把工作搞丢了，差点连命也丢了。有时候她会后悔，但更多时候感到自豪，到后来她认为这是自己在数据管理处工作期间做过的最好的一件事。

现在，当夜色逐渐降临，希尔妲喝着她的霞多丽葡萄酒，望向窗外。行人悠闲地走过，显得十分快乐。要不要下楼找一家户外咖啡馆看看书？心里刚这么一想，就看见街道稍远处的一辆黑色雷诺车上下来了一个人，是葛莱慈。这也没什么好奇怪。葛莱慈偶尔会过来，滔滔不绝又友善地和她聊天，恭维她。不过最近情况似乎不太对劲。葛莱慈讲电话的口气变得紧张，而且又开始像以前一样出言恫吓。

她现在站在外头的人行道上，虽然变了装，但错不了，何况身边还有本杰明陪着。本杰明·福什专门给葛莱慈打杂，不但帮忙跑腿，如果需要使用高压手段或是暴力时也会叫上他。眼前景象让希尔妲害怕，需要当机立断。

她很快地穿上外套，抓起桌上的钱包和调成静音的手机，然后离开公寓，将门锁上。动作不够快，楼下大门已传来脚步声。她一阵惊慌，明知可能会和他们撞个正着，仍快步下楼。幸运的是他们在等电梯，希尔妲趁机溜进后院，这是避开临街大门唯一的逃生路线。如果把庭园桌搬近一点，就可以翻过最远的那道黄色围墙。将桌子推过石板地面时，发出了尖锐刺耳的刮擦声。她像个笨手笨脚的小孩爬过墙头，跌落在邻家的院子里，然后设法来到布户斯街上，接着转往艾瑞克斯达游泳中心与海边的方向。虽然刚才从高处跌落后左脚隐隐抽痛，加上神志也不太清醒，但她仍走得很快。

快到欧斯塔湾旁的户外健身中心时，她拿出手机来。有几个未接电话，听完留言后，她感觉出了很大的问题。记者布隆维斯特一直在找她,尽管他一再道歉,声音听起来还是很激动。他的第二个留言还说现在潘格兰死了,他"特别急于和她谈一谈"。

霍雷尔·潘格兰,她喃喃自语道。霍雷尔·潘格兰。这名字怎么这么耳熟?她用手机搜寻了一下,立刻就找到了。潘格兰曾经是莎兰德的监护人。原来如此。有些消息显然即将曝光,大事不妙。假如媒体在追新闻,她恐怕是最好的突破点。

她一边加快脚步,一边望向海水与树林,以及许多在草地上溜达或野餐的人。户外健身中心后面的空旷海滨区停放了几艘小船,在那旁边,她看见三个面相粗暴的青少年懒洋洋地躺在毯子上,喝着啤酒。她停下来,又看一眼手机。希尔妲虽不是科技专家,也知道通过手机可以追踪。于是她很快地打了一个电话给妹妹,但随即便后悔了——她们每次通话总会留下愧疚与谴责的余味。打完电话,她走向那几个少年,选了其中披散着长发、穿着磨损的牛仔夹克那个人,递出手机。

"拿去,"她说,"全新苹果手机,给你。看是要换张 SIM 卡还是干吗,随便你。"

"什么?为什么要给我这个?"

"因为你看起来很乖。祝你好运,别去买毒品。"她说完便在夕阳映照下匆匆离开。

三十分钟后,她满身大汗地站在霍恩斯杜尔的一台提款机前面,取出三千克朗现金后,前往中央车站。她打算去纽雪平一间偏僻的旅馆,多年前当她被所有大学同事指责放荡下贱时,便是躲在那里。

布隆维斯特在门口与一名年纪稍长的妇人擦肩而过。她戴着帽子,拄着拐杖,有个男人跟在她身后,身材壮硕,年纪与他相当,身高将近两米,小眼、圆脸。但他并未多加留意,只为终于能进到大楼而松了一口气,并立刻冲上楼到希尔妲的住处。好像没有人在家。

他离开后走向史康斯杜尔的克拉丽奥酒店,一到酒店便又试着打电话给她。这回接电话的是个傲慢的声音。也许是她儿子?

"喂！"

"喂！"布隆维斯特说，"希尔妲在吗？"

"这里没他妈的什么希尔妲。这个手机现在是我的。"

"什么意思？"

"有个喝醉酒的疯女人给我的。"

"什么时候？"

"刚刚。"

"她看起来怎么样？"

"紧张兮兮，精神不正常。"

"你现在在哪里？"

"关你屁事。"男孩说完就挂断了。

布隆维斯特咒骂一声。既然无事可做，干脆到克拉丽奥的酒吧点一杯健力士啤酒喝。

他坐到窗边的一张扶手椅上，俯瞰环城大道。他需要好好想一想。后面的柜台前，有个光头男子在为账单激动地理论。两名年轻女子坐在他座位附近低声交谈。

他脑中思绪纷杂。莎兰德提到过名单和曼海默。从潘格兰的死和他走廊上散落的文件看来，应该可以放心大胆地假设，不管为的是什么，都已是陈年旧事。

去找希尔妲·冯⋯⋯

他说的会不会不是这个希尔妲·冯·坎特波？有可能，但几率不大。何况还有希尔妲刚才的古怪举动：把手机送给一个少年。他点的健力士来了。他望向坐在酒吧里的那两名年轻女子，她们现在似乎正悄声谈论他。他拿出手机，搜寻希尔妲·冯·坎特波。他并不奢望能十分迅速地在网络上找到他想找的数据，甚或是找到任何数据，不过从字里行间或许能看出点端倪。有时候，在接受访问的过程中，完全只是缓和情绪或回避问题的答案，又或是某人对于议题或兴趣的选择，都可能透露线索。

一无所获。在失去斯德哥尔摩大学教职之前，希尔妲曾经是相当多产的科学论文作者，之后却销声匿迹。布隆维斯特找不到可以追踪的线索，而且旧数据中，没有丝毫机密或可疑之处，也没有与收养小孩有关的文章，更没有提到罹患听觉过敏症并从左撇子变成右撇子的男孩。她在文章中倒是清楚明白地反对暗藏种族偏见的计划目标，这个趋势在当时研究先天重于后天的领域中仍是主流。但也就这么多了。

他又点了一杯健力士。也许有什么人能找。他从文章中搜寻共同作者与同事的姓名，接着又在名录中寻找"冯·坎特波"。全国只找到另一个人与她同姓，是女性，比她小六岁，名叫夏洛特。此人住在几条街外的仁斯提纳路，登记的职业是美发师，工作地点在约特路。布隆维斯特看了希尔妲和夏洛特的照片，发现有些相像。很可能是姐妹。他没有多想，立刻拨了夏洛特的电话。

"我是小洛。"电话那头的声音说。

"你好，我叫麦可·布隆维斯特，是《千禧年》杂志的记者。"他说道，随即感觉到她心生忧虑。

对此他已习以为常，也经常懊悔地开玩笑说自己应该多写一些正面文章，免得人家一接到他的电话就很焦虑。但这回似乎不只是焦虑。

"真的很抱歉打扰你。我需要找到希尔妲·冯·坎特波。"他说。

"她怎么了？"

不是"她出了什么事吗？"，而是"她怎么了"。

"你最近一次跟她联络是什么时候？"他问道。

"就是一个小时前。"

"当时她在哪里？"

"能不能请问你为什么打来？我是说……其实现在记者已经不太找她了。"她深吸一口气。

"我不想让你担心。"布隆维斯特说。

"她听起来很害怕。是怎么回事？"

"说真的我也不知道，"他说，"不过有一位德高望重的老人家，叫霍雷尔·潘格兰，他被人杀害了。他挣扎求生的时候我也在场，而他最后的遗言就是要我找希尔妲。我认为她应该知道一些重要的讯息。"

"哪方面的？"

"这正是我想找出的答案。我想帮她，我希望我们能互相帮助。"

"我怎么知道你的话能不能相信？"

"我的工作很难向人保证什么。真相——如果真能找出来的话——最终也可能伤害我无意伤害的人。可是一旦把心里的烦恼说出来，大多数人还是会觉得比较舒坦。"

"她感觉糟透了。"小洛说。

"我明白。"

"事实上，过去二十年来她都是这种感觉。可是这次好像更糟。"

"你觉得是为什么？"

"我……我不知道。"

他听出她语气中的迟疑，立刻闪电出击。

"我能不能到你这儿来一下？我发现你就住在附近。"

这一来似乎让她更加紧张，但他原本几乎有把握她会答应。因此他十分意外她竟以尖锐而强硬的口气回答："不行！别把我扯进去。"

"扯进什么？"

"就是……"

布隆维斯特可以听到她在电话另一头粗重的喘气声。他明白这是一个悬而未定的时刻，在他的记者生涯中已经历过多次。当一个人在为了说或不说而天人交战之际，往往会因为试图衡量后果而专注不动。他知道通常他们最后还是会开口，但不是百分之百肯定，所以他尽量不显得太急切。

"你想说什么吗？"

"希尔妲有时候会用李奥纳·巴克的笔名写文章。"小洛说。

"哦，真的？那是她？"

"你听过李奥纳·巴克？"

"我也许只是一个过气的老记者,不过我确实很努力地吸收最新的文化信息。我很喜欢她写的东西。不过这有什么要紧?"

"她以巴克的身份为《瑞典日报》写了一篇特稿,标题是《一起出生,分开抚养》。这大概是三年前的事。"

"是。"

"内容是关于明尼苏达大学一些人做的一项科学调查研究。没有什么不寻常。可是对她而言很重要,从她谈论的方式可以明显看得出来。"

"好的,"他说,"所以你的意思是?"

"其实也没什么,只是这件事显然很困扰她。"

"你能说得明白一点吗?"

"我知道的也就这么多。我从来就懒得再深入挖掘,希尔妲也从来没说过什么,不管我怎么追问。不过你去看看那篇文章,就会得到和我一样的结论。"

"谢谢,我会找来看看。"

"请答应我,别把她写得太难看。"

"我想在这件事情里面,还有比希尔妲更主要的犯人。"他说。

他们互道再见后,布隆维斯特便付了酒钱离开酒店。他越过马路走上约特路,继续朝梅波加广场与圣保罗街北行。途中遇到不少认识和不认识的人想与他攀谈,他都挥手婉拒,现在他最不想做的事就是社交。他只想赶紧读那篇文章,但还是等到回家以后,才用电脑上网搜寻。

他总共读了三遍,之后又读了其他几篇相同主题的论文,并打了两三个电话。就这样一直忙到半夜十二点半。他给自己倒了一杯巴罗洛葡萄酒,猜想自己应该渐渐明白了,只不过莎兰德在里面扮演什么角色,他还没理出头绪。

他得跟她谈谈,他暗忖,不管监狱高层怎么说。

第二部
扰人的乐音

小六和弦由旋律小音阶的根音、三音、五音与六音组成。

在美国爵士与流行音乐中,小七和弦是最常见的小调和弦。一般认为该和弦高雅优美。

小六和弦则少有人用。其音调被视为刺耳又不祥。

第十三章

六月二十一日

莎兰德最后一次离开最高戒护区，现在正站在富罗博加监狱的警卫室，被一个理平头、皮肤有如暴怒而涨红、眼睛细小傲慢的年轻男子从头到脚仔细检查。

"有个叫麦可·布隆维斯特的打电话找你。"他说。

莎兰德对此讯息置之不理，甚至头也没抬。时间是早上九点半，她只想赶快离开。还要处理冗长的书面手续，让她急躁不已，像鬼画符似的填写表格以便取回笔记本电脑与手机。事前并未花太多工夫便说服欧森将两者都充足电。手续完成后，他们随即让她离开。

她通过大门，沿着围墙与铁轨走，然后坐在大马路旁一张红漆剥落的长椅上，等候一一三号公交车前往奥勒布鲁。今天上午很热，一丝风也没有，苍蝇围着她嗡嗡叫。虽然抬起头面向太阳，像在享受暖和的天气，但对于出狱她并无特别的喜悦之情。

不过还是很高兴能拿回笔记本电脑。她坐在长椅上，也不管黑色牛仔裤紧贴在大腿上，便打开电脑连上线。她发现安妮卡已依约寄来警方调查贾马死因的数据文件，就在她的邮箱里，回程路上可以来处理。

安妮卡有一个看法，一个推测，原因有一部分是基于法黎雅在接受警方侦讯时不肯透露只言片语的奇怪事实，另一部分则是基于霍恩斯杜尔地铁站的一小段监视器画面。安妮卡显然与波切尔卡一位名叫哈山·费尔多希的教长谈过，而且他认为她推断的方向没有错。她现在的想法是希望技术高超的莎兰德也看看录像画面，因此莎兰德开始在安妮卡寄来的档案中寻找。在检视画面之前，她望着马路与逐渐转黄的田野，想着潘格兰。昨晚大半的时间她都在想他。去找希尔妲·冯……

希尔妲·冯·坎特波是莎兰德唯一认识的"希尔妲·冯",说起话来手舞足蹈的亲爱的老友希尔妲。莎兰德小时候,她经常坐在她们伦达路家的厨房里,也是她母亲在周遭世界分崩离析时极少数的朋友之一。希尔妲有如一座磐石,至少莎兰德这么认为的。也正因如此,大约十年前的某天,莎兰德才会去找她。她们一起喝着廉价玫瑰酒度过整个晚上,因为莎兰德想多知道一点关于母亲的事。希尔妲跟她说了不少,莎兰德也对她说了一两件事,有些她连潘格兰都隐瞒的秘密却告诉了希尔妲。那是个漫漫长夜,她们还举杯敬安奈妲,也敬全天下所有被烂人王八蛋毁了一生的女人。

可是希尔妲只字未提数据管理处。难道她保留了最重要的讯息?起初莎兰德不愿相信。她向来擅长侦测表面下可能隐藏的秘密,但也有可能被希尔妲那整个崩坏的表象给愚弄了。她回想着从欧森计算机上下载的档案,想起文件中有一组字母缩写:H.K.。那是希尔妲·冯·坎特波的缩写吗?莎兰德搜寻了一下,发现希尔妲是一个比她当时所了解的更具影响力的心理医生。她顿时怒火中烧,不过她决定暂时先持保留态度。

前往奥勒布鲁的一一三公交车在一阵烟尘弥漫、碎石四溅中到来。她付了车钱,坐到后排座位,仔细观看监视器画面,画面上显示的是将近两年前的十月二十四日,刚过午夜的霍恩斯杜尔地铁站验票口。她渐渐地开始只专注于一个细节,就是嫌犯的手有个不规则的动作。这有关系吗?她不敢确定。

她知道动作识别的技术还处于萌芽阶段。她毫不怀疑每一个人的举动都犹如指纹各有精确独特的差异,只是目前仍然难以判读。每个微小的动作都是由成千上万的讯息所组成,动作本身并没有百分之百的确定性,例如每次搔头的动作都会有所不同。姿势一定都很类似,却绝不会一模一样。要精准描述并比较各个动作,需要配备传感器、讯号处理器、陀螺仪、加速规、动作绘图算法、傅立叶分析以及频率与距离的测量器。网络上有一些程序可以下载,但这不在选项之内,太花时间了。她另有主意。

她想到黑客共和国的朋友，还有"瘟疫"和"三一"已经研究了很久的深度神经网络。能不能加以充分运用呢？不是完全不可能。她必须找到更完整的手势索引来提供算法研究学习，但这点并非办不到。

从奥勒布鲁回斯德哥尔摩的火车上，她绞尽了脑汁，最后想出一个疯狂主意。狱方恐怕会不以为然，尤其又是她重获自由的第一天。但无所谓。她在中央车站下车后，搭上出租车回到菲斯卡街的家，又继续工作。

丹·卜洛迪将吉他——一把新买的 Ramirez——放到矮几上，进厨房去冲了一杯双份浓缩咖啡，一下喝得太猛，烫到了舌头。现在是早上九点十分。他没注意时间，整个人沉浸在《阿尔罕布拉宫的回忆》的乐声之中，结果上班快迟到了。倒也没什么人在意，只是他不想让人觉得他对待工作不认真。于是他走进卧室，挑了一件白衬衫、一套黑西装和一双黑色 Church's 皮鞋。随后匆匆来到街上，才发觉天气已经热得令人发昏。他愕然惊觉盛夏已然来临。

他身上的西装与这个季节不太搭调，在阳光下显得严肃而不合时宜，才走了几步，他的背上与腋下都已经汗湿。这只是平添他的孤独感。他看着在胡姆乐公园里忙碌的园艺工人，割草机的噪声令他感到痛苦。他继续快速地走向史都尔广场，尽管还是不舒服，但看见其他西装笔挺的男人也是满头大汗、一脸苦相，倒也稍感安慰。前一阵子下了好长时间的雨，这暑热来得突然。前方毕耶亚尔路上停了一辆救护车，让他想起母亲。

她是难产死的。父亲是个到处巡回演出的乐手，从来没关心过他，而且因为长年酗酒，年纪轻轻便因为肝硬化去世。丹（原名丹尼尔·卜洛林）在耶夫勒一所孤儿院长大，后来到了六岁，与另外三个人一起寄养在胡第克斯瓦北边的一座农场。在那里，他必须非常努力地照料牲畜与作物，要打扫畜舍还要宰杀猪只。他务农的养父石丹坦承不讳，说他之所以收容这些孩子（全都是男孩）就是因为需要帮手。这些男孩住进农场时，石丹有个矮胖的红发老婆，叫克莉丝缇娜，但她很快就跑了，从此杳无音信。听说是去了挪威，而见到石丹的人几乎都不讶异她会感到厌倦。他身材高大、相貌堂堂，一点也不丑，逐渐花白的胡子修得整整齐齐，可是他的嘴巴与额头透着一种说不出的冷酷，令人害怕。他几乎都不笑，不喜欢和人交际闲聊，而且痛恨虚荣与优雅。

他老是说："别打一些不合自己身份的歪主意。别自以为有多特别。"当孩子们兴高采烈地说以后长大想当职业足球选手或律师或百万富翁，他总会厉声回呛："人要懂得守本分！"他不但吝于赞美与鼓励，金钱上更是一毛不拔。他喝自己蒸馏的烈酒，吃自己射杀或屠宰的动物的肉，在农场里差不多就能自给自足。除非打很高折扣或是清仓拍卖，否则他从来不买东西。他的家具要不是在跳蚤市场买的，就是捡邻居亲戚不要的。他把房子漆成刺眼的黄色，起初谁也不知道为什么，直到后来原因才曝光：因为店家有多余库存，便免费将油漆送他。

石丹不懂得欣赏美，也从不看书读报。这点丹尼尔倒不在意，因为学校里有图书馆。但令他困扰的是石丹只爱听欢闹的瑞典音乐。丹尼尔从亲生父亲那儿继承来的只有姓氏与一把尼龙弦的 Levin 吉他，吉他一直被丢在农场阁楼上，有一天丹尼尔将吉他取来，并渐渐爱上了它。这个乐器不只像在等待他，他还觉得自己生下来就是为了弹奏它。

他很快就学会了基础和弦与和声，而且发觉只要在收音机上听过一次的曲调，他就能照着弹出来。有好一阵子，他弹的都是他那一代人熟悉的歌：例如 ZZ Top 乐队的《犬牙》(*Tush*)、蝎子乐队的情歌《依旧爱你》(*Still Loving You*)、恐怖海峡乐队的《钱不是所有》(*Money for Nothing*) 和其他几首经典摇滚。但后来发生了一件事。

某个寒冷秋日，他偷溜出牛棚。当年他十四岁，上学宛如噩梦一般。他学得很快，却很难注意听讲，经常受周遭的喧嚷干扰，因此尽管讨厌农务与漫漫长日，仍一心只想回到宁谧平静的农场。他一逮到机会就会逃跑，找时间独处。

就在那一天，下午五点半刚过，他进到厨房打开收音机，里头正在播放一些老套无聊的音乐。他拨弄着转钮，调到 P2 频道。他对这个频道所知不多，心想应该多半都是一些老歌，听了之后更证明他的偏见没错。那是一首竖笛独奏，尖锐的声音刺激得他神经紧绷，犹如蜜蜂嗡鸣或警报器铃声大作。

不过他还是继续听，接着响起吉他的声音，带点试探又带点逗弄。他听了全身起鸡皮疙瘩。厨房里多了一种新的感觉，一种崇敬与专注，他觉得自己重新活过来了。他不再听到其他声音，无论是其他兄弟吵架互骂，或是鸟鸣、拖拉机声、远处车声，甚或是渐渐接近的脚步声。他就这么站在原地，整个人被意想不到的喜悦紧紧裹住，同时试图了解这些音符与以前所有听过的何以如此不同，何以让他如此感动。忽然间，他感觉头皮与脖子一阵剧痛。

"你这个小懒惰鬼，你以为我不知道你老是偷溜吗？"

石丹扯住丹尼尔的头发，又吼又骂。可是丹尼尔几乎未加留意。此时他只专注于一件事：聆听乐曲的结尾。这音乐仿佛让他看见某种未知，某种比他至今所过的生活更丰富、更宏大的东西。虽然没能听到演奏者的名字就被石丹拖出去，他仍及时地瞄了一眼磁砖炉灶上方的旧时钟。他知道准确的时间很重要。

第二天，他用学校的电话打到瑞典广播电台。他从来没做过这种事，他不具有这样的才智与自信。在课堂上，即使知道答案他也从不举手作答，他总觉得自己比都市人低一等，尤其是从事广播与电视这种独具魅力的职业的都市人。然而他还是打了电话，总机替他转接负责编排爵士节目的薛勒·布兰德。他用几乎发不出来的声音，问说前一天下午刚过五点半时，播放的是哪首曲子。为了保险起见，他还哼了一小段。布兰德立刻听出来。

"太好了！你喜欢吗？真有品位啊，年轻人。那是强哥·莱恩哈特的《云》(*Nuages*)。"

从来没人喊过他年轻人。他询问曲名的拼法后，更加紧张地追问道：

"他是谁？"

"可以说是全世界顶尖的吉他手。而且他独奏只用两根手指。"

后来丹尼尔已不记得布兰德跟他说了些什么，他自己又发现了些什么。但他慢慢得知这个人背后是有故事的，这也让他之前听到的更显珍贵。强哥在比利时的利贝西长大，生活穷困，有时为了活命还会去偷鸡。他很早就开始弹吉他、拉小提琴，而且被认为前途无量。不料十八岁那年，他在篷车里打翻蜡烛，点燃了妻子贩卖维生的纸花，火势迅速蔓延。强哥严重烧伤，很长一段时间大家都以为他再也不会弹奏乐器，尤其他的左手又有两根指头失去功能。但是在新科技协助下，他得以继续发展演奏事业，并很快地扬名全世界，成为受崇拜的人物。

不过最主要的是强哥是吉卜赛人，现代人称之为罗姆人。丹尼尔也是罗姆人。他是以十分艰难的方式得知这个真相——透过被排挤、被戏称"吉卜赛佬"或更恶劣的遭遇等痛苦的经历。他无时无刻不认为这种身份就是深深的耻辱。如今，强哥让他以新的傲气看待自己的出身。倘若一手严重受伤的强哥都能成为世界顶尖人物，丹尼尔也可能出人头地。

他向班上一个女同学借了点钱，买了一张莱恩哈特精选乐曲的唱片，自学所有的经典曲子，如《小摇摆》(*Minor Swing*)、《达芙妮》(*Daphne*)、《贝勒维尔》(*Belleville*)、《强哥》(*Djangology*)，等等，他弹吉他的方式很快就随之改变。他舍弃原来的蓝调音阶，改弹小六和弦琶音与各种大调小调的减七和弦音阶独奏，热忱逐日递增。他练弹到指尖都长出硬茧来，但热情从未消减，甚至睡梦中也一样。他会在梦中弹奏。他心无旁骛，一有机会就往树林里跑，坐在大石或树桩上即兴弹奏，一弹就是几个小时。他贪婪地吸收新技巧与新影响，不只学习强哥，也学习约翰·斯科菲尔德、帕特·麦席尼与麦克·斯特恩，他们全是现代爵士吉他高手。

与此同时，他和石丹的关系日渐恶化。"你自以为很特别，是不是？你只不过是坨狗屎。"养父经常对他咆哮，还说丹尼尔老是眼睛长在头顶上。丹尼尔不明白，因为他一向觉得自己低人一等，能力又不够强。虽然他既不想也无法停止弹奏，却仍尽力配合。不久，石丹开始死命地打他、揍他，有时候其他兄弟也会加入。他们会打他的肚子和手臂，也会用刮擦金属或敲击锅盖制造巨大噪声来处罚他。此时的丹尼尔非常厌恶下田干活，尤其进入夏天后，施肥、犁田、耙土与播种等苦差事，逃都逃不掉。

夏季期间，男孩们会从早忙到很晚。丹尼尔很努力地让他们再次喜欢他、接纳他，有时候真的成功了。到了晚上，他会愉快地应兄弟的要求弹奏，偶尔还会赢得掌声与一定程度的肯定。但他知道自己是个累赘，一有机会便会消失不见。

有一天下午，太阳毒辣辣地射在他的颈背上，他听见远处有一只乌鸫啼鸣。十六岁的他已经梦想着过十八岁生日，一旦成年就能将这个地方远远抛到脑后。他打算申请斯德哥尔摩的皇家音乐学院，或是当个爵士乐手，尽最大的努力积极进取，直到有朝一日能争取到唱片合约。梦想日日夜夜在他脑中打转，有时候，就像现在，大自然会以某种声音喂养他，让他谱出一个短乐句。

他吹口哨与乌鸫应和，是以鸟的歌声变奏而成的旋律。他的手指仿佛弹奏无形吉他似的动着，他无端地打了个寒噤。长大后，他会回想起那些时刻，当时他认为要是不立刻坐下来谱曲，有些东西就会永远失去而无法挽回，因此什么也无法阻止他溜回去拿吉他。丹尼尔依然记得当他打着赤脚、拿着吉他狂奔，速度快到工作服在风中翻飞起来，一路跑到布拉寇斯耶南湖畔，才在破破烂烂的木栈桥上坐下，凭记忆弹出刚才吹的口哨旋律，再加上伴奏。那真是个美好时光，他会这么记着。

只可惜好景不常。肯定有某个兄弟看见他离开，跑去告状。石丹很快便打着赤膊、穿着短裤，怒气冲冲地出现，而丹尼尔一时不知该道歉或直接跑开，多犹豫了那么一秒，石丹已经抓起吉他甩了出去，却因为用力过猛往后摔倒。摔得不重，只是模样可笑，石丹也因此突然失控。他站起身来，脸色涨成猪肝色，抄起吉他便往栈桥上砸。事后他一脸震惊，好像不太知道自己做了什么，但无所谓了。

丹尼尔觉得好像有个重要器官被硬生生挖掉。他大吼着"白痴""王八蛋"等他从未在石丹面前说过的字眼。他奔越田地，冲进屋内，把唱片和几件衣物塞进背包，从此离开农场。

他朝着 E4 公路的方向走了好几个小时，最后搭了一辆联结车的便车到达耶夫勒。接着他继续南行，在树林里过夜，沿途或是偷摘苹果和李子，或是吃浆果充饥。有个老妇人载他到南塔耶，还送他一份火腿三明治。有个年轻人送他到延雪平，并请他吃午餐，最后他在七月二十二日深夜抵达了约特堡。接下来的几天内，他在码头找到一个低薪付现的工作。由于他几乎没有生活开销，偶尔还在楼梯间过夜，六周后便买了一把新吉他，不是 Selmer Maccaferri 吉他（他梦想要拥有的、和强哥一样的那一把），而是一把二手的 Ibanez 吉他。

他决定前往纽约，但实际上并不像他以为的那么简单。他既没有护照也没有签证，而且现在已经不能再上船打工挣船费了，连当清洁工都不行。某天傍晚，他从港口下班后，有个女人在码头边等他，名叫安凯特琳·利德霍尔姆。她身材肥胖，一身粉红装束，眼神和善。她自称是社工，说有人为了他的事打电话给她。这时他才得知他们在找他，并申报他失踪，他只得勉为其难地随她前往亚恩广场的社会福利机构。

安凯特琳解释说她和石丹通过电话，对他印象不错，让丹尼尔更加疑虑。

"他很想你。"她说。

"狗屁。"他回答，并告诉她他不能回去，否则会被打，会过着地狱般的生活。安凯特琳听完他诉说之后，给了他几个选择，感觉没有一个好的。他说他能自食其力，她不需要担心。安凯特琳回答说他还未成年，需要支持与引导。

这让他想起了他心里的那群"斯德哥尔摩人"，就是在他小时候，每年会来见他的心理学者与医生。他们替他量身高体重，问他问题并记录下来。他们还让他做测验，各种各样的测验。他始终不太喜欢那些测验，有时候做完还会哭。他觉得孤单且受到严密监视，不禁想起母亲，以及他们母子俩从未共度的生活。但话说回来，他并不讨厌他们。他们会给他令人振奋的笑容与赞美，他们会说他很乖、很聪明，从没说过一句难听的话。他也不觉得他们的来访有何不寻常之处。相关单位想看看他与寄养家庭的相处情形，这是再正常不过了，至于自己被写入病历数据与医疗记录，他也不甚在意。在他看来，这表示自己有点分量。依来人的不同，有时还会因此让他免除了农务，开心得松一口气。尤其是最近一段时期，斯德哥尔摩人对他的音乐感兴趣，并录下他弹吉他的影像。有几次，他们似乎受到感动而交头接耳，他不由得做起白日梦，想象这些影片可能会流传出去，最后落入经纪人或唱片制作人手中。

这些心理学家与医生都只透露自己的名字（不带姓氏），他对他们一无所知——只有一个女的例外，有一天她和他握手，以全名做自我介绍，大概是一时口误。但这不是他记得她的唯一原因。她的外貌与那头红红的长发，还有那双与农舍四周的泥土小路格格不入的高跟鞋，都让他神魂颠倒。这个女人对他微笑，好像真的喜欢他。她叫希尔妲·冯·坎特波，经常穿低胸的衬衫与洋装，丰满的红唇使他幻想着能一亲芳泽。

当他问社工人员能不能打电话时，想到的就是这个女人。他们给他一本斯德哥尔摩地区的电话簿，他紧张地快速翻阅。有一度他深信希尔妲·冯·坎特波是假名，也第一次闪过"这些斯德哥尔摩人也许不是正规社会福利体系工作人员"的念头。没想到真的找到了她的名字，于是拨了电话。由于无人接听，他便留了言。

他在约特堡市援助中心过了一夜，第二天再回去，她已经回电，留下另一个号码。这回她接了电话，似乎很高兴听见他的声音。他立刻发觉她知道他从家里逃出来了。她跟他说她"非常非常抱歉"，还说他"天赋异禀"。这时一股难以承受的孤独感袭上心头，他强忍住想哭的冲动。

"那就帮帮我。"他说。

"亲爱的丹尼尔,"她说,"我几乎什么都愿意做。可是我们的工作只是研究,不能干预。"

多年以来,丹尼尔一次又一次地回想起这段话,这也是为什么他要改换另一个身份并全力守护新身份的原因。不过在那一刻,他紧握话筒,心中觉得悲惨,脱口而出:"什么?你在说什么?"希尔妲紧张起来,他听得出来。她立刻转移话题,说他需要先完成学业,不能着急做决定。他说他只想弹吉他。希尔妲说他可以学音乐专业。他回答说他想出海前往纽约,去那里的爵士俱乐部演奏。她坚决反对:"你这个年纪不行,更何况你有这么高的天分。"

他们谈了很久,安凯特琳与其他社会福利人员都开始感到不耐烦,最后他答应考虑她提出的选项。他说想要见她。她说她也想,但他们没有见到面。他再也没有见过她。

接着好像忽然冒出许多人来帮他办护照、签证,帮他在瓦利纽斯航运公司的货船上找到厨房杂役与服务生的工作。他始终没弄明白这一切是怎么发生的。货船载着他前往的不是纽约,而是波士顿。他发现有一张字条与雇用合约钉在一起,上面用蓝色圆珠笔写着:

马萨诸塞州波士顿的伯克利音乐学院。祝好运!H.

他的人生将从此改变。他变成美国公民,改名为丹·卜洛迪,接下来的几年充满了令人兴奋的美好经历。然而在内心深处,他仍觉得幻灭和孤单。初试啼声的他差一点就有突破的机会。有一天,他在剑桥市汉普郡街一家挤满了人的莱尔斯爵士俱乐部里表演独奏,既带着强哥的风格,同时又具有某种新意,听众中立刻响起一阵窃窃私语。开始有人谈论他,他也得以认识一些唱片公司的经理与星探。只可惜最后他们觉得他少了点什么,或许是勇气吧,还有自信。合作的希望在最后一刻功亏一篑,令他黯然失色的其他人虽然不怎么有天分,却比较积极。他只能满足于阴影中的人生,藏身于明星背后。他一直很怀念当初在布拉寇斯耶南湖畔弹奏时的那股热情。

莎兰德追踪到几个较大的手势动作数据库——作为医学研究与研发机器人之用——并将数据输入黑客共和国的深度神经网络。她一直埋头工作，尽管天气炎热，也顾不上吃喝。过了许久，终于从计算机前抬起头来，给自己倒了杯饮料，但不是水，而是图拉多威士忌。

她渴望酒精，渴望性爱、阳光、垃圾食物、海洋气息与嘈杂的酒吧，她也渴望自由的感觉。但目前只能拿爱尔兰威士忌凑合凑合。如果最后能像个臭烘烘的酒醉流浪汉，或许也不错，她心里这么想。没有人会对酒鬼抱太高期望。她望着窗外的骑士湾，闭上双眼，挠一挠背，趁着神经网络自行演算的空隙，到厨房用微波炉加热比萨，然后打电话给安妮卡。

安妮卡听完她的计划后很不满意，尽管强烈反对，但见莎兰德充耳不闻，只好说她能做的顶多只是录下嫌犯的影像。她还建议莎兰德与费尔多希教长联系，他会以"较为人道的方式"帮她。莎兰德置之不理，但无所谓，因为后来安妮卡自己联系了教长，请他前往瓦勒岛。

莎兰德大口大口地吃着比萨、喝着威士忌，随后黑进布隆维斯特的计算机，在他命名为"莉丝数据"的档案中留言：

回家了。今天出狱。
希尔妲就是希尔妲·冯·坎特波。去找她。
顺便查一查丹尼尔·卜洛林。他是吉他手，极有天分。现在在忙其他事，晚点再联络。

布隆维斯特看见莎兰德的讯息，很庆幸她重获自由。他试着打电话给她，没有人接，不由得暗骂一声。原来她也知道希尔妲·冯·坎特波。这意味着什么呢？是和她有私交，还是从其他渠道得知的？他不知道。但不必莎兰德提醒，他也会去找希尔妲。他已经下定决心。

另一方面，他想不出这个丹尼尔·卜洛林是从哪儿冒出来的。他在网络上找到许多个丹尼尔·卜洛林，但没有一个是吉他乐手，甚至没有一个是玩音乐的。也许他不够尽力，因为太专心追其他线索了。

事情是从前一晚看了希尔妲的妹妹告诉他的那篇文章开始的。文章乍看之下平淡无奇，内容太过笼统，没有任何揭示性的讯息，更遑论争议性了。希尔妲以李奥纳·巴克为笔名写道，关于先天与后天的传统辩论早已政治化，左派想要我们相信人生前程主要取决于社会因素，而右派则强调遗传基因的影响。

希尔妲经过观察发现，当科学受到意识形态或一厢情愿的想法主导，总会迷失方向。她的序论中透着些许焦虑，仿佛即将提出令人震惊的事实。不过全文十分平衡，主张遗传与社会环境的影响程度相当，大抵不出布隆维斯特所料。

然而有一点确实令他惊讶。文中指称最能够影响我们人格形塑的环境因素，与他猜想的不同。作者写道，父母亲往往深信自己对孩子的发育成长具有关键的影响力，其实是他们"高估了自己"。

希尔妲认为对决定命运更为重要的，是她所谓的"独特环境"，也就是我们未与任何人（甚至于兄弟姐妹）共享的环境。这是我们自己找出来、自己创造的环境，例如当我们发现某样事物令自己喜爱着迷并驱使我们朝某个方向前进的时候。大概就好比布隆维斯特年轻时，看了电影《大阴谋》之后产生了当记者的强烈欲望，诸如此类的反应。

希尔妲还写道，遗传与环境会不时地互动。我们会找出刺激基因的事件与活动，使之蓬勃发展，也会回避令我们害怕或不安的事情。

她根据一系列研究作出结论，其中包括MISTRA（明尼苏达双胞胎分开养育研究）与卡罗林斯卡学院瑞典双胞胎数据中心的调查研究。同卵双胞胎基本上具有难以分辨的基因，是最理想的研究对象。有成千上万对双胞胎（无论是同卵或异卵）是分隔两地成长的，有些是因为其中一人或两人被收养，也有较罕见的不幸情况是在妇产科病房被抱错了。这当中有许多案例令人悲痛，却也为科学家提供了重要的测试案例。所有研究得到的结论大同小异：与独特环境相关的遗传因素是形塑人格的最主要因素。

布隆维斯特轻轻松松便能提出一些假设来挑战希尔妲的研究结果，也能指出这些研究资料的诠释问题。不过文章读起来还是很有趣。他得知了一些不可思议的案例，譬如有些同卵双胞胎在不同家庭长大，成年后才相遇，但不只是外表，就连行为方式也有惊人的相似度。在美国便有所谓的"俄亥俄州的吉姆双胞胎"：两个人都不知道对方的存在，却都变成嗜抽 Salem 凉烟的老烟枪、都爱咬指甲、都有严重头痛的毛病、车库里都有木工工作台、都把家里养的狗取名为"玩具"、都结过两次婚而且妻子都同名、都生了儿子而且分别命名为詹姆士·艾仑与詹姆士·艾伦，天晓得还有些什么。

布隆维斯特可以理解小报何以如此兴奋地争相报道这样的内容，只是他自己并未特别被打动。他知道人们有多么容易便会执着于相似度与巧合，也知道煽情的报道总会突显出来让人牢记在心的讯息，而忽略了平淡的讯息，其实后者（或许正因为平淡）反而能显现真实世界更重要的一面。

但布隆维斯特确实看出了，这些关于双胞胎的研究导致流行病学的范式转移。研究团体更加相信基因对人的影响，以及基因与环境因素之间复杂的交互作用。在较早的时期，尤其是一九六〇到一九七〇年代期间，社会因素的影响更加受到重视。当时的主流观念认为，在某种特定环境中成长或是以某种特殊方式养育孩子，必然会造就出特定类型的个人。许多科学家就梦想着能证明这一点，或许也是为了设法造就更优秀、更幸福的人。这正是当时出现许多双胞胎研究计划的原因之一，希尔妲含糊其词地将其中一些计划形容为"有偏见且激进"。

看到这里，布隆维斯特猛然坐直身子，开始集中精神，继续搜索。他不知道自己的方向对不对，只是持续不断地挖掘，包括在研究双胞胎的文章中搜寻"有偏见且激进"这几个字的组合，也因此无意中看到罗杰·斯塔福德的名字。

斯塔福德是美国心理分析学家兼精神科医师，曾任耶鲁大学教授。他曾与弗洛伊德的女儿安娜密切合作，据说极具权威与魅力。网络上有他与简·方达、基辛格以及福特总统的合照，他自己看起来也有几分像电影明星。

不过他成名的主要原因却不那么讨喜。重点正是在于"有偏见且激进"。《华盛顿邮报》于一九八九年九月披露，在一九六〇年代末，斯塔福德与纽约和波士顿五家收养机构的女性主任建立了亲密关系，其中有两个人更与他发展出进一步的关系，可能还有嫁娶的承诺。不过他倒也不靠这个。当时的斯塔福德已堪称大师级人物。他在著作《自我本位的小孩》中宣称，同卵双胞胎若能分开养育，会成长得更好、更独立。这个结论后来遭到反驳，但当时是东岸的心理治疗师普遍认定的事实。

斯塔福德与这些女性主任商定，只要一有双胞胎送到机构去等候收养，她们就联络他，与他商议后再安置这些孩子。牵涉其中的婴儿共有四十六名，二十八个同卵双胞胎与十八个异卵双胞胎。收养的家庭完全未被告知养子或养女是双胞胎之一，甚至不知道他们还有兄弟姐妹。另一方面，养父母必须答应让斯塔福德的团队每年为孩子检查一次，进行一系列人格测验。

不久，其中有位主任（名叫丽塔·伯纳）发现斯塔福德坚持将双胞胎安置于父母亲无论在社会地位、教育程度、宗教信仰、人格气质、所属族群或教养方式都迥然不同的家庭。他并未将双胞胎的利益摆在第一位，反而是专注于研究遗传与环境，该主任这么认为。

斯塔福德没有否认自己正在进行科学研究。他认为这是绝佳机会，能增进我们对个人形塑过程的了解。他表示他的研究将会成为"无价的科学资源"。不过他强烈否认自己没有优先考虑孩子的利益，但出于"正直的理由"，他不肯公开手上的资料，而是捐给了耶鲁儿童研究中心，不过有个条款，必须等到二〇七八年，所有当事人都早已去世，才能向研究人员与民众公开。他说他不想剥削那些双胞胎的命运。

此话听起来冠冕堂皇，但有些评论者声称他之所以将数据列为机密，是因为结果不符他的期望。大多数人都一致认为这个实验太不道德，斯塔福德剥夺了这些孩子与兄弟姐妹一起成长的欢乐。甚至有一位哈佛的精神科医师将他的作为与约瑟夫·门格勒在奥斯维辛集中营对双胞胎进行的实验相提并论。斯塔福德找了两三位律师，猛烈而傲慢地反击，双方的辩论很快便落幕。斯塔福德于二〇〇一年去世时，葬礼堪称备极哀荣，还有一些名人出席。在专业的媒体与报纸上，也刊登了感人的讣闻。这项实验并未重伤一般人对他的记忆，或许是因为这些遭到强行分离的孩子全都来自底层社会。

在那个时代，这种情形一点也不稀奇，布隆维斯特清楚得很。只要打着科学的大旗和为社会大众着想的口号，就能向种族或其他少数族群施暴，而且不会有人追究。因此布隆维斯特不愿将斯塔福德的实验视为个例而加以忽略，反倒更深入地进行探究。结果发现斯塔福德曾在一九七〇与一九八〇年代来过瑞典，并与多位当时首屈一指的心理分析学家与社会学家留下合影，诸如拉斯·毛姆、碧姬塔·埃德贝、黎丝洛·赛德与马丁·斯坦伯格。

那个时候，大家对斯塔福德的双胞胎实验仍然一无所知，他可能是为了其他原因来访。不过布隆维斯特继续挖掘，同时不断想到莎兰德。她也是双胞胎之一，有一个宛如噩梦般的异卵双生妹妹卡米拉。他知道她小时候，有关单位曾试图检视她，令她痛恨不已。他也想到里欧·曼海默和他的高智商，还有伊莲娜猜想他可能是吉卜赛人一事。

《自然》杂志中有一篇文章让他看得浑然忘我，文章中解释一个受精卵如何在子宫内分裂，形成同卵双胞胎。看完之后，他起身定定地站了一两分钟，低声喃喃自语。之后他又打电话给夏洛特，将心中的怀疑告诉她。事实上，他是冒险将这个疯狂的新想法以事实的面貌呈现。

"这听起来太疯狂了。"她说。

"我知道，但你能不能请希尔妲跟我联络？告诉她情况紧急。"

"我会的。"小洛说。

布隆维斯特上床后将手机放到床头柜上。但是没有人来电。即便如此,他也几乎一宿未眠,此时他又回到计算机前。他仔细留意斯塔福德来瑞典后都见了哪些人,竟意外发现了潘格兰的名字。二十多年前,潘格兰与社会学教授斯坦伯格曾在一起刑事案件中合作过。布隆维斯特几乎不认为这有什么重要。斯德哥尔摩毕竟是个小地方,走到哪儿都能碰见熟人。

不过,他还是记下斯坦伯格的电话号码与利丁哥的地址,然后接着查他的背景。但心思不断飘走,三心二意的:是否应该送个加密讯息给莎兰德,将他的发现告诉她?是否应该当面问问曼海默,看看他猜测的方向正不正确?他又喝了一杯浓缩咖啡,瞬间思念起玛莲。就这么一眨眼工夫,她又重新闯入他的生活,宛如无法抗拒的自然力量。

他走进浴室,站上磅秤。体重上升了,看来得想想办法。头发也该剪了,满头乱翘,他试着将翘起的头发抚平。但随即大声说:"管他那么多。"然后回到桌前打电话、写电子邮件、给莎兰德留讯息。最后他把留言写在他计算机内他们共享的档案里:

〈跟我联络!我好像有所发现了。〉

这句话似乎有哪里不好,就是"好像"那两个字。莎兰德不喜欢这种半吊子。于是他改了一下:

〈我有所发现了。〉

他暗自希望真是如此。随后他走到衣柜前,换上一件刚烫好的棉质衬衫出门去,沿着贝尔曼路走到玛利亚广场的地铁站。

在月台上,他拿出前一晚的笔记再看一次。看着自己写的问题与臆测，不禁自问：你疯了吗？他看了看头顶上的电子广告牌，有辆列车快进站了。就在此时手机响起，是小洛，她喘着气说：

"她打来了。"

"希尔姐吗？"

"她说你提到的关于里欧的事根本是天方夜谭，不可能是这样。"

"哦。"

"但她还是想见你，"她说，"她想告诉你她确实知道的事。现在她人在……"

"别在电话上说。"

布隆维斯特提议立刻到圣保罗街的咖啡吧碰面，然后匆匆忙忙重新爬上地铁站的楼梯。

第十四章
六月二十一日

包柏蓝斯基置身于阿斯卜丹的一间公寓内,在旧式家具环绕下与杜芮交谈,也就是莎兰德口中曾在数周前去拜访潘格兰的女人。包柏蓝斯基心想,这名老妇人八成没有恶意,只是给人感觉有点奇怪。她不只是紧张地拨弄着茶几上的丹麦糕点,似乎还特别健忘、没有条理,对于一个做了那么多年医务秘书的人而言,实在不寻常。

"我也不太确定给了他什么,"她说,"我只是听到太多关于那个女孩的事,觉得也该让潘格兰了解事情全貌,知道那孩子受到多可怕的对待。"

"所以你给潘格兰的是原件?"

"应该是。教授的医院已经关闭了很久,我不知道那些病历后来怎么处理。但是有一些文件是卡尔定教授私下交给我的。"

"你是说偷偷给的?"

"可以这么说。"

"那么是重要文件咯?"

"应该是。"

"你难道没有留副本,或是扫描进计算机?"

"应该是要这样才对,可是我……"

包柏蓝斯基没有出声,现在似乎应该保持沉默。但杜芮没把话说完,反而更紧张地拨弄糕点。

"该不会是……"包柏蓝斯基开口道。

"怎么样?"

"有人为了这些文件来找你或是打电话给你吧?是不是因为这样,你现在才会有点焦虑不安?"

"绝对没有。"杜芮回答得有点太快,也有点太紧张。

包柏蓝斯基站起身来。该走了。他露出满怀期盼的微笑看着她，他很清楚这种笑容能深深打动那些内心正在激烈斗争的人。

"那么我就不打扰你了。"他说。

"真的吗？"

"为了安全起见，我会叫出租车送你到市区一家舒服的咖啡馆。这件事太重要，不可等闲视之，所以我相信你需要一点时间思考，是不是呢，杜芮女士？"

话毕，他将名片交给她，便走出去开车。

一年半前的十二月

这一天，丹·卜洛迪在柏林的 A-Trane 爵士俱乐部与克劳斯·甘茨五重奏一起演奏。岁月流逝，他三十五岁了，不但剪去长发，也不再戴耳环，并开始穿起灰色西装。很有可能被误认为上班族，但他喜欢这样。大概也是一种中年危机吧。

他受够了东奔西跑，却别无选择，因为没能存到钱，也没什么贵重资产，没房、没车，一无所有。任何突破现状（成名致富）的可能性，老早就没了。尽管他总是台上最具才华的乐手，却从来不是主要明星。虽然一直都有工作，收入却日益减少，想靠着演奏爵士乐糊口越来越难，也可能是他已经失去了往日的热忱。

他不再常常埋首于音乐中，少了音乐也能过得去。巡回期间不工作的时候，他不再像以前那样一天练弹好几个小时，而是改成阅读。他狼吞虎咽般博览群书，且不喜交际。他受不了言不及义的闲谈，也受不了酒吧和俱乐部的嘈杂喧闹，而且少喝点酒感觉会好得多。总之，他开始自我整顿，也渐渐渴望过正常生活，有老婆、有家、有稳定的工作、有些许安全感。

几年来，他几乎遍尝各种毒品，也有过许多艳遇和一夜情，但总觉得少了点什么。音乐一直都是他的慰藉，只是当音乐也无法令他振奋时，他不禁怀疑自己是否走错了路。也许他应该去当老师。最近在母校波士顿音乐学院的一次经历，令他兴奋莫名。

校方邀请他主持一个以强哥·莱恩哈特为主题的工作坊课程，他光是想象就吓得半死，深信自己无法上台说话，也很确定唱片公司不想投资他的原因之一正是因为他台风不够稳健。不过他还是答应了，并巨细靡遗地做准备。他告诉自己，只须按照剧本走，多谈音乐少说闲话就行了。然而当他站到两百名学生面前，立刻膝盖发软，全身发抖，一句话也说不出来，直到过了很久很久才终于说出：

"就这样，我还以为自己能酷酷地回到母校，结果却站在这里像个大白痴！"

这其实不是笑话，而更像是绝望的事实。但学生们都笑了，于是他开始说起强哥·莱恩哈特、史蒂芬·葛拉佩里与法国热爵士俱乐部五重奏。他谈到俱乐部的生活与其兴衰，谈到相关的记录数据少之又少。他弹奏了《小摇摆》(Minor Swing)与《云》(Nuages)，以及一些独奏和短乐句的变奏，渐渐壮起了胆子。脑子里开始出现各式各样的想法，有的滑稽、有的严肃。他在不知不觉中聊起了强哥原本注定潦倒的命运。在希特勒时期，身为罗姆人的他很有可能被送进死亡集中营，偏偏有一位纳粹德国空军军官因为深爱他的音乐而救了他。最后在一九五三年五月十六日，他从法国雅芳的火车站走回家途中因脑溢血去世。"他是个伟大的人，"丹说，"他改变了我的一生。"

全场鸦雀无声。他处于混沌不明的状态。

不料数秒过后，响起了如雷的掌声。学生们纷纷起立欢呼，丹回家后满心惊诧与欢喜。

他始终记得这段往事，有时候（即便是现在在德国巡回演出），虽然不是台上的主角，他也会在曲目之间说几句话，或是说个逸事趣闻逗听众笑。他经常觉得这个比演奏更有意思，或许是因为新鲜吧。

后来学校没有再跟他联络，让他颇为失落。他原本想象着老师与教授们谈起他时，会说："这下终于有人可以真正点燃学生的热情了。"但没接到后续的邀约，他又由于自尊心太强（脸皮太薄），无法主动告知校方他非常乐意再回去。未能把握住这个机会也是他的毛病之一：太缺乏干劲了。学校毫无动静让他感到痛苦，之后他更加畏缩，演奏起来也意兴阑珊。

这一天，十二月八日星期五的晚上九点二十分，酒吧里已坐满了人。今天听众的穿着打扮比平日所见更讲究、更光鲜，可能也就不那么投入。八成是金融界人士，他暗忖。他遇见过把他当用人使唤的华尔街人士。餐厅里仿佛"金"光闪闪，让他有些沮丧。当然了，他也曾经有过风光的日子。在美国过了几年穷苦日子后，他便没有再挨饿过。但即使有了钱，他也留不住。

虽然第一首组曲感觉像是例行公事，但他决定不去理会听众，专心弹奏。接着是弹过不下千次的《星光下的史黛拉》，他知道自己能大放异彩。他负责倒数第二段独奏，就在甘茨本人独奏之前，边弹边闭上了眼睛。这首曲子是降 B 调，但他并未依循二五一的和弦进行，几乎完全都弹在调性外。以他自己的标准来看，这段独奏不够令人惊艳，但也还不差，而且他一开始弹奏就听到有人鼓掌。当他抬头示意致谢，与他四目交接的是一名年轻女子，穿着一袭优雅的红色洋装，戴着一串闪亮的绿色项链。她一头金发，身材苗条，美丽的五官带点狐狸的气息。他心想她很可能也是和钱打交道的人，但她并未流露出冷漠或对一切都不感兴趣的神情，反而是一脸痴迷，直勾勾地盯着他看。他不记得曾有女人用这种眼神看过他，陌生的女人没有过，更遑论是上流社会的美女。然而更令人惊异的是那股亲密感。女人的眼神就像看着一个亲爱的友人，一副目眩神迷的模样，在他独奏即将结束前，她热情洋溢地用嘴型说了句什么，仿佛认识他似的。她脸上堆满笑容，频频摇头，眼中甚至含着泪。

组曲结束后，她来到台前，态度已趋保留。也许是他没有回应她的热情，伤了她的心。她看着他的手和吉他，一面紧张地玩弄项链。她的表情似乎十分困惑，他忽然对她心生爱意，像一种保护的本能。他爬下台，对她微微一笑。她一手搭在他肩上，用瑞典话跟他说：

"你太厉害了。我知道你会弹钢琴，可是这个……这太神奇了。

真的好听得不得了啊,里欧。"

"我不叫里欧。"他说。

莎兰德知道数据管理处有一份名单,上面有她和妹妹的名字。知道这个组织存在的人少之又少,但它隶属于乌普萨拉的国家人类基因研究院,亦即一九五八年以前被称为国家种族生物学研究院的单位。

名单上还有另外十六个人,大多数都比莎兰德与卡米拉年长。他们的名字旁边写着 MZA 或 DZA 的字样。莎兰德认为 MZ 代表"同卵双胞胎",DZ 代表"异卵双胞胎",而最后的 A 指的是"分开",即"分开养育"。

她很快便理出头绪,这些双胞胎是依据仔细设定的计划分别在不同环境成长。而她和卡米拉不同于其他人,只标示着"DZ"(没有"A")。其他所有的双胞胎都在很小的时候就被分开了。在他们的名字底下记录着一系列智商与人格测验的结果。

其中有两个名字引起她的注意:里欧·曼海默与丹尼尔·卜洛林。他们被描述为镜像双胞胎,天资聪颖。两个人的测验结果十分一致,有若干次更是表现杰出。据说他们的亲生父母是吉卜赛人。有一个由缩写 M.S. 的人写的笔记如下:

> 聪明过人,音乐天分极高。某些程度可视为天才儿童。但缺乏动力。易生疑虑与沮丧,可能也有精神疾病。二人皆有听觉过敏、幻听的现象。不合群,但对于孤独的态度很微妙,说不定是陷溺其中。二人都提到强烈感觉"少了什么"与"巨大的孤独"。二人都有同理心,都不具攻击性——只偶尔会因巨大的噪声而暴怒。成绩出色,甚至有创意。口才一流,但自信不足,L 的情况略微好些,原因显而易见,只是结果不如预期。也许因为母亲未依期望恪尽亲职,以致母子关系不佳。

最后一句话让莎兰德觉得恶心。至于对其他人的性格评鉴,她也不甚满意，尤其是关于她和卡米拉的那些废话。卡米拉"非常漂亮，只是有点冷淡、自恋"。有点？她还记得卡米拉用一双小鹿般的眼睛凝视着心理医生，显然他们就因此晕头转向了。

不过……有一些数据可能派得上用场，或许能为她提供一点线索。其中有一段写到由于发生"不幸状况"，迫使相关单位"以最机密的方式告知里欧双亲"。文件中并未载明是什么讯息，但有可能是关于计划本身。那倒有趣了。

莎兰德借由在网络与数据管理处的内部网络之间建立桥梁，黑进数据管理处的计算机系统，取得文件档案。这是一项进阶作业，花了她好几个小时。她心里清楚得很，没有多少人能这么漂亮地侵入计算机系统，尤其又是在这么短的时间内。

她本以为能有大丰收，但想必各个关系人都异常谨慎，连一个负责人的全名也找不到，只有缩写，包括 H.K. 和 M.S.。看来关于丹尼尔和里欧的档案是她最大的希望了。其中的数据并不完整，大部分要不是丢失了就是以不同方式存档，但她仍积极热切地研究剩下的部分。

有人在曼海默的名字旁边打了个问号，后来又擦掉了，只是擦得不太干净。

丹尼尔·卜洛林似乎抱着成为吉他乐师的抱负移民了。他拿到奖学金，在波士顿伯克利音乐学院上了一年的课，自此与他相关的联系全部消失。很可能是改了名。

曼海默就读斯德哥尔摩经济学院，有一个稍后补上的笔记写道："与一名社会阶层相同的女性分手后痛苦万分。开始做暴力的梦。有风险？听觉过敏再次发作？"

接着有人（名字缩写又是 M.S.）做了一个决定，宣布数据管理处正式关闭，看起来是近期的事。上面这么写道：

九号计划终止。主要是顾忌曼海默。

由于之前还在狱中，莎兰德无法搜寻曼海默周围人的信息，便请布隆维斯特仔细探查一下。最近的他实在没救了，像个父亲似的为她操心。有时候她只想扯破他的衣服，将他推倒在监狱床垫上，让他闭嘴。但是身为记者，他的确不屈不挠，而且——她不得不承认——有时候还能点出她没注意到的事。正因为如此，她才故意不向他全盘托出，如果让他在没有既定成见的情况下进行调查，他会看得更清楚。她很快就会打电话给他，努力去掌握与处理整个情况。

此时她坐在瓦勒岛夫雷特路边的一张长椅上，笔记本电脑连接着手机，她仰头看着灰绿色的公寓大楼在阳光下变换颜色。她那一身皮夹克和黑色牛仔裤，不太适合这闷热的天气。

瓦勒岛经常被形容为贫民窟。夜里车子会被纵火，年轻人成群四处游荡、抢劫路人。据说有个强暴犯仍未落网，在报章媒体喋喋不休的报道中，经常将此地形容为一个没有人敢和警方谈话的小区。然而此时此刻，这里却弥漫着美妙平和的氛围。有一小群裹着头巾的妇女坐在大楼前方的草地上，身旁放着野餐篮。两三个小男孩在踢足球。两名男子站在大门旁边，拿着水管在浇水，笑得像孩子似的。

莎兰德揩去额头上的汗珠，继续操作她的深度神经网络。果然不出她所料，非常困难。霍恩斯杜尔地铁站票口的录像画面太短又太模糊，身体被其他要出站的乘客挡住了，脸则是一点也看不见。他（很明显是个年轻男子）一直戴着棒球帽和太阳眼镜，头往前倾。莎兰德甚至估测不出他的肩膀有多宽。

她唯一能看清的就是他明显张开手指的动作，以及右手有动幅障碍的抽动手势。她无法得知这些动作的象征意义有多大，也许只是紧张的反应，不是他平常的动作模式。但现在她的网络节点中正在分析一个显著的不规则抽搐动作，并与她上传的一段画面进行比较，那画面中的人便是四十分钟前从她面前慢跑过去，在进行体能训练的年轻人。

两段画面的动作模式有相关性，这样的结果相当令人振奋。但是还不够。她必须捕捉到年轻人置身于类似地铁站情况下的手势与动作。因此，她不时抬起头看着草地与铺设过的小路，年轻人沿着小路跑过去后便消失了，目前还不见踪影，因此她继续浏览电子邮件与讯息。

布隆维斯特来信说他有所发现。她忍不住想打电话给他，但现在要是分心，麻烦就大了。她需要做好准备。她不时抬眼瞥向小路。十五分钟过去后，年轻人再度远远地出现了。他长得很高，跑起来有职业赛跑选手的架式，而且非常瘦削。但这些都不重要，她只对他的右手臂感兴趣——往上抬时会不规律地抽动，手指也会张开来。她用手机拍下他的动作，立刻获得信息回馈。相关性较不明显，或许是因为跑者开始觉得累，也可能是画面的讯息量本来就不够充分。

这么做，成功的几率也许不大，但这仍是个合理的推测。贾马死后，只有少数几人无法确认身份，而监视画面中的男子正是其中之一。他与现在正逐渐接近的年轻人之间有明显的相似之处。假如她的怀疑获得证实，也能同时解释法黎雅何以在侦讯时保持缄默了。

莎兰德需要更多录像数据。她将笔记本电脑塞入背包，从长椅上起身高声叫喊。跑步者慢下脚步，在阳光下眯起眼睛看她。她从夹克内侧口袋掏出一只扁平的威士忌酒瓶，喝了一口，身子摇摇晃晃往旁歪斜。年轻人似乎毫不关心，但仍停下来，喘着气站在那里。

"天哪，你还真会跑。"莎兰德口齿不清地说。

他没有搭腔，看表情好像是想甩脱她，进大门去，但她可不会这么轻易放弃。

"你可以做这个吗？"她伸出手做了个动作。

"为什么？"

她不知怎么回答才好，便朝他跨了一步："因为我要你做？"

"你脑筋有问题啊？"

她没出声，只是用深色的眼睛瞪视他。此举似乎让他害怕了，于是她决定乘胜追击。她带着威吓的神气，脚步蹒跚地走向他，大吼道："你说什么？"

这时男子做出了她要他做的手势，若非因为害怕，就是想尽快脱身。他往大楼内跑去，没有发现她用手机拍下他的身影。

她站在原地看着笔记本电脑，看着系统内的节点启动。一切都变得清晰。这次成功了，手指的不对称之间有关联性。这些都无法提交作为证据，但已足以让她相信自己是对的。

她起步走向大楼正门，本来不知道怎样才能进去，没想到简单得很，肩膀用力一顶，门就开了。她走进一个破旧的楼梯间，里头的东西看起来不是坏了就是荒废了，还散发着尿骚味与烟味，电梯也坏了。灰暗的墙壁上布满涂鸦，多亏有微弱的光线照进一楼才看得见。不过楼梯间没有窗户，也几乎没有一盏灯会亮。里面通风不良，狭小密闭，阶梯上到处都是垃圾。

莎兰德慢慢爬上楼去，全神贯注地看着平摆在左臂上的笔记本电脑。她来到四楼后停下，将手势的分析结果寄给包柏蓝斯基和他身为计算机科学教授的未婚妻沙丽芙，也寄给了安妮卡。到了五楼，她把电脑收进背包，看了看门牌上的姓名。最左边一个是 K. 卡齐，卡里尔·卡齐。她挺直身子，深吸一口气。卡里尔没什么可担心，只是安妮卡听说他几个哥哥常来看他。莎兰德敲了门，听见脚步声。门打开后，卡里尔直瞪着她，似乎不再害怕。

"嗨。"她说。

"又怎么了？"

"我想让你看一样东西。一段影片。"

"什么影片？"

"看了就知道。"她说完，他便让她进门。好像有点太容易了，她很快就明白为什么。

卡里尔不是一个人。巴希尔（她搜寻过他，所以认得）一脸轻蔑地盯着她。她担心的火爆场面恐怕是免不了了。

一年半前的十二月

丹·卜洛迪不知如何是好。女子就是不肯相信他不叫里欧。她玩弄着颈间的项链和头发说,她可以理解他想保持低调。她要他别忘了,她向来都说他太委屈自己了。

"你好像并不知道自己有多不可思议,里欧,"她说,"你从来都不知道,在阿弗雷·厄格连里面也没人知道。玛德莲就更不用说了。"

"玛德莲?"

"玛德莲是个大笨蛋。竟然选择伊瓦,没选你。实在是笨死了。伊瓦是个肥猪头兼窝囊废。"

他觉得她说话的方式像个孩子。但或许是他与现在的瑞典脱节了。她也很紧张。他们四周闹哄哄的,许多人挤来挤去要去吧台买饮料。克劳斯与其他团员来问丹要不要一起去吃晚饭,他摇摇头,视线又落回到女人身上。她站得离他非常近,胸脯上下起伏着,他还依稀闻到她的香水味。她太美了,像梦一样。一场美梦,他心想,虽然他也没有十足的把握。他实在是被搞糊涂了。

俱乐部靠后侧有人打破酒杯。有个男人开始吼叫,丹不由得皱起脸来。

"对不起,"女人说,"说不定你和伊瓦还是好朋友。"

"我不认识什么伊瓦。"他口气尖锐地说。

女人看他的表情充满绝望,他立刻感到后悔。他觉得只要她想让他说什么,他都愿意:说他叫里欧、说他认识玛德莲、说伊瓦是猪头。他不想让她失望,他希望她能像刚才听他独奏时那么快乐兴奋。

"对不起。"他说。

"没关系。"

他轻轻抚摸她的头发。他原本个性害羞内向,但今晚他想假装一下,哪怕只是短暂的片刻也好。于是他顺势而为。他承认自己是里欧,或者应该说他不再否认。他收起吉他,提议到安静一点的地方喝一杯。

他们沿着裴斯塔洛齐街走。他必须小心说话,因为每字每句都可能是陷阱。有时他以为被抓包了,有时又觉得她也在陪他演戏。她看他的西装和鞋子的眼神,是否带点不以为然?直到最近都还看似高雅的这身打扮,如今竟显得廉价又不合适。她是在玩弄他吗?但她知道他是瑞典人。现在几乎没有人知道他原来是哪里人了。

他们走进这条街上的一家小酒馆,点了玛格丽特。他只是听她说话,以便从中获得一些线索。他还不知道她叫什么名字,又不敢问。听起来她应该是在德意志银行管理(或是协助管理)一只制药基金。

"看看以前伊瓦给我的那些烂工作,你能想象这是多大的机遇吗?"

他记下了关于伊瓦的事,伊瓦可能姓厄格连,就是阿弗雷·厄格连证券的那个"厄格连",眼前的女子最近才从这家公司离职,另外公司里还有一个名叫玛莲·弗罗德的人,被她视为对手。

"听说你和玛莲交往一阵子了?"她说。

他回答:"也不算是。其实根本没有。"

他回答每个问题几乎都是模棱两可,唯独对于他与克劳斯·甘茨的合作始末相当坦白。他说是经过介绍,是提尔·布罗讷与查特·哈罗德推荐他的。

"我在纽约和他们一起演奏过。克劳斯也就找上我,碰碰运气。"

事实上,任何爵士乐团雇用他都不是冒险。他对自己的才华还是有这么一点把握。

"可是吉他呀,里欧?你太厉害了。一定弹了很多年吧?什么时候开始的?"

"十几岁的时候。"他说。

"我还以为薇薇卡只看得上平台钢琴和小提琴呢。"

"我是偷偷练的。"

"不过,练钢琴应该还是有用。你弹吉他的时候,我听出一些相同的和声,当然我不是专家,只是记得你在托马斯和艾琳家弹奏过,感觉是一样的。一样的共鸣。"

用钢琴弹出一样的感觉?她到底在说什么?他想问,想多得到一点线索,但就是不敢。大多数时候他都保持沉默,或只是微笑点头。偶尔发表一句无伤大雅的评论,要不就是谈谈自己看过的文章。例如——他也不知道怎么会想起这个——睡鲨可以活到四百岁，因为是以慢动作生存。

"好无聊。"她说。

"也好——长命。"他故意把音拉得很长，把她给逗笑了。要逗她笑倒也不难，他越来越有自信。甚至壮起胆子回答了一个关于股市走势的问题："因为现在评价那么高，利率却低。"

"会涨，"他说，"也可能会跌。"

她也觉得这句话有趣，他仿佛突然有了新发现：角色扮演让他乐在其中，不仅丰富了他的性格，也让他得以进入一个他至今仍不得其门而入的世界，一个金钱与运气的世界。有可能是酒精的效果，也有可能是她看他的眼神，他开始滔滔不绝，对自己展露的模样十分满意。

而他最高兴的是大庭广众之下与她在一起。他喜欢她那难以形容的优雅气质，而且绝不单单只是服装、首饰与鞋子，还有一些细微的表情与动作：轻微的口齿不清、与酒保交谈时的自在。她的姿态似乎提升了他的地位。他看着她的臀部、双腿与胸部，知道自己想要她。他在她说话说到一半时吻了她，丹·卜洛迪绝不可能这么大胆主动。

进入她的饭店房间（布兰登堡门旁边的阿德隆凯宾斯基饭店），他猛烈而自信地占有了她。他不再是压抑的情人。事后她赞美他，他也赞美她。他很快乐，快乐得像个成功骗到钱的诈欺犯，但就是快乐。或许也有一点恋爱的感觉，不只是爱她，也爱新的自己。他辗转难眠，很想去上网搜索她说的那个名字，试着了解点讯息。但他忍住了，这件事他想一个人做。本打算天一亮就偷偷溜走，但熟睡的她实在太美，干净而美丽，仿佛即使在睡梦中也高人一等。她肩上有个红色印记。每个小瑕疵他都喜欢。

快到六点时，他两手环抱住她，在她耳边轻轻道了声谢，说他得走了。要开会。她咕哝着说她了解，然后给了他一张名片。她叫茱莉亚·邓培尔。他答应会打电话："很快，非常快。"他换好衣服拿起吉他，离开了饭店。

搭出租车回自己下榻的旅馆途中，他开始用手机搜寻阿弗雷·厄格连证券。公司的总经理的确就是伊瓦·厄格连，他也的确长得像猪头，一个自以为是的讨厌家伙，双下巴，湿湿的小眼睛，但这无关紧要。他照片的正下方就是里欧·曼海默，研究部门的主管兼合伙人……

他不敢相信自己的眼睛。太疯狂了，那是他的照片啊。照片中的人和他实在太相像，看得他头都晕了。他松开安全带探身向前，照了一下后视镜。

结果只是让情况更糟。他的笑容和阿弗雷·厄格连的研究主管一模一样，他认出了嘴巴四周的纹路、额头上的深纹，还有鼻子、鬓发，一切的一切，甚至于姿态神情，只差照片中的人穿着比较体面。那套西装的级别肯定不同。

回到旅馆房间后，丹继续上网搜寻。他完全忘了时间，只是不停摇头咒骂，不能自已。他们俩的相似程度令人震惊，唯一不同的只有成长环境和生活背景。里欧·曼海默是另一个世界、另一个阶层的人。他和丹何止天差地别。这着实令人费解。最不可思议的是音乐方面。丹找到一部在斯德哥尔摩音乐厅录的旧影片，当时的里欧大约二十到二十一岁，表情紧绷而庄严。礼堂内座无虚席，那是一场半正式的表演，里欧是受邀演出的特别来宾。

在那个时期，谁也不会误认他们俩。丹还是个留着长发、穿牛仔裤运动衫的波希米亚人，而里欧的穿着打扮则已经有阿弗雷·厄格连证券那位主管的影子，只是年轻一点，但发型相同、订制西装也类似，除了不见领带之外。不过这些都不重要。

丹看完影片后，眼中满是泪水。他流泪，不仅是因为知道自己有个同卵双生的兄弟，也为了他这辈子的孤单人生——农场上的童年、石丹的虐打与欺凌人的要求、农田里的劳务、被砸烂在木栈桥上的吉他、他的逃亡与波士顿之旅，以及最初几个月的穷困生活。他流泪，是为了自己从未体验过、从未拥有过又只能认命的一切。但他流泪，最主要是因为耳中听到的音乐。到后来，他拿出吉他跟着弹起来——

两者相隔了十五年和一整个世界。

令他感动的不只是那充满忧郁色彩的乐曲（似乎是里欧自己作的曲），还有旋律的主音与和声。里欧弹奏的三全音琶音和丹当年弹的一样，而他和丹也都有不同于大多数人的习惯，弹减和弦时五度音没有降半，或是小七和弦中未降九音，而且他还经常将乐句终止在多利亚小调音阶的七级和弦。

丹在偶然听到强哥的音乐后找到自己的路，但这条路却远离了他同一辈人所热爱的摇滚风、流行风及嘻哈风，他本以为自己是独一无二，没想到现在在斯德哥尔摩有这么一个人，一个和他长得一模一样的人，竟然在截然不同的世界里找到相同的和声与音阶。这不仅令人无法想象，还有许许多多感触像水泡一样冒了出来，企盼与希望，或许还有爱，但最主要的是满满的惊奇。他竟然有兄弟。

而且这个兄弟在斯德哥尔摩一个富裕家庭中长大，这不但让人难以置信，也非常不公平。他事后回想起来，气恼与愤怒很快便涌上心头，在五味杂陈的情感中犹如一记重拳。此刻，丹理不出整件事的来龙去脉，却想到了那群斯德哥尔摩人的测验、提问与影片。他们知情吗？

当然知情。他拿起玻璃杯，砸向墙壁，然后开始找希尔妲·冯·坎特波的电话号码。上午才过去不到一半，希尔妲的语气已经不太清醒，他感到恼火。

"我是丹尼尔·卜洛林，"他说，"你记得我吗？"

"你说你叫什么名字？"她嘟囔着问。

"丹尼尔·卜洛林。"

他可以听到电话另一头的粗重呼吸声，感觉似乎还带着恐惧，但不确定。

"丹尼尔·卜洛林，"她说，"当然记得了。你好吗？后来都没你的消息，我们很担心。"

"你知道我有个同卵双胞胎兄弟吗？你知道吗？"

他的声音分岔了。另一头静默无声。接着她往杯中倒了点什么，他立即明白她肯定知道，他们之所以一次次来到农场，她之所以说那句奇怪的"我们的工作只是研究，不能干预"，原因就在这里。

"为什么你什么也没说？"

她仍然没有回答，他又重问一遍，这次的火药味更浓了。

"我不能说，"她终于小声地说，"我签了保密协定。"

"也就是说几张破纸比我的人生还重要？"

"那是错的，丹尼尔，错得离谱！我已经不是那个机构的人，我被踢出来了。他们不喜欢我唱反调。"

"原来是他妈的什么机构啊。"

他的心思飞转，不知道自己说了什么，只记得她问的问题。

"你和里欧见面了吗？"

然后他就完全失控了，一时之间他未能领悟为什么，后来才明白是因为她提到他和里欧时口气是那么自然，宛如她熟悉的往事。但对他而言却是天翻地覆。

"他知道这件事吗？"

"里欧吗？"

"对，里欧！"

"应该不知道，丹尼尔。我不能再多说了，真的不行。我已经说得太多。"

"太多？我在一无所有的危急时刻打电话找你，你当时说了什么？什么也没说。你让我从小到大都不知道我人生中最重要的事情。你剥夺了我……"

他拼命思索，却怎么也找不到能贴切地表达自己感受的词句。

"对不起，丹尼尔。对不起。"她结结巴巴地说。

他破口大骂了一声后挂断电话。他叫了啤酒，很多很多啤酒。他必须把情绪稳下来，因为这时他已经清楚意识到他必须联络里欧。但该怎么做呢？写信、打电话？直接出现在他面前？里欧·曼海默和他是不一样的人，富有、可能比较快乐，也有教养得多，而且（据希尔姐的暗示）里欧也许已经知道他的事，却选择不联系他。也许这个饱受虐待的贫穷兄弟让他觉得丢脸。

丹又回到阿弗雷·厄格连公司的首页,再看一次里欧的照片。那双眼睛是否流露出一丝不安全感呢?他的内心稍稍为之一振。或许里欧终究没有那么傲慢。他想起前一晚与茱莉亚的交谈是多么轻松,不禁陷入幻梦与难以置信的希望之中。他感觉到怒气逐渐消退,泪水再次涌现。

该怎么办呢?他上网搜索自己,搜寻自己表演的录像,无意中找到六个月前的一场表演,当时他刚剪头发,坐在旧金山一间爵士俱乐部里弹着法兰克·辛纳屈的《你是我的所有》(*All the things you are*)的一段独奏,使用的旋律基调和里欧在斯德哥尔摩音乐厅弹奏的乐曲一样。他将影片设定为附件,写了一封长长的电子邮件:

亲爱的里欧,亲爱的双胞胎兄弟:

我叫丹·卜洛迪,是个爵士吉他乐手。直到今天上午之前,我完全不知道你的存在,我现在觉得既激动又惊慌,几乎写不下去。

我并不想打扰你或是给你招惹麻烦,我也不要求什么,甚至不要求你回信。我只是想说:知道有你存在,知道你和我弹奏着同一类的音乐,永远会是我这辈子最大的幸福。

我迫不及待想听听你的人生经历,不知道你对我的经历有没有兴趣?但无论如何我都想告诉你。你见过我们的父亲吗?他是个一无是处的酒鬼,可是在音乐方面才华横溢。我们的母亲在生我们的时候难产死了。对此事我始终所知不多……

丹整整写了二十二页,最后还是没寄出去。他鼓不起勇气。他打电话给克劳斯,说有家人去世。然后就订了隔天早上飞往斯德哥尔摩的机票。

这是他十八年来第一次踏上瑞典的土地。外头吹着刺骨寒风,还下着雪,在十二月,颁发诺贝尔奖的时节,总是这样的天气。街头已亮起圣诞灯饰,他满怀惊奇地东张西望。斯德哥尔摩是他遥远的童年记忆中的大城市。他紧张又焦躁不安,但也像个小男孩一样充满热切的期盼。不过,他又花了五天时间才壮起胆子采取行动。在那之前,他只是里欧无形的影子,是他的跟踪者。

第十五章
六月二十一日

巴希尔的胡子又长又乱，身穿卡其裤和一件多口袋的背心，手臂粗壮结实。纯粹就体格而言，他算是有看头，可是他却软趴趴地瘫在皮沙发上看电视，用高高在上的眼神打量过莎兰德之后，对她视而不见。运气好的话，他可能吸了毒。她假装跟跄一下，然后稳住脚步，喝了一口扁酒瓶里的酒。巴希尔撇撇嘴，对卡里尔说："你拉回来的这个贱人是谁？"

"我从来没见过她。她就站在门外，说有一个短片我们一定要看。你把她赶出去！"

卡里尔显然很怕她，可是他更怕哥哥。这样正合她意。她把装着笔记本电脑的袋子放到门边的斗柜上。

"你是谁啊，小女生？"巴希尔问。

"我谁也不是。"她回答，没有引起太大反应，但至少让巴希尔站起来打了个呵欠，大概是想表达他觉得冒冒失失的女生有多无聊。

"你干吗搬回这一区来？"他对卡里尔说，"这里就只有妓女和疯子。"

莎兰德转头四下环顾。这是一个单间公寓，有个小厨房，没什么家具。除了沙发和斗柜之外，只有一张高架床和一张矮几。衣服到处乱丢，还有一支曲棍球杆靠在斗柜旁的墙边。

"那也太一概而论了。"她说。

"什么？"

"那太以偏概全了，不是吗，巴希尔？"

"你怎么知道我的名字？"

"我刚出狱。你的好朋友贝尼托向你问好。"

这是胡乱瞎蒙的。也可能不是。她十分确定他们彼此有联系，她看见巴希尔湿湿的眼中闪过似曾相识的光。

"她想说什么?"

"其实是一个短片。你想不想看?"

"看情形。"

"我觉得你会喜欢。"她拿出手机点来点去,好像是在打开电源,但其实是在键入指令,连上黑客共和国的基础架构。她往前一步,直视巴希尔的双眼。

"你知道的,贝尼托想帮朋友的忙。不过有些事情需要讨论一下。"

"譬如说?"

"她在牢里,这本身就是个问题。哦,对了,你倒很聪明,能把刀子弄进戒护区,恭喜了。"

"说重点。"

"重点就是法黎雅。"

"她怎么了?"

"你怎么能对她这么恶劣?你的行为跟猪没两样。"

巴希尔似乎愣了一下。

"你在说什么鬼话?"

"猪,烂人,王八蛋。有很多不同的说法,但和真实情况相比都太含蓄了。你不觉得你该接受惩罚吗?"

莎兰德已预料到他会有反应,却低估了在一开始感到困惑之后突然爆发的怒气会有多么粗暴。巴希尔毫无预警地狠狠揍了她一拳,正中下颚。她好不容易稳住脚跟,其余精力则集中在保持手机的稳定,她将手机放在右臀下方侧面,屏幕对着他的脸。

"你好像很生气。"她说。

"这不是废话!"

巴希尔又挥出一拳,这次她依然任由身子晃动,并未试图自卫,连手都没有举起来。巴希尔瞪着她,眼神混杂着愤怒与讶异。莎兰德尝到血的味道。她决定试试运气。

"杀死贾马真的是个好主意吗?"她说。

巴希尔又打她一拳,这次更难站稳了。她摇摇晃晃,甩了甩头,希望恢复清晰视线,这时她瞥见卡里尔惊恐的双眼。他也会攻击她吗?她无法确定,他这个人很难判断。不过他比较可能会选择置身事外。他那骨瘦如柴的身板有一种蹩脚的感觉。

"说到底不是好主意吧?"她说,同时尽可能以挑衅的目光看着巴希尔。

他顿时失控,一如她所预期。

"你都不知道这他妈是多大的好主意,你这臭婊子。"

"是吗?"

"他让法黎雅变成妓女,"巴希尔大吼道,"妓女!他们丢尽了我们家的脸。"

又是一拳挥向头,莎兰德急急忙忙拿稳手机。

"这么说法黎雅也得死咯?"她结巴着说。

"像老鼠、像猪猡一样的死法。要是不让她下地狱受火刑,我们是不会罢休的。"

"好,现在事情越来越明朗了,"莎兰德说,"你想看我的短片吗?"

"我为什么要看?"

"你总不想让贝尼托失望吧。这不是好主意。不过你现在铁定已经知道了。"

巴希尔犹疑不定,从他的眼神和不停抽动的手臂看得出来。但情况并无太大改变。他已经气得发狂,而莎兰德已无法再多承受一拳。她迅速目测距离、稍加计算,脑中浮现出一连串后果。应该打他脑袋?用膝盖顶他下体?反击?她决定再多撑一会儿,露出被打败、受挫的模样。这倒是无须太费力佯装。下一拳从侧面挥来,比前几拳的力道更重。她的上唇瞬间迸裂,脑袋里嗡嗡作响。她身子一晃,差点跪倒在地。

"现在拿给我看。"他咆哮道。

她舔舔嘴唇，咳嗽一声，啐了口血，砰地摔倒在皮沙发上。

"在我的手机里面。"她说。

"放给我看。"巴希尔坐到她身边。卡里尔也凑过来，这是好事，她暗想。她慎重地输入指令，没有显得十分熟练，不久屏幕上出现许多编码，两兄弟明显地紧张起来。

"这是怎么搞的？"巴希尔说，"手机坏了吗？这是什么烂手机？"

"不是，"她说，"本来就是这样。影片正在加载可以远程操控的僵尸网络，你看，我现在替档案命名，然后用命令与控制指令发送出去。"

"你到底在胡扯什么？"

她闻到了汗臭味。

"你听我解释，"她说，"僵尸网络就是由许多被黑的计算机组成的网络，这些计算机都中了病毒——木马病毒。这不合法，不过很方便。在我进一步解释之前，还是先来看看片子吧，我自己都还没看过呢，完全未经剪接。等一下……有了。"

巴希尔的脸出现在屏幕上，看起来很困惑，像个搞不懂什么难题的小孩。

"这是什么玩意？"

"你啊。没刮胡子，有点失焦。从屁股的角度很难录像。不过越来越好了，越来越清晰了。你看，你这一拳打得够扎实，再来，仔细听，你好像承认杀了贾马·裘德里。"

"搞什么？你他妈的搞什么？"

影片中，巴希尔正叫嚷着法黎雅会像老鼠一样死去，会下地狱受火刑。接着画面晃动，还有更多说话声与拳头，只是看不清楚。只看见一连串墙壁与天花板的混乱画面。

"你在搞什么花样？"他边吼叫边捶打面前的矮几。

"冷静一点，放轻松，"莎兰德说，"不必这么惊慌。"

"什么意思？说啊，你这臭婊子！"巴希尔的声音激动得走了样。

"全世界绝大多数的人都还没收到短片,"莎兰德说,"我敢说收到的人数还不到一亿,而且大多数人会把它当成垃圾邮件,马上删除。不过我的确还来得及给它命名,叫作'巴希尔·卡齐'。你的朋友可能会想看一看,警察当然也是,还有国安局,还有你朋友的朋友,等等。档案说不定还会中毒,谁也不知道。这个网络太疯狂了,我从来没真正搞懂过。"

巴希尔仿佛精神错乱,头猛烈地左右晃动。

"看得出来你不好过,"莎兰德说,"人出了名,向来就是不容易应付的情况。我还记得第一次看到自己的名字出现在所有报纸上的心情,老实说,我到现在都还没能平复。但好消息是,有办法解决。"

"怎么?"

"我会告诉你的。只是我得……"

她趁着他惶惑沮丧未定,以快如闪电的速度抓住他的头,往前方桌面上猛撞了两下,然后站起身来。

"你可以逃跑,巴希尔,"她说,"你可以跑快一点,让你的耻辱追不上。"

巴希尔瞪着她,像生了根似的定在原地不动。他的右臂在发抖。随后他双手抱住额头。

"也许可以行得通,"她又接着说,"不会太久,但可以撑一阵子。如果像你弟弟一样一直跑一直跑,也许不用跑那么快——你肌肉变松弛了,对吧?——我相信就算跑得摇摇晃晃,你也总有办法撑下去的。"

"我要杀了你。"巴希尔说。他跳起来,作势要扑向她,但随即又迟疑起来,紧张地看着前门和窗户。

"你在等什么?"莎兰德说,"你得走了。"

"我会找到你的。"他气得拔尖了声音。

"那么我们后会有期。"她用冷淡平板的声音说完,转身朝斗柜跨了一步,给了他从背后袭击的大好机会。可是不出她所料,巴希尔只是无助地发愣。

就在此时，他的手机响了。

"可能是有人看到影片了。不过没事的，对吧？别接就好，出去以后头放低一点。"她说。

巴希尔咒骂一声冲向她，不料莎兰德抓起墙边的曲棍球杆，使尽全力挥打他的喉咙、脸和肚子。

"这是为法黎雅打的。"她说。

巴希尔弯下了腰，又挨一棍，但忍痛直起身子，踉跄着脚步，跌跌撞撞夺门而出，冲下阴暗的楼梯间，出了大楼来到午后的阳光下。

莎兰德仍手持曲棍球杆站着。卡里尔站在她背后的沙发旁，张大了嘴，眼神飞快地飘来飘去。他还只是个青少年，身材结实瘦小，满脸惊恐。他几乎威胁不了任何人，却有可能逃跑，破坏掉她的计划。安妮卡也提过有自杀的可能。莎兰德盯着门看，瞥了手表一眼。

下午四点二十。她查看一下邮箱，包柏蓝斯基和沙丽芙都没回信。安妮卡写了：

〈好极了，看起来有希望。现在马上回家！〉

她看着重重喘息的卡里尔，他似乎有话要说。

"是你，对不对？"他说。

"什么？"

"报纸上那个女的。"

她点点头："你和我还有另一部短片要看。这部没那么刺激，主要都是手部动作。"

她将球杆靠回墙边，从斗柜上拿起装笔记本电脑的袋子，示意卡里尔坐到沙发上。他脸色苍白，好像随时可能腿软倒下，但还是听话照做。

她简单向他解释了动作辨识与深度神经网络，并告诉他稍早已录下他跑步的影片，还说了关于地铁监视录像画面的事。他喃喃说了些什么，听不清楚，但从他身体变僵硬的模样，她立刻知道他听懂了。

她在他身边坐下,打开计算机档案,她边看边解释,但他似乎一句也没听进去。他愣愣地盯着屏幕许久,忽然间手机响起。他看了看她。

"接吧。"她说。

卡里尔接起电话,从他毕恭毕敬的口气听来,显然是他非常尊敬的人。他的教长现在刚好来附近——肯定是安妮卡安排的——问能不能来找他。莎兰德点头同意,这也许是好主意。毕竟接受忏悔属于教长的职责范围。

不多久便有人敲门。一名高大、文雅的男子来到屋内。他年约五十来岁,蓄着长须,缠着红色头巾。他向莎兰德点头致意,随后转向卡里尔,微微一笑。

"你好啊,孩子,"他说,"现在我们可以安安静静地谈一谈了。"

他的语气充满哀愁,现场一度静默无声。莎兰德感到不自在,突然不知道该怎么办。

"我认为这里不安全,"她说,"你们还是离开,到清真寺去比较好。"

她拿起笔记本电脑和背包,没有说再见便径自离去,消失在阴暗的楼梯间。

一年半前的十二月

丹·卜洛迪坐在诺尔毛姆广场的长椅上。这是他回到斯德哥尔摩的第一天,天空晴朗、空气冷冽。他穿了一件寒酸的黑色大衣,衣领处有一圈白色假皮草,戴着太阳眼镜和压得低低的灰色毛帽。腿上摆着一本关于雷曼兄弟破产事件的书。他想多认识一点自己兄弟的世界。

他下榻在船岛的查普曼青年旅馆,那里由一艘旧船改造而成,每间舱房一晚六百九十克朗,他刚好负担得起。附近好像有些人认得他,这让他觉得心痛,好像他已不再是他自己,而是另一个人拙劣的复制品。好不容易成为高雅的音乐家，如今再次被打回原形，又回到海尔辛兰省那个总自认为高攀不上斯德哥尔摩人的农村少年。也正是因为如此，他溜进了毕耶亚尔路的一家服装店，买了太阳眼镜和毛帽，试图掩饰。

他始终不停地想着要联系兄弟。是应该先写电子邮件、附上影片链接，还是应该直接打电话？他没有勇气。他想要先远远地观察里欧，所以才会坐在阿弗雷·厄格连证券公司外的诺尔毛姆广场，等候着。

伊瓦·厄格连迈着坚定、恼火的步伐出现了，坐上了一辆车窗染色的黑色宝马，如政治家一般扬长而去。

但不见里欧的身影。他就在这栋红砖建筑楼上。丹打了电话，用英语说要找他，接电话的人说他在开会，很快就会结束。每当大门一打开，丹就坐直起身子，但是到现在还在等。斯德哥尔摩早已被夜色覆盖，一阵冰冷的寒风从水岸边吹来，冷到无法坐着看书。

他起身在广场上来回走动，搓着戴了皮手套的手。依然不见人影。高峰时段的车潮已经趋缓，他望向广场上那家餐厅的大玻璃窗。里面的顾客有说有笑，让他觉得被隔离在外。生活仿佛总是发生在别处，是一场他未受邀请的派对。他蓦然想起自己永远都只是一个局外人。

这时，里欧出现了。丹永远忘不了这一刻，时间仿佛静止不动，他的视野瞬间缩小，所有声音消失不见。但并非纯粹喜悦的心情，尤其身处寒风与餐厅的绚烂灯光中，见到孪生兄弟只是加剧了他的痛楚。里欧与他神似到令人心痛，他有着同样的走路姿态、笑容、手势，脸颊和眼睛四周也有同样的皱纹，一切都和他一样，然而丹却犹如在一面镀金的镜子前看自己。那边那个人是他，却又不是他。

里欧·曼海默是丹原本可能成为的人，而他越看，发现的相异处也越多。不只是大衣和昂贵的西装皮鞋，还有他轻快的脚步和开朗的眼神。里欧似乎散发着丹从未有过的自信，当他一思及此处，几乎喘不过气来。

他看着走在里欧身旁的女人,手搂着他的腰,不禁怦然心动。她有一种聪明、高贵的神气,而且似乎深爱里欧。他们俩都在笑,丹想到她必定就是玛莲·弗罗德,茱莉亚略带嫉妒提起过的那个女人。他不敢靠近,只是看着他们缓缓走向图书馆街。也不知道为什么,他跟了过去,保持距离慢慢地走着。

其实他们不太可能注意到他,因为两个人眼中只有彼此。他们消失在胡姆乐公园的方向,笑声飘扬在空气中。他觉得心情沉重,好像整个身体被他们的无忧无虑拖倒在地。他强行挣脱开来,独自走回青年旅馆,完全没有想到外表可能蒙蔽人,没有想到在别人眼中,他可能才是受上天眷顾的人。

远望的人生往往是最美好的。这一点他尚未体会到。

布隆维斯特正在前往纽雪平途中。他背了一只双肩包,里面装着一本笔记本和录音机,还有三瓶玫瑰酒,是小洛建议的。她姐姐希尔妲住在佛森旅馆,旅馆位于一条名叫翡德莉卡·诺尔的河流旁边。只要满足了某些条件,她应该已做好开口的准备。而玫瑰酒正是条件之一。

另一个条件则是绝对保密。希尔妲很确定有人想对付她,而布隆维斯特说的话只是让她更加焦虑。据小洛说,那些讯息让她方寸大乱,因此布隆维斯特没有告诉任何人自己的去处,连爱莉卡也未曾透露。

此刻他坐在斯德哥尔摩中央车站主要会面点旁的咖啡馆,等候玛莲。他需要和她谈一谈,每条管道都得试一试,看看他的理论能否站得住脚。玛莲迟到了十分钟。她穿着牛仔裤搭配蓝色衬衫,尽管和大多数的斯德哥尔摩人一样满身大汗、一副狼狈相,却仍亮丽动人。

"真的很对不起,"她说,"我得先把利努斯送到我妈那里去。"

"你可以带他一起来啊。我只想问几个问题。"

"我知道。但我还要去其他地方。"

他很快地亲她一下,立刻单刀直入。

"你在摄影博物馆遇见里欧时,除了他好像变成右撇子之外,还有没有注意到其他不同之处?"

"譬如说?"

布隆维斯特抬头瞥了一下车站的时钟。

"唔,譬如说胎记出现在不同侧,或是头发翘向不同边。他的头发很鬈,不是吗?"

"你别吓我,麦可。你这是什么意思?"

"我现在在写一个报道是关于一出生就分开的同卵双胞胎。目前只能透露这么多了。请别告诉任何人,好吗?"

玛莲顿时面露惊恐,抓住他的手臂。

"你是说……"

"我什么都没说,暂时还没。不过我确实怀疑……"他停顿了一下,接着说,"同卵双胞胎有相同基因,差不多可以这么说。我们每个人的基因都会有一些变化,一些小突变。"

"你想说什么?"

"我在告诉你一些简单的事实,否则这整件事实在说不通。同卵双胞胎的形成是单一卵子在子宫内十分快速地分裂,现在的问题在于有多快。如果是在受精后超过四天,双胞胎会共享一个胎盘,胎儿的风险也会因此升高。如果分裂的时间更晚,在七天到十二天之间,胎儿就可能变成镜像双胞胎。同卵双胞胎当中有两成是镜像双胞胎。"

"意思是?"

"他们看起来一样,却是彼此的镜像。一个是左撇子,另一个就是右撇子。在极少数的案例中,甚至连心脏的位置也相反。"

"所以你是说……"她结结巴巴说不出话来,布隆维斯特将手贴在她的脸颊上安抚她。

"这个念头可能太过疯狂,"他说,"但即便真是如此,即便你在摄影博物馆看见的人真的是里欧的镜像孪生兄弟,也不一定代表有犯罪行为发生。这和《天才雷普利》片中盗用身份的情形不同。也许他们只是互换身份,只是开开玩笑,尝试一点新鲜的经验。你能陪我去坐车吗？我快来不及了。"

玛莲宛如石像般呆坐不动。随后两个人起身，坐手扶电梯到下一层楼，沿着店面走向十一号月台。他尽量不想留下太多线索，便说自己要到纽雪平出差。

"我读到有一些同卵双胞胎在长大成人后才重逢，而且在此之前都不知道彼此的存在，"他继续说道，"他们描述第一次见面的心情几乎都说是太棒了，玛莲。这显然是他们这辈子最具震撼性的经验。你想想，本来以为自己是独一无二，结果忽然蹦出另一个来。据说很晚才重逢的同卵双胞胎非常享受相聚的时光，他们会一一检视一切，诸如特殊才能、缺点、习性、举止动作、记忆……所有的一切。他们变得完整，更加茁壮，变得前所未有的快乐。有些故事真的让我很感动，玛莲。你自己也说了，里欧有一阵浑身洋溢着幸福。"

"是的，没错，但后来又没了。"

"的确。"

"他出了国，我们也失去联系。"

"正是，"布隆维斯特说，"我也想到了这一点。有没有什么地方，不管是外表或其他部分，能帮助我理解这到底是怎么回事？"

他们来到月台上，列车已经进站。

"我不知道。"她说。

"想一想！"

"也许有一件事。你还记不记得我跟你说过他和茱莉亚·邓培尔订婚的事？"

"让你很心烦，不是吗？"

"也没有。"

他并不完全相信。

"其实我更多的感受是惊讶，"她说，"茱莉亚曾经在我们手下工作，后来搬到法兰克福，有好几年，谁也没听说过她的消息。不过就在我快离开公司的时候，她打电话来找里欧。其实我也不确定他有没有给她回电话。当时茱莉亚说了一些奇怪的话。"

"什么话?"

"她问我知不知道里欧的吉他弹得比钢琴更好,说他是大师级的人物。我从没听里欧提起过,所以就问了他。"

"他怎么说?"

"没说什么,只是红着脸笑了笑。那正好是他快乐得不正常的那段时间。"

布隆维斯特已经分了心。"吉他"与"大师"等字眼挑起了扰人的乐音。他向玛莲道别上车的同时,也陷入沉思。

一年半前的十二月

接下来几天,丹都没有再接近里欧。这是一段令人发愁的时间。他要不是在青年旅馆的船舱内看书,就是紧张地在船岛与动物园岛走来走去,有时候也会出去跑步。到了晚上,在船上的酒吧里,他会喝得比平常多。当夜里难以入眠,便在红色皮革封面的笔记本上记录自己的生平。十二月十三日星期三,他又回到诺尔毛姆广场,但仍然无法上前与里欧攀谈。

接着,到了十二月十五日星期五,他带上吉他,坐在广场中央那间餐厅旁边的长椅上。天上又下起雪来,气温下降,他的外套已不足以御寒,但他买不起更保暖的衣物。钱就快花光了,但他无法忍受自己为了混口饭吃,就随便找个爵士乐团合作。他心里只想着里欧,其他一切都不重要。

那天,里欧早早地就离开了办公室。身穿深蓝色克什米尔大衣、围着白色围巾的他,踩着轻快的脚步离去。丹尾随其后,这回拉近了距离,却是失算。来到公园电影院外面时,里欧突然转身左顾右盼,好像感觉到有人跟在身后。不过他没看到丹。街上到处都是人,戴着毛帽和太阳眼镜的丹及时掉过头去,看向史都尔广场方向。里欧继续前行,穿过卡尔拉路。

丹停在芙劳拉街的马来西亚大使馆外，看着里欧进入他住的大楼。大门随后砰一声关上，丹站在冷风中等着，就像先前那样。他知道要等上一段时间。几分钟后，顶楼的灯光亮起，仿佛笼罩着一个更美丽的世界的光环。偶尔传来平台钢琴的琴声，当丹听出那和声，泪水立刻夺眶而出。但是他也快冻僵了，忍不住低声咒骂。鸣笛声在远方呼啸着，冷风刺骨。

他往大楼走近了几步，脱下太阳眼镜，忽然听见后面有脚步声。一个戴着黑帽、穿着鲜绿色大衣的老妇人，牵着一条哈巴狗从他身边经过。她面露微笑。

"今天不想回家吗，里欧？"

他惊慌地看着她，就一秒钟，没有更久，随即微笑以对，好像觉得她的问题很幽默，也很应景。

"有时候就是不知道自己想要什么。"他说。

"可不是嘛。不过还是快进来吧。现在太冷了，不适合站在外面思考大道理。"

她按下大门密码后，他们一起进门等候电梯。她又再次微笑着说道："你怎么穿这件旧大衣？"

他顿时一阵紧张。

"你是说这件古董？"

妇人笑出声来。

"古董？每当我穿上最美的礼服参加派对，想赢得几句赞美，也都是这么说的。"

他也试着陪笑，但显然不具说服力，只见妇人咬着嘴唇脸色严肃。他很确定被她看穿了，不只有衣服，还有拙于言辞，想必都暴露出他的不入流。

"很抱歉，里欧。我知道你现在肯定不好过。薇薇卡的情况怎么样？"

从她说话的语气听得出来，回答"很好"恐怕不恰当。

"普普通通。"他说。

"但愿她不必痛苦太久。"

"但愿吧，"他说，同时领悟到若是与她同搭电梯，他恐怕应付不来，"对了，我需要运动一下，所以还是爬楼梯好了。"

"胡说，里欧。你瘦得跟羚羊一样。替我问候薇薇卡一声，说我很想她。"

"一定。"丹说完便拎着吉他蹦跳上楼去了。

快到里欧的公寓时，他放慢了脚步。假如里欧的听力有他的一半好，他就得像老鼠似的悄然无声。他踮起脚尖走最后几步。那是顶楼唯一一间公寓，这样正好，是独立空间。他尽可能不发出声响，背靠着墙坐到地上。现在该怎么办？他的心怦怦跳，口干舌燥。

走廊上散发着地板蜡与清洁剂的味道。他两眼盯着漆成蓝天状的天花板。谁会想到在楼梯间的天花板画上壁画呢？楼下传来脚步声响，拖行的脚步声、电视的声音、移动椅子的声音、打开门锁的声音。公寓里传出一个钢琴音，是个 A 调。

还有几个尝试性的低音，里欧似乎还没决定好怎么弹。接着开始了。他是在即兴演奏——也可能不是。那是一段阴郁的、令人心下不安的循环乐句，里欧总是终止在小调的七级和弦，一如他在斯德哥尔摩音乐厅的演奏。他的音乐有一种近乎仪式般的、执着的感觉，但也很纯熟老练。不知怎么，这些乐句就是能唤起一种沮丧迷惘的心情，至少丹这么觉得。他不由得打了个哆嗦。

他也说不出个所以然，总之是在突然间受到冲击，泪如泉涌，全身发抖，不只是因为音乐本身，还有那和声的相似度，以及里欧弹奏时传达出的痛苦，就好像他这个业余的乐手比丹更能表达他们的哀愁。

他们的哀愁？

这是个奇怪的念头，但在那一刻似乎真是如此。片刻之前，里欧还像个陌生人，是一个与他截然不同且更幸运的人，而此时丹在孪生兄弟身上认出了自己。他摇摇晃晃站起来，本打算按门铃，但又改变主意。他拿出吉他，快速地调音之后加入弹奏。找到和弦、跟上循环的音符并不难，里欧会使用切分节奏，把三连音变成八分音符，和他的手法类似。他觉得……很自在。他只能这么解释。就好像已经和里欧合奏过许多次。他弹了几分钟，期望里欧会发现有人在伴奏。但也许里欧的听力没有他好，也许他完全沉浸在自己的乐声中，丹也无法确定。

忽然间，里欧弹到一半停在升F的音上。可是没有脚步声，没有动静。里欧想必是动也不动地坐着，于是丹也安静下来，等待着。这是怎么回事？他可以听见公寓深处有粗粗的呼吸声，于是他开始重弹循环乐句，节奏变快了些，并加上自己的花哨技法，弹出新的变奏。这时候，钢琴椅刮擦过地板，他也听到走向大门的脚步声。他抱着吉他站在那儿，感觉像个乞丐，像个街头乐手误闯高雅的会客室，希望能被接纳。但他同时也充满期待与渴望。他闭上双眼，似乎听到手指摸索着拉开门链。

门打开了，里欧正对着他看。他整个人呆住，嘴巴张得大大的，一脸惊愕和骇然。

"你是谁？"

这是他说出的第一句话，丹该如何回答呢？他该怎么说？

"我叫……"

接着沉默无声。

"丹·卜洛迪，"他说，"我是个爵士吉他乐手。我们俩可能是双胞胎。"

里欧未发一语，好像随时可能跪倒下去，脸色苍白如纸。

"我……"

他只勉强说出这个字，而丹也说不出话来。他心跳得厉害，嘴巴就是吐不出声音。他也试着要说话：

"我……"

"什么？"

里欧的声音带着绝望，几乎让丹难以承受。他强忍住转身逃跑的冲动，开口说："当我听到你弹钢琴……我心想我这辈子都觉得自己是个不完整的人,好像少了什么。现在终于……"

他没有再说下去。他不知道这些话是不是真的,或甚至有一半是真的——又或者他只是不加思索地脱口说出既定的语句。

"我没办法理解,"里欧说,"你知道多久了?"他的双手开始颤抖起来。

"只有几天。"

"我真的没法理解。"

"我明白,太不真实了。"

里欧伸出手,在这个情况下反而显得太过正式且奇怪。

"我一直……"他开了个头,咬咬嘴唇,手还是抖个不停,"我一直也有同样感觉。请进来好吗?"

丹点点头,跨入了他从未见过的豪华公寓。

第三部
消失的双胞胎
6/21—6/30

　　有高达八分之一的孕妇在妊娠初期怀的是双胞胎，只不过有时候其中一个胚胎未能存活，重新被胎囊给吸收了。这种现象称为双胞胎消失症候群，简称VTS。

　　有些双胞胎会在出生后失去另一个兄弟姐妹，原因可能是被收养，或者较罕见的情形是在产房被抱错了。有些直到长大成人才第一次相见，也有些一辈子未曾见面。同卵双胞胎杰克·尤夫与奥斯卡·史都尔第一次见面是在一九五四年，在西德的一处火车站。杰克·尤夫住在一座集体农场，曾效力于以色列军队。奥斯卡·史都尔则曾经活跃于希特勒青年团。

　　许多人都自觉生命中少了某个人。

第十六章
六月二十一日

　　布隆维斯特到了纽雪平后，沿着河道走到佛森旅馆。那是一栋简朴的红砖瓦顶、棕色木造建筑，看起来更像青年旅馆。不过地点临河，风景十分优美。他抵达时已经晚上八点半。旅馆入口处有一个迷你水车，以及一些穿着胶鞋的渔夫照片。

　　柜台后面坐着一个年轻金发女子，大概是暑期的临时工，看样子顶多十七岁。她穿着牛仔裤和红衬衫，正忙着滑手机。布隆维斯特有些担心她会认出他，而后在社交网站上贴文。但见她一脸兴味索然，就放心了。他上了三楼，敲敲二一四房的灰色房门，听见里头传来粗哑的声音。

　　"哪位？"

　　他报上名字，希尔妲·冯·坎特波随即开门。乍看之下，他倒抽了一口气。她一副的邋遢样子，头发乱七八糟，眼珠子紧张地瞥来瞥去，活像一只受惊的动物。她的皮肤上布满色斑，胸部丰满，肩宽臀厚，身上那件浅蓝色洋装几乎显得太小了。

　　"还好你愿意见我。"他说。

　　"好？我都吓坏了。你跟小洛说的事太疯狂了。"

　　他没有请她说得更明白些。首先，他想安抚她的情绪，让她恢复正常呼吸，于是从袋中拿出玫瑰酒，放到敞开的窗户边的橡木圆桌上。

　　"现在恐怕不凉了。"他说。

　　"对我来说小意思。"

　　她走进浴室，回来时拿了两只多莱斯酒杯。

　　"你想保持清醒理智，还是要陪我喝？"

　　"你觉得自在就好。"他说。

"每个酒鬼都想要有伴,所以你得喝一杯。就当作是专业策略吧。"

她给布隆维斯特斟了满满一杯。他喝下一大口,表达诚意。他望着窗外的河水与傍晚天空中幽微变化的天光。

"我想先向你保证……"

"别想跟我保证什么,"她说,"你做不到的。我不需要什么保护消息来源之类的狗屁好听话。我之所以说出我现在要说的话,是因为不想再保持沉默了。"

她一口饮尽杯中酒,两眼直直地盯着他。她有种既吸引人又随和的感觉。

"好,明白。很抱歉让你担心了。可以开始了吗?"

她点点头。他取出录音机,按下开关。

"我想你已经听说过国家种族生物学研究院。"她说。

"是啊,多可怕的团体。"他说。

"的确,不过先别激动,明星记者,后面还有加倍刺激的。如你所知,这所研究院已在一九五八年关闭,如今在整个瑞典也很难找到一个热衷于种族生物学的人。我提这个,是因为两者之间有关联。我开始在数据管理处工作时并不知道,以为只是要研究天才儿童。没想到……"她又喝一口酒,"真不知该从何说起。"

"慢慢来,"布隆维斯特说,"总会有办法的。"

她喝完酒,点了一支烟,是高卢牌香烟,然后看着烟苦笑一下。

"这里禁烟,"她说,"其实可以从这里说起,抽烟……以及它可能有害人体的疑虑。一九五○年代,有一些研究学者声称抽烟会导致肺癌。你想想看!"

"真不可思议!"

"可不是嘛!你也知道,这个论调遭遇莫大的阻力。有一派的想法是:或许有很多抽烟的人得肺癌,但不一定是烟草引起的,说不定根本是因为他们吃太多蔬菜。完全没办法证明。当时有个很出名的口号:'医生抽最多的是骆驼牌香烟。'亨弗莱·鲍嘉和劳伦·白考尔更是被树为榜样，显示抽烟象征品位高雅。但疑虑无法消除，这可不是小事。英国卫生部发现在二十年间，因肺癌去世的人数增加了十五倍，于是在我们这里的卡罗林斯卡学院，有一群医生决定利用双胞胎来测试这个理论。双胞胎是最理想的研究对象，短短两年期间内，总共为一万一千名以上的双胞胎建立了记录。他们被问及抽烟与喝酒的习惯，而他们的回答也让我们有了令人悲叹的重要发现：烟酒终归不是什么好东西。"

她凄然一笑，深深吸了口烟，然后又倒了杯酒。

"事情还没结束，"她说，"记录的内容继续增加，新的双胞胎不断加入，其中有许多对并未一起长大。在一九三〇年代的瑞典，有数百对双胞胎一出生就被迫分开，大多是因为贫穷。很多都是长大后才见面。这为研究人员提供了大量珍贵的科学素材，不只能用来研究新的疾病与其病因，还能用来探讨一个经典问题：遗传与环境如何塑造一个人？"

"我读过相关文章，"布隆维斯特说，"也知道瑞典双胞胎数据中心。但他们做的研究想必是光明正大的吧？"

"那当然，那是宝贵而重要的研究。我只是想让你了解一下背景。双胞胎数据中心设立的同时，国家种族生物学研究院也改名为国家人类基因研究院，而且并入了乌普萨拉大学。这不只是说说而已。那些先生慢慢地开始投入了至少有点像科学研究的工作，以前那些测量头骨的玩意儿，以及关于瑞典-德意志种族的纯正血统等狗屁理论，终于都被放弃了。"

"但他们仍保留了罗姆人与其他少数族群的所有记录？"

"是的，还有一个更重要也更糟糕的东西。"

布隆维斯特扬起眉毛。

"他们对人类的观点。或许他们已不再认为某个种族比较优秀，也或许并没有所谓的'不同种族'。但有些纯种瑞典人可能还是比其他同胞勤奋努力，为什么呢？会不会是因为他们受到优秀的、扎实的瑞典教育？他们认为也许可以找到方法制造出地道的瑞典人，那种不会抽高卢烟、不会喝微温的玫瑰酒喝到烂醉的人。"

"听起来不是什么好事。"

"没错。时代变了,可是在某个极端的人却能很轻易就朝另一个极端走去,你不觉得吗?很快地,乌普萨拉这群人开始相信弗洛伊德和马克思,就如同以前相信种族生物学一样。他们的组织叫人类基因研究院,所以他们没有忽略遗传的重要性,完全没有。只不过他们认为社会与实质经验的因素更为重要。这么想也没错,尤其是现今要跨越阶级壁垒根本难如登天。

"但是这个以社会学教授马丁·斯坦伯格为首的团体,采用的观点是人类无可避免地受到环境制约。某一类母亲与某一类的社会与文化因素,或多或少会自然地制造出某一类人。事实上并非如此,绝对不是。人类肯定没有这么简单。可是我们这群朋友想做实验,他们想证明哪种教养与背景能产生纯正的瑞典人。他们与双胞胎数据中心密切联系,随时掌握那里的研究信息,后来他们遇见了一位美国心理分析学家罗杰·斯塔福德。"

"我读过关于他的文章。"

"但你没有见过他,对吧?他具有超凡的领袖魅力,能为任何高雅人士的聚会增添光辉,而这群人当中又有一个女人对他印象特别好。她叫拉珂·葛莱慈,是个精神科医师兼心理分析师,她……唉,关于葛莱慈可有得说了。总之她不但对斯塔福德佩服得五体投地,也深深着迷于他的研究。而且葛莱慈还想要更进一步。

"在某个阶段,我也不知道究竟是什么时候,她和团队的人决定故意拆散双胞胎,不管是同卵或异卵,并将他们安置在环境南辕北辙的家庭。因为研究目的属于精英主义——为了制造优秀杰出的瑞典人——因此团队在挑选研究对象时非常严格,极尽各种手段,其中包括查阅罗姆人与其他吉卜赛人的旧记录,例如萨米人,寻找当初种族生物学者为了强制绝育所列出的可能人选名单中的漏网之鱼。他们想找的是天资过人的双胞胎家长。用讽刺的说法,他们想要的就是一流的研究素材。"

布隆维斯特回想起莎兰德在发给他的消息中提到的吉他大师。"里欧·曼海默和丹尼尔·卜洛林就是其中一对双胞胎？"

希尔妲闷不吭声看着窗外。

"没错，所以我们今天才会在这里，不是吗？"她说道，"你对小洛说的，说里欧已经不是里欧？听起来太疯狂了。老实说，我不信，我就是不信。卜洛林兄弟安德斯和丹尼尔，这是他们的本名，他们原本属于吉卜赛族群，而且来自一个音乐天分极高的家庭。他们的母亲罗珊娜是个很了不起的歌手，她曾经翻唱比莉·哈乐黛的《奇异果实》（*Strange Fruit*）录成音乐带，让人听了只觉肝肠寸断。不过她在生下双胞胎之后没几天，就因为产褥热过世了。她没上过中学，但他们挖出她小学后期的成绩单，每一科在班上都是名列前茅。至于孩子们的父亲，名叫肯尼斯，患有躁郁症，但是个百分之百的吉他天才。他不是什么凶狠无情的人，只是情绪不稳定，无法应付这对双胞胎。孩子被送进耶夫勒的儿童之家，葛莱慈就是在这里发现他们的，而且立刻将他们分开。我宁可不知道她和斯坦伯格是怎么替那些双胞胎寻找家庭的，但说到丹尼尔和安德斯，或是改名后的'里欧'，情况特别糟。"

"怎么说？"

"实在太不公平了。丹尼尔继续又在孤儿院待了几年，后来给了一个住在胡第克斯瓦郊区的、心胸狭小又恶劣的农夫，他只想要给农场多添点人手。一开始他有个老婆，可是没多久就跑了，接下来孩子过的无疑就是童工的生活了。丹尼尔和其他养兄弟每天一大早就开始拼命工作，直到深夜，养父还常常不许他们去上学。而里欧……里欧则是被诺克比一个有钱有势的家庭收养。"

"曼海默夫妻，荷曼和薇薇卡。"

"正是。这个计划当中有一点十分重要，那就是不能让养父母知道孩子的出身，尤其不能知道他们是双胞胎。可是荷曼是大人物，他想方设法折磨斯坦伯格，搞得斯坦伯格精疲力竭，终于屈服。这还不是最糟的，更糟的是荷曼开始有新的想法。他向来就不喜欢吉卜赛人，他喊他们是'放荡的人'，于是瞒着葛莱慈和斯坦伯格，征询他工作上的合伙人阿弗雷·厄格连的意见。"

"原来如此,"布隆维斯特说,"而他的儿子伊瓦也知道了此事。"

"对,但那是后来的事。在那之前,伊瓦早就已经嫉妒里欧了,大家都认为里欧更有前途、更聪明。伊瓦为了占上风、为了给里欧制造麻烦,常常不择手段。这是他们两家人之间的地雷区,也因此才会找我的同事卡尔·赛革来帮忙。"

"但如果荷曼·曼海默是偏见这么深的老家伙,一开始怎么会答应收养这个孩子?"

"荷曼或许是个平凡的保守分子,却不是完全铁石心肠,撇开卡尔的遭遇不说的话。反观阿弗雷·厄格连……他是个卑鄙家伙,有根深蒂固的种族歧视,所以强烈反对他收养里欧。这件事原本可能前功尽弃,然而报告中说这孩子有高超的运动技能与各种进阶能力,这才扭转了局面。而且薇薇卡很喜欢他。"

"这么说他们是因为他早熟而收养了他?"

"可能吧。当时他才七个月大,但他们从很早就对他抱着高度期望。"

"个人资料显示他是曼海默的亲生儿子。这么晚才收养的孩子,他们是怎么做到的?"

"与他们最亲近的朋友和邻居都知道真相,但后来变成了面子问题。他们都知道薇薇卡对于自己不能生育有多痛苦。"

"里欧知道自己是养子吗?"

"他在七八岁的时候发现了,因为厄格连的几个儿子开始嘲笑他。薇薇卡觉得有必要告诉他,但要他保守秘密——为了家族的颜面着想。"

"明白。"

"那段时间他们一家人都不好过。"

"里欧患有听觉过敏症。"

"除了这个,还有现在所谓的过敏反应。这个世界对他来说太不舒服,因此他缩进自己的世界,变成非常孤僻的孩子。有时候我认为卡尔·赛革是他唯一真正的朋友。起初,我和卡尔以及所有较年轻的精神科医师并不完全了解情况,我们以为只是在研究一群具有天分的孩子,甚至不知道他们是双胞胎。我们被分组了,所以都只会见到其中一人。但是后来我们明白了,也慢慢接受了——或多或少接受了。关于故意拆散双胞胎这件事,卡尔是最无法接受的人,很可能是因为他和里欧太亲近了。其他孩子并不觉得自己和某人分开,可是里欧不同。他不知道自己有个同卵双生兄弟,只知道自己是被收养的。但他想必略有察觉,才会经常说他觉得自己缺了一半。这让卡尔越来越难以忍受。他老是问我丹尼尔的事:'他也有这种感觉吗?'我说'他很孤单',并提到丹尼尔偶尔会有忧郁的迹象。卡尔坚持说'我们得告诉他们'。我说不行,这样只会让所有人都不快乐。但卡尔还是继续坚持,最后他犯了这辈子最大的错。他去找葛莱慈,你知道吗?……"

希尔妲开了第二瓶酒,尽管第一瓶还没喝完。

"葛莱慈有本事让人觉得她实事求是,而且正直,总之她完完全全骗过里欧了。这么多年来,他们一直保持联络,圣诞节什么的也会一起吃饭。但事实上她很冷酷。就是她害我沦落至此,只能使用假名,还不时害怕得全身发抖、喝得烂醉。这些年她都在严密监视我,要不是阿谀奉承,就是出言恐吓。我逃跑的时候她正好要来我住的地方,我看见她在门前的路上。"

"你刚说卡尔去找她。"布隆维斯特说。

"他提起勇气,宣称不计代价都要把事情说出来。几天后他就死了,在森林里像猎物一样被射杀了。"

"你觉得是遭人谋害吗?"

"我没证据。我始终不肯相信,不想接受自己所参与的计划竟然会杀人的事实。"

"但其实你一直心存怀疑,对吧?"布隆维斯特说。

希尔妲沉默不语。她喝着酒,凝视地板。

"我看过警方的笔录,"布隆维斯特说,"当时就觉得蹊跷,现在你提供动机了。我认为曼海默、厄格连、葛莱慈,这伙人全脱不了干系,没别的解释。他们有可能遭到指认,涉及拆散原本应该一起生活的孩子,因此他们必须在名声扫地之前除掉这个威胁。"

希尔妲面露惊惶,却未置一词。

"可是这要付出很大代价,"过了好一会儿,她才说,"里欧虽然有钱有势,却始终不快乐,也从未恢复自信。他勉为其难地进入家族企业,却老是受伊瓦这种白痴的刁难。"

"那他的兄弟丹尼尔呢?"

"就某些方面而言,他比较坚强,可能是因为别无选择吧。里欧被鼓励去做的一切——成为一个博学、有教养、有音乐涵养的孩子——丹尼尔只能偷偷地做,而且还要独自克服万难。不过他的感觉也很糟。其他养兄弟会欺负他,养父又会打他,老是让他觉得格格不入,像个局外人。"

"他后来怎么样了?"

"他逃离农场,从数据管理处的雷达上消失不见。后来没过多久我就被解雇了,所以我也不太清楚。我为他做的最后一件事就是推荐他进波士顿的音乐学校。后来一直没再听到他的消息,直到……"

布隆维斯特可以从房里的气氛与她拿酒杯的方式感觉得出来,起了某种变化。

"直到什么时候?"

"一年半前的十二月的某天早上,我正在看早报,小酌一杯,电话忽然响了。数据管理处曾经向我们三令五申,绝对不能把真实姓名告诉孩子。可是我……我那时大概已经开始喝酒,总之有几次不小心说溜了嘴,所以丹尼尔才能找到我。那通电话就是他打的,毫无预兆,他说他全知道了。"

"知道什么?"

"知道里欧的存在,知道他们是同卵双胞胎。"

"镜像双胞胎,对吧?"

"对,但我不认为他已经意识到这点。反正也没差别,至少当时没差别。他怒气冲天，问我事先知不知情。我迟疑了好一会儿，最后终于回答说知道，他反而沉默了。接着他说他永远不会原谅我，然后就挂断了。我真想一死了之。我回拨那个电话，是柏林的一家旅馆，但没有人听过丹尼尔·卜洛林这个名字。我尽一切努力想找到他，却徒劳无功。"

"你觉得他和里欧见过面了吗？"

"没有，我认为没有。"

"为什么这么说？"

"因为那种事绝对瞒不住的。我们的同卵双胞胎里头有几对在长大后见面了。现在这个时代，在社交媒体的世界里，常常有人在"脸书"或"照片墙"看到一张照片，说和某某长得好像，然后消息就会散播开来，有时候还会上报。记者对这种消息最感兴趣了。可是这些双胞胎从来没能拼凑出全貌，我们总有事先备妥的解释，而报道也只会强调两个人相见的感人场面。没有人去好好调查过这整件事。老实说，我无法想象你是怎么查出来的。我们每个人对于保密一事都非常非常小心。"

布隆维斯特又给自己倒了点玫瑰酒，虽然不是很喜欢它的口味，他琢磨该如何表达自己想说的话。他仍然保持同情的口气。

"我认为那是一厢情愿的想法，希尔姐。其实我们有理由相信丹尼尔和里欧确实见了面。我有个男性朋友——"为了保险起见，他选择以男性友人指称玛莲，"他和里欧十分熟，他觉得事情不太对劲。他仔细观察过里欧，深信里欧从左撇子变成了右撇子，就像我告诉你妹妹的那样。此外，他似乎还在一夕之间变得精通吉他。"

"这么说他也换了乐器，"希尔姐将身子缩到椅子上，"你是说……"

"我只是想问，如果你扪心自问，会下什么结论？"

"假如你说的是真的，我会认为里欧和丹尼尔互换了身份。"

"但他们为什么要这么做？"

"因为……"她斟酌着字句，"因为他们俩都有强烈的忧郁倾向与过人的才华。他们应该能轻而易举地转换到全新环境中,也许他们把这当成一个新奇刺激的经验。以前卡尔跟我说过,里欧常常觉得被困在一个自己不喜欢的角色里。"

"那丹尼尔呢?"

"丹尼尔的话……我不知道,但如果能进入里欧的世界,想必是很神奇的事。"

"你说丹尼尔在电话上很愤怒,不是吗?倘若得知双胞胎兄弟成长在一个富裕的环境,而他却得成天在农场做工,肯定会很痛苦。"

"没错,但是……"

希尔妲打量着酒瓶,仿佛担心很快就会喝光。

"你必须了解这两个孩子的敏感与共鸣感程度有多么异于常人。我和卡尔经常谈起这一点。他们很孤单,但他们是完美的组合,我猜想,如果他们已经见面,那会是非常美好的场面,也可能是他们这一生中最美好、最快乐的事情。"

"这么说你不认为是出了什么事?"

希尔妲摇摇头。似乎有点太刻意了,布隆维斯特心想。

"你有没有跟谁说过丹尼尔打电话给你?"

希尔妲似乎迟疑得太久了点。她用上一支的烟屁股点燃另一支烟。

"没有,"她说,"我和数据管理处已经毫无联系,我能告诉谁?"

"你不是说葛莱慈还常常来看你?"

"我什么都没跟她说。我一直都很提防她。"

布隆维斯特略加思索,随后以出乎自己预想的严厉口吻接着说:"你还得告诉我一件事。"

"是关于莉丝·莎兰德吗?"

"你怎么知道?"

"你们俩的关系好,已经不是秘密。"

"她也是计划的一部分吗?"

"她给拉珂·葛莱慈惹的麻烦,比其他人全部加起来都还要多。"

一年半前的十二月

　　里欧与这个长得很像他的男人一起走进公寓。此人穿了一件有一圈白色假毛皮衣领的寒酸黑色大衣、一条灰色西装裤和一双看似走了不少路的红褐色皮靴。他脱去毛帽与大衣，放下吉他。他的头发比里欧还乱，鬓发较长，脸颊也更干燥。但这些只是让他们的相似度看上去更令人悚然。

　　简直像是看到自己换了新的装扮。

　　里欧冷汗直流。他发现自己害怕得要命，仿佛眼前的地板倏然裂开，但最重要的是他感到困惑不已。他看着男人的双手与手指，再看看自己的，好想拿一面镜子来，比较一下两个人脸上的每条皱褶与纹路。除此之外，他还有一大堆问题想要永无止境地问下去。他想到方才听到楼梯间传来的音乐，想到此人形容自己像个不完整的人，而这也是他一直以来的感觉。他的喉间像被什么东西哽住了。

　　"这怎么可能？"他问道。

　　"我认为……"另一人说。

　　"什么？"

　　"我们参与了一项实验。"

　　里欧几乎无法理解。他想起卡尔，想起父亲走上楼梯的那个秋日，脚下一个踉跄，跌坐在布罗尔·尤特的油画底下的红色沙发。那人坐进旁边的扶手椅。就连他身躯没入椅座的动作都有一种诡异的熟悉感。

　　"我一直都知道有什么地方不对劲。"里欧说。

　　"你知道你是被收养的吗？"

　　"母亲跟我说了。"

　　"但你不知道有我存在？"

　　"完全不知道。要不然……"

　　"怎么样？"

"我思考过,我幻想过。我想象过各种事情。你是在哪里长大的?"

"胡第克斯瓦郊区的一座农场,后来搬到波士顿。"

"波士顿……"里欧喃喃地说。

他听到心跳声,本以为是自己的,其实是另一人的,是他的孪生兄弟的。

"想不想喝一杯?"他问道。

"我肯定需要。"

"香槟好吗?它会直接渗入血液。"

"好极了。"

里欧起身走向厨房,半路却不明所以停下脚步。他太过混乱,太过激动,不明白自己在做什么。

"对不起。"他说。

"对不起?为什么?"

"刚才开门的时候太震惊了,连你的名字也没记住。"

"丹,"男人说,"丹·卜洛迪。"

"丹?"里欧说,"丹。"

他随即拿来一瓶香槟王和两只杯子。也许并不是从这一刻开始的,他们之间想必已经以超现实又难以理解的方式,交谈了更长时间。不过外头下着雪,还可以听到周五夜晚的各种声音:笑声、说话声、路上的汽车声,以及其他公寓传出的音乐声。他们微笑举杯,渐渐敞开心扉,不久便开始畅所欲言,这是与其他人从未有过的经验。

事后,他们俩都无法描述这次的谈话与其中的迂回曲折。每条线索、每个话题都会被更多问题打断而岔开来,感觉好像字句不够多、说话的速度不够快。夜晚降临,接着是新的一天,他们只偶尔停下来吃东西、睡觉,或是玩音乐。

他们一连弹了几个小时,对里欧而言,这是最棒的事。他一向独来独往,虽然每天都会弹琴,却几乎总是一个人弹。丹与数以百计的乐手合作过,有业余的,有专业的,也有大师级的,有些人毫无天分，有些人音感灵敏，有些只会弹奏一种类型，有些则是全能，可以在乐句中间转调，也能接得上每个旋律转折，可是从来没有人能够这么本能地、实时地与他心意相通。他们不仅一起即兴弹奏，还会谈论自己的音乐、分享自己的想法，里欧甚至时不时地爬上桌椅，举杯敬酒："我太引以为傲了！你太厉害了，厉害到不可思议。"

能和孪生兄弟合奏令他欣喜若狂，弹奏水平也随之提升，独奏时变得更大胆、更有创意。尽管丹的技巧更加卓越，但里欧也重新燃起了对音乐的热情之火。

有时候他们边聊边弹，互诉自己的生活点滴，进而发现以前从未注意过的关联与巧合。他们让彼此的人生故事交融，为对方增添些许色彩。

然而，尽管丹当时没有说出来，但感觉不一定都是共通的。有时候他会情不自禁地妒火中烧，因为想起小时候如何挨饿、如何逃离农场，又如何遭到希尔姐背叛。我们的工作只是研究，不能干预。

他一想到就觉得阵阵怒气上涌，尤其当里欧抱怨自己没有勇气全心投入音乐，而是被迫成为阿弗雷·厄格连的合伙人——被迫成为合伙人！——心中的愤恨不平几乎让丹忍无可忍。不过那些怨怼都是例外。对他而言，那年十二月他们共度的第一个周末是满心欢喜的美好时光。

那堪称是个奇迹，因为遇见的不只是孪生兄弟，还是一个想法、感觉、听觉都和自己一样的人。他们花了多少时间讨论自己能听见的声音呀！他们完全沉迷其中，两个宅男享受着这难以想象的经验，因为终于能够讨论这个其他人无法明白的话题。有时候丹也会爬上椅子敬酒。

他们承诺再也不分开，发誓要合而为一。他们许下无数美好而动人的誓言，但也发誓要弄清事情的真相与缘由。他们谈到小时候为他们检测的人，谈到那些测验、录像与提问。丹向里欧提到希尔姐，里欧则告诉丹有关赛革与葛莱慈的事，这些年他仍与葛莱慈保持联络。

"拉珂·葛莱慈，"丹说，"她长什么样子？"

里欧描述了她喉咙部位的胎记，丹听了立刻僵住。他知道自己也见过葛莱慈。这番觉悟是个关键时刻。十二月十七日星期天晚上十一点。街上阒然宁静，雪已经停了。远处可以听见扫雪车的声音。

"葛莱慈是不是有点恶毒？"

"她给人的印象相当冷漠。"里欧说。

"她让我起鸡皮疙瘩。"

"我也不太喜欢她。"

"可是你却继续和她见面？"

"我也许应该强硬一点，但我始终没能反抗她。"

"我们都很软弱，对吧？"丹轻声说。

"应该是。不过葛莱慈也是我和卡尔之间的桥梁。她总会跟我说他的好话，大概是为了迎合我说的吧。下星期我要和她一起吃圣诞午餐。"

"你有没有问过她关于你的背景？"

"问过几千次了，她每次都说……"

"说你被丢在耶夫勒的孤儿院，但始终追查不到你的亲生父母。"

"我也打电话去问过那家该死的孤儿院，"里欧火冒三丈地说，"他们证实了这个说法。"

"那关于吉卜赛血缘的事情呢？"

"她说那只是谣言。"

"她撒谎。"

"显然是。"

里欧脸上蒙上一层阴影。

"葛莱慈似乎是网子中央那只蜘蛛，你不觉得吗？"

"看样子应该是。"

"我们应该把他们所有人都揪出来！"

芙劳拉街的公寓里顿时燃烧起熊熊的复仇之火，当周日夜晚转为周一清晨，他们商量好，先保持低调，不将他们见面的事告诉任何人。里欧会取消圣诞午餐的订位，打电话改邀葛莱慈到公寓来，趁她不备时与躲在隔壁房间的丹合力将她捉住。得让葛莱慈吃点苦头。兄弟俩构想了一个计划。

希尔姐干了一杯又一杯，虽然看起来没有醉，身子却摇摇晃晃、不停冒汗，使得喉咙处与胸前闪着亮光。

"莉丝和妹妹卡米拉被记录在人类基因研究院的一份数据里，也被视为理想的人选。谁都不在意安奈妲，但她们的父亲是个……"

"禽兽。"

"天赋异禀的禽兽，所以他的孩子才会这么令人感兴趣。葛莱慈想把她们拆散，而且越来越执着。"

"即使小女孩已经有家、有母亲。"

"请别以为我是在为葛莱慈辩解，绝对不是。只不过……当时她的理由非常充分，即使纯粹以人道的角度来看也一样。她们的父亲札拉千科不仅施暴，还酗酒。"

"这我知道。"

"我知道你知道，我是想替我们说句公道话。那样的家庭环境简直像地狱啊，麦可。不单单只是因为父亲的性侵与伤害行为，事实上他还明显偏爱卡米拉，使得两个女儿从一开始就水火不容，有如天生的死敌。"

布隆维斯特想起卡米拉与同事安德雷的死。他紧紧握住酒杯，但未发一语。

"把莉丝安置到另一个家庭，是有迫不得已的理由，我自己也这么认为。"希尔姐说。

"可是她很爱她的母亲。"

"相信我，我知道。我对他们家很了解。安奈妲被札拉千科打得青一块紫一块的时候，看起来或许柔弱颓丧，但一涉及孩子，她就像个战士。我们说过要给她钱，也恫吓过她，还寄了盖有各式各样官印的恶劣书信给她，但她就是不肯放弃孩子。'莉丝要跟着我，我绝对不会抛弃她。'她这么说。她拼尽全力抵抗，过程实在拖得太久，到最后再想拆散她们姐妹，已经太迟了。可是对葛莱慈来说，这已经变成原则问题，变成一种执迷。我被叫去居中斡旋。"

"怎么回事？"

"首先，我越来越佩服安奈妲。当时我们经常见面，几乎可以说变成了朋友。她的案子由我负责，我的确很尽力地帮她留住莉丝。但是葛莱慈不肯这么轻易认输，有一天晚上，她带着她的喽啰本杰明·福什出现。"

"谁？"

"他基本上算是社工，不过长久以来都在替葛莱慈做一些肮脏事。是斯坦伯格安排他到葛莱慈身边的。本杰明是个有勇无谋的人，不过忠心耿耿。葛莱慈曾经帮他度过一段艰难的时期，包括他儿子因车祸丧生的时候。所以为了报答，他什么都肯为她做。我想他应该已经快六十岁了。他身高将近两米，体格非常健壮，长相有点滑稽，像个老好人，还有一对浓眉。但只要葛莱慈开口，他就会变得凶狠，而那天晚上在伦达路……"

希尔妲停顿下来，又喝了几口玫瑰酒。

"怎么样？"

"当时是十月份，天气很冷，"她接着说，"卡尔刚死不久，我去参加一场追思会，所以不在，这恐怕不是巧合。那次行动是经过周密计划的。卡米拉在一个朋友家过夜，家里只有安奈妲和莉丝在。当时莉丝应该是六岁。她们的生日在四月，对吧？她和安奈妲在厨房，喝茶配吐司。外面的希拿维克山上风雪大作。"

"你怎么会知道这些细节？"

"从三个不同的地方听来的，一个是我们自己的正式报告，这无疑是可信度最低的，还有安奈妲给出的说法，事发后我们谈了好几个小时。"

"那第三呢？"

"莉丝自己说的。"

布隆维斯特诧异地看着她。

他很清楚莎兰德对自己的生活有多么守口如瓶。关于这一段,他当然从未听说过,就连潘格兰也没提过。

"她什么时候说的?"他问。

"大约十年前,"她说,"那个时候的莉丝想要多了解一点母亲的情况,我便将我知道的告诉她。我说安奈妲很坚强,人又聪明,看得出来莉丝听了很高兴。我们在我史康斯杜尔的住处聊了很久,最后她跟我说了这件事。听完以后我觉得心窝像是挨了一拳。"

"莉丝知道你是数据管理处的人吗?"

希尔妲伸手去拿第三瓶酒。

"不知道。她甚至不知道葛莱慈的名字。她以为只是社会福利单位强行采取的措施。她对双胞胎计划一无所知,而我……"

希尔妲抚弄着酒杯。

"你隐瞒了事实。"

"有人在监视我,麦可。我有义务保守职业秘密,我也知道卡尔的下场。"

"我明白。"他说,就一定程度而言,他确实明白。希尔妲不可能好过,她现在能和他促膝畅谈,已经勇气可嘉。他没有理由批判她。

"请继续。"他说。

"如我所说,那天晚上在伦达路风雪交加。前一天札拉千科才去过,安奈妲满身伤痕,腹部和两腿之间疼痛不堪。她和莉丝在厨房喝茶,一起享受平静的时刻。后来门铃响了,你应该可以想见她们有多害怕。她们以为爸爸回来了。"

"其实是拉珂·葛莱慈。"

"是拉珂和本杰明,这也好不到哪里去。两个人郑重地宣布,他们是根据某某法律条例来带莉丝走,以保护她的安全。接着情况就变得棘手了。"

"怎么说?"

"莉丝肯定深深感觉遭到了背叛。她毕竟还只是个小女孩,当葛莱慈第一次来,让她做各种不同测验的同时,也给了她希望。不管葛莱慈是什么样的人,她确实散发出一种权威人士的光环,尤其那挺拔的姿态和喉咙上的火焰胎记,甚至让她略显庄严。莉丝应该幻想过她能帮助她们,让父亲远离这个家。可是那天晚上她彻底醒悟了,葛莱慈和其他人根本没什么两样……"

"又是一个对凌虐与暴力袖手旁观的人。"

"而且最令她愤恨的是葛莱慈要带她走,还说是为了保护她的安全。她的安全!葛莱慈甚至准备了一支注满二氮平的针筒,打算给女孩打了镇静剂之后将她带走。莉丝气疯了。她咬了葛莱慈的手指,爬上客厅的桌子,奋力打开窗户直接往外跳。她们的住处只有一楼高,但离地面还是有两米半的距离,而莉丝又是个瘦巴巴的小女生。她只穿着袜子,没有鞋子,身上只有牛仔裤和类似毛线衣的上衣,而外面可是风雪肆虐。她蹲着落地后往前摔倒,撞到了头,但她马上跳起来,跑进黑暗中。她跑了又跑,一路奔向斯鲁森与旧城区,来到制币厂广场与王宫时,全身已经湿透冻僵。我想当天晚上她是睡在某个楼梯间。她逃了两天。"希尔妲安静了片刻。"能不能请你……"

"什么事?"

"我今天觉得很难过。你能不能下楼去跟柜台要几瓶冰啤酒?我需要比这洗碗水清凉一点的东西。"她指指酒瓶说。

布隆维斯特忧心地看着她,但还是点点头,前往楼下柜台。出乎他自己意外的是,他不仅带回六瓶冰凉的嘉士伯啤酒,还送出一则加密讯息,这或许不是好主意,却又觉得是他欠她的。

〈你小时候想把你送走的那个喉咙上有胎记的女人叫拉珂·葛莱慈。她是心理分析师兼精神科医师,也是数据管理处的负责人之一。〉

随后他拎着啤酒上楼给希尔妲,并接着听完后面的故事。

第十七章

六月二十一日至二十二日

莎兰德在歌剧院酒吧里,想为自己出狱庆祝一番,却不太顺利。她背后的桌位坐了一群不停地咯咯傻笑的女孩,她们头上戴着花圈,应该是在办单身派对。她望着外面的国王花园,那阵阵笑声直刺她的心。有个男人牵着一条黑狗从外面走过。

她选择这个地方是因为他们的鸡尾酒,或许也为了这里的嘈杂气氛,但她并未感到十分满意。偶尔她会用目光扫视酒吧内的面孔,也许可以带个人回家——男人也好,女人也罢。

她心乱如麻,不停地看着手机。奥格斯的母亲汉纳·鲍德寄了一封电子邮件来。奥格斯,那个拥有照相记忆、目睹父亲被杀的自闭症男孩,在出国很长一段时间后,如今已回到国内,据汉纳说"就各方面而言,他过得不错"。这话听起来很乐观,但莎兰德忍不住仍会想起他的眼神,那双呆滞的眼睛不仅看到太多不该看的,还似乎退缩到一副躯壳内。她不无痛苦地寻思道,有些事情就是会烙印在脑海中,永远甩不掉,只能忍耐。她还记得他们躲藏在印格劳岛上的那间小屋时,因受挫而狂怒的男孩是如何一再用头撞击厨房桌面。有那么一刹那,她也想这么做,狠狠地用头撞向吧台,但最终也只是咬牙切齿。

她注意到有个男人朝她走来。他身穿蓝色西装,暗金色头发往后梳得油油亮亮。在她身旁坐下后,男人以夸张的担忧神色看着她裂开的嘴唇和脸上的瘀伤:"我的天哪,你到底惹了谁?"本来她至少会用令人畏缩的眼神瞪他,手机却碰巧响了。是布隆维斯特传来的加密讯息,这让她更加烦躁。她站起身,往吧台上丢了几张百元克朗的钞票,推了男人一把便往外走。

整个城市在日光下闪烁不定,远方有人在弹奏音乐,若有心情享受,这倒是个美妙的夏日傍晚。但莎兰德什么也没注意到,一脸准备要杀人的神色。她在手机上搜寻刚刚得知的姓名，很快便发现拉珂·葛莱慈的身份数据受到保护。这本身不是问题，每个人都会留下痕迹，例如上网购物时不小心留下地址。然而当她在前往旧城区途中经过水流桥时，却什么事也做不了，甚至无法黑进葛莱慈可能购买书籍的网站。她只想到一条龙。

她想到当时的自己，年纪还小，没穿鞋子，跑过斯德哥尔摩市区一直到王宫，又匆匆经过一根高大的柱子，奔向黑暗中亮着灯火的大教堂。那是斯德哥尔摩大教堂。那个时候她对这座教堂一无所知，纯粹只是受到吸引。她都快冻僵了，袜子也已湿透，她需要取暖休息。她跑进一处内院，走进大教堂的侧门。教堂内的天花板仿佛高入云霄。她记得自己又继续往里走，免得被人盯着看。就在此时，她看见了一座雕像。她后来才知道这座雕像十分出名，据说呈现的景象是圣乔治屠龙拯救身陷危难的少女。但当年莎兰德不知道此事，甚至也不在乎。那天晚上她从雕像看到了截然不同的情景：攻击。

她仍清晰记得，那条龙仰天倒下，一柄长矛穿身而过，还有一个面无表情的冷漠男人拿着剑刺杀它。龙势单力薄，无法自卫，让莎兰德想起母亲。她从身上的每块肌肉都能感觉到自己想要救龙，更好的是让她化身为龙予以反击、喷火，将骑士从马背上拖下来杀死。因为那骑士不是别人，正是她父亲札拉，是毁了她们人生的恶魔。

不过还不仅如此。雕像中还有另一个人物，是一名女子，由于站在一旁，很容易被忽视。女子头戴王冠，伸出双手，仿佛在看书。最奇怪的是她无比平静，就好像眼前所见是一片草原或大海，而不是杀戮场景。当时，莎兰德看不出她是被救的少女，在她看来，这女子态度冰冷、满不在乎，完全就是她刚刚逃离、颈部有胎记的女人的翻版。这女人和其他人没区别，都容许暴力虐待继续在她家上演。

这便是她看待雕像的感觉。不仅她母亲与龙受到虐待，世人也无情地旁观。莎兰德对雕像中的骑士与女子深恶痛绝，便又掉头跑进寒冷的风雪中，愤怒得全身打战。那都已是陈年旧事，至今却依然历历在目。

许多年后的此刻，当她过桥要回旧城区的家，嘴里喃喃地念着这个名字：拉珂·葛莱慈。这是她与数据管理处之间的联系，也是自从潘格兰到富罗博加探监以后，她一直在找的名字。

希尔妲打开一瓶啤酒。喝到现在，她的左眼已经有点飘忽。有时候，她会忽然乱了思路，看上去满心懊悔，有时候思绪又清晰得惊人，好像酒精反而让她精神大振。

"我不知道莉丝跑出大教堂以后做了什么，只知道隔天她设法在中央车站乞讨了些钱，又在欧兰斯百货偷了一双尺寸太大的鞋和一件羽绒夹克。安奈妲当然担心得快疯了，而我……我大发雷霆对葛莱慈说，她要是再不罢手，将会危害到整个计划。最后她终于放弃，不再骚扰莉丝。但是她对莉丝的恨始终没有停过。后来莉丝被关进圣史蒂芬，我想跟她脱不了关系。"

"为什么这么说？"

"因为她的好朋友泰勒波利安在那里工作。"

"他们是朋友？"

"葛莱慈是泰勒波利安的心理分析师。他们俩都相信压抑的记忆以及其他类似的荒谬理论，而且泰勒波利安对她非常忠心。不过有趣的是葛莱慈不只痛恨莉丝，还越来越怕她。我想她比任何人都更早察觉到莉丝的能耐。"

"你觉得葛莱慈和潘格兰的死有关吗？"

希尔妲低头看看自己的鞋子。外面码头上传来人声。

"她很冷酷，这一点我比任何人都更能保证。我决定离开数据管理处时，她到处散布谣言，差点没搞死我。不过杀人？我不敢说。但我觉得难以置信，至少我宁可不相信，更别说是……"

希尔妲皱皱眉头。布隆维斯特等着她说下去。

"更别说是丹尼尔·卜洛林了。他是那么脆弱、那么有天分的孩子。他绝不会伤害任何人，更遑论他的双胞胎兄弟。他们是天生的一对。"

布隆维斯特本想回她，每当朋友或熟人犯下滔天大罪，大家都会这么说。"我们真的不明白""不可能""肯定不是他／她吧？"，但就是有这种事。令我们印象极好的人就是会被愤怒所蒙蔽，做出无法想象的事。

不过他没作声，尽量不要骤下断言。可能发生的情节不计其数。他们又谈了一会儿，接着商议了几个实际细节，包括接下来几天该如何联络。他叮嘱她千万小心，好好照顾自己，然后用手机查看有没有晚班车可以回斯德哥尔摩。还有十五分钟的时间。他收起录音机，拥抱她一下，便匆匆离去。前往车站的路上，他再一次试着联络莎兰德，他需要见她，也想要见她。太久不见了。

在车上，他看了妹妹寄来的一部短片，只见晃动的画面中，怒气冲冲的巴希尔·卡齐似乎坦承了是自己策划谋害贾马·裘德里。

这部短片不只在网络上疯传，也让柏尔街的警察总部忙得人仰马翻。事后不久，包柏蓝斯基又收到重案小组送来的两份先进而复杂的手势分析报告，局面更加混乱。正因为这两份报告，才会有一名体格宛如赛跑选手的年轻人两眼无神地颓坐在八楼审讯室里，另外，他的教长哈山·费尔多希也和他一起。

包柏蓝斯基与费尔多希已熟识一段时间了。费尔多希和包柏蓝斯基的未婚妻沙丽芙教授是昔日同窗，另外眼见国内反犹太与恐伊斯兰的情绪日益升高，他也带头鼓吹应该加强不同宗教团体间的互动。包柏蓝斯基与费尔多希不见得总是意见一致，尤其是关于以色列的问题，但他十分敬重他，打招呼时还恭恭敬敬地弯腰行礼。

他听说在费尔多希的协助下，贾马·裘德里的死因调查有了突破性进展，他心怀感激，却也沮丧不已。这么一来更显得同仁们无能，包柏蓝斯基的工作量都已经不胜负荷了。

杜芮女士终于还是与他联系了，她说的确有人为了她交给潘格兰的文件而找上她，是一位马丁·斯坦伯格教授，他同时为社会福利机构和政府服务，看样子应该是备受敬仰。斯坦伯格告诉她，已经有几个人因为那些文件陷入麻烦，因此要求她以上帝与已故的卡尔定教授的名义发誓，绝不再提起文件的事，也不能透漏斯坦伯格的来访，"这是为了昔日病患的安全与福祉着想"。斯坦伯格也一并带走她用U盘储存的备份。杜芮不记得里面的内容，只知道是关于莎兰德的病历记录。但包柏蓝斯基感到不安，特别是因为始终联络不上斯坦伯格。

包柏蓝斯基很想多花点时间解开这个谜团，只是现在不得不暂时搁置。虽然几乎抽不出时间，他还是被要求负责这次的侦讯。他看看手表，早上八点四十五分，又要错过另一个美好的一天了。他看着静静坐在教长身边等候公设辩护律师的年轻人。他叫卡里尔·卡齐，似乎已经承认自己因为爱姐姐而杀死了贾马·裴德里。因为爱？令人费解。但这是包柏蓝斯基的不幸命运。有人做出可怕的事情，他便有责任去了解原因，将他们绳之以法。他看着教长和年轻人，不知为何想到了大海。

布隆维斯特在菲斯卡街莎兰德的双人床上醒来。他原本没有这个打算，不过都是他的错。

他出现在她家门口，她默默点了个头便让他进门。一开始他们的确只是工作，分享讯息。然而对他们俩而言，这都是多事的一天，最后布隆维斯特再也无法专心。他为她抹去唇上的干了的血渍，问起大教堂里的龙。当时是凌晨一点半，他们坐在沙发上，夏日天空已逐渐露出鱼肚白。

"是因为这样你才在背上刺了龙的文身吗？"

"不是。"她说。

很明显她并不想谈这个，他也无意逼她。他累了，正要起身回家，莎兰德却将他拉回沙发上，一手按住他的胸口。

"我这么做是因为它帮了我。"她说。

"帮了你？怎么帮？"

"我被绑在圣史蒂芬的病床上时，想到了那条龙。"

"你想到什么？"

"想到它的身体被矛刺中，满脸无助，可是它总有一天会再次起身喷火，毁灭敌人。我就是这样撑下去的。"她幽暗的双眼充满忧伤。

她与布隆维斯特互相凝视，似乎眼看就要接吻，但莎兰德仿佛远在千里之外，她转头注视城区与一辆正要驶入中央车站的火车。她说她通过索伦图一家贩卖消毒剂的网络商店，追踪到了葛莱慈。布隆维斯特喃喃地向她道谢，却也感到忧心。不久之后，当下的激情退去，他的头开始下垂，便问能不能上床躺一下。莎兰德没有反对。稍后她也上了床，沉沉入睡。

现在天已大亮，布隆维斯特听见厨房有声响。他拖着身子下床后，启动咖啡机，看着莎兰德从微波炉拿出一块夏威夷比萨，坐到餐桌前。他翻找了一下冰箱，低咒一声，因为一点吃的东西都没有。但旋即想起她刚出狱，要满足她的第一个自由日，冰箱里的东西已绰绰有余。他将就着只喝咖啡，同时将厨房收音机调到 P1 频道，每日新闻快报刚好结束，正在预报斯德哥尔摩地区破纪录的气温。他对莎兰德说早安，莎兰德嘟哝回了一句。她穿着牛仔裤和黑色 T 恤，没有化妆，肿胀的嘴唇和脸上瘀伤看起来疼痛不堪。不久之后，他们一起下楼出门，到了斯鲁森才分手。他叫她慢慢来，她点头回应。

他打算前往阿弗雷·厄格连证券。

她则是要去追踪葛莱慈。

卡里尔在审讯室接受讯问，他的辩护律师哈赖·尼森紧张得不停地用笔戳刺桌面。有几次包柏蓝斯基几乎听不下去。卡里尔理应有光明的前途，他却自毁前程。

事情发生在将近两年前的十月初。

法黎雅逃离希克拉的公寓后，设法偷偷联络上卡里尔，告诉他她打算与家人断绝关系。他们约好在北铁广场的一家咖啡馆碰面，她要和弟弟告别。卡里尔信誓旦旦地说他没有向任何人吐露只言片语，肯定是哥哥们跟踪他。他们将妹妹拖上车，带回希克拉。最初几天法黎雅被绑起来，嘴巴贴上胶布，胸前还挂了一块牌子写着"妓女"。巴希尔和艾哈迈德会殴打她，吐她口水，也让前来他们住处的其他男人照做。

卡里尔领悟到他们已经不把法黎雅当姐妹，甚至不当人看。她身不由己，更令他害怕的是他大概猜得出她会有什么下场。她会被带到某个警力鞭长莫及的偏僻地点，用她的鲜血洗净家人的耻辱。有时他们会说只要她嫁给喀马尔就能自救，但卡里尔并不相信。她已经被玷污了，再说他们又有什么办法能让她乖乖听话地出国？

卡里尔很确定法黎雅非死不可。他自己也被没收了电话，形同囚犯，没有办法求救。绝望之余，他只能期望有奇迹发生。果然发生了一个小奇迹，至少让人稍微松了口气：他们给法黎雅松绑，并取下牌子，让她可以洗澡、在厨房进食，也可以不戴头巾在屋内走动。他们还送了礼物，看样子是要补偿法黎雅所受的苦，而不是给予更严厉的惩罚。

哥哥们给了她一台收音机，还为卡里尔找到一台二手的"班霸"（Stair Master）健身器，由胡丁格的一位友人送到家里来。他的精力随之提升。他一直很怀念跑步，怀念那行动的自由、跨大步的力量，如今他会持续训练好几个小时。尽管仍然做最坏的打算，却也开始看见隧道尽头的光明。几天后，巴希尔和艾哈迈德进入他房间坐到床上。巴希尔拿着一把手枪，尽管如此，兄弟俩脸上并无怒气，他们穿着刚烫好、同样蓝色调的衬衫，冲着他微笑。

"有好消息！"巴希尔说。

法黎雅可以活命了，或者应该说只要有人付出代价，她就能活命。若是不这么做将会惹怒安拉，他们若无法雪耻，那污点就会散播开来，毒害他们所有人。卡里尔有两个选择：他可以陪姐姐一起死，不然就得杀死贾马，保住他们姐弟二人的命。起先卡里尔不明白，他说他是不想明白。他只是继续不断地踩他的"班霸"健身器。结果他们又来逼他做选择。

"为什么是我？"卡里尔说，"我绝对下不了手的。"他烦乱至极。

巴希尔解释说,在所有兄弟里头,只有卡里尔是警察不认识的。他名声好。最重要的是这么做可以为他之前让家人失望而赎罪。

他想必是在某一刻答应了,说他会杀死贾马。他被困在绝望的处境,无计可施。他爱姐姐,而且自己的生命受到威胁。

不过有个细节包柏蓝斯基无法理解:当他离开公寓去执行杀人计划时,为什么不报警?卡里尔说他本来是打算这么做,要去揭发一切,寻求保护。可是行动的准备工作之周全让他瞠目结舌,动弹不得。另外还有其他人加入,那些伊斯兰主义极端分子从不让他离开他们的视线,而且一有机会就给他洗脑,说贾马有多卑鄙,说他遭到教令追杀,孟加拉国的虔诚信徒已经判他死刑,他比猪、比散布瘟疫的犹太人和老鼠还不如,他败坏了他们家和他姐姐的名声。卡里尔慢慢地、一步步地被吸入黑暗之中,终于做出不可想象的事。他将贾马推向即将进站的列车。肯定不只有他一人,但是走到月台推人的就是他。

"我杀了他。"他说。

法黎雅身在富罗博加 H 栋的接见室,对面坐着茉迪巡官与安妮卡。安妮卡重新播放那部画面模糊的短片,片中巴希尔似乎坦承了参与谋害贾马,使得侦讯气氛变得紧张而暧昧。安妮卡解释了手势分析报告,并告诉她卡里尔已经做出了详细的供词,承认是他将贾马推进轨道。

"他觉得只有这个办法可以救你,法黎雅……也救他自己。他说他爱你。"

法黎雅没有回应。这些她都已经知道了,她只想大叫:"爱我?我恨他。"她是真的恨他。但卡里尔也是她这么久以来保持缄默的原因。不管卡里尔伤她多深,她还是觉得要保护他,主要是为了母亲,她这么想。很久以前,法黎雅答应过母亲会照顾卡里尔。但如今已经没有家人需要保护了,不是吗?她硬起心肠,看着面前的两名女子说:

"短片里是莉丝·莎兰德的声音吗?"

"是的。"

"她还好吗?"

"她没事,她一直在为你的事奔走。"

法黎雅咽了一下口水,挺直上身,开始陈述。室内的气氛充满肃穆与期待,每当证人或嫌犯在沉默许久后终于决定开口,就是这样的气氛。安妮卡与茉迪因为太过聚精会神,没有听到走廊上的对讲机发出声响,狱警的声音变得激动。

接见室里燠热难当。茉迪拭去额头上的汗水,把法黎雅的说辞重复一遍,这已经是第二遍了,她两次说的内容相似,却不尽相同。似乎还少了点什么。

"所以说你有感觉到自己的处境改善了。你以为是哥哥们让步,终于肯给你一点自由了。"

"我也不知道自己是怎么想的,"法黎雅说,"我就像个废人。不过他们的确道了歉。以前巴希尔和艾哈迈德从来没有这样对待过我。他们说他们做得太过火,觉得很羞愧,说他们只是希望我过得有尊严,还说我受的惩罚已经够了。他们送了我一台收音机。"

"你有没有在任何一刻想过这可能是陷阱?"

"我经常这么想。我看过报道,有女孩听信哄骗,误以为自己安全了,结果……"

"结果被杀了?"

"我发觉其实是有危险的,尤其是巴希尔的肢体语言让我害怕。我几乎都没睡觉,心窝堵得发慌。但我也有错,不该有一厢情愿的想法。你们要知道,只有这样我才能熬得下去。我想念贾马想得都快疯了,而我更希望也更相信贾马正在外头设法救我。我等待着时机,告诉自己情况正在好转。这段时间,卡里尔像个疯子似的不断地在他的'班霸'上健身。我听到踏步机咻、咻、咻地响一整夜,吵得我几乎就要崩溃。我不知道他是怎么做到的。他就是一直踩个不停,偶尔会走出房间抱住我,'对不起,对不起'地说个上百遍。我说我会照顾他,也一定会让贾马和他的朋友保护我们两个人,说不定……我也不知道,现在回想起来,很难说。"

"尽量说清楚一点,这很重要。"茉迪的口气更加严厉。

安妮卡看看手表,往下顺了顺头发,气愤地说:

"够了!法黎雅之所以说不清楚,是因为情况本身就不清楚。以她的处境而言,我觉得她已经说得非常明白了。"

"我只是想了解,"茉迪说,"法黎雅,你一定有察觉到有什么事即将发生。你说卡里尔非常紧张,不断地运动直到精疲力竭。"

"他的状况真的很不好。他也是被囚禁。不过我觉得他似乎在慢慢好转,直到事后我才想起他的眼神。"

"他当时眼神是怎样?"

"绝望,像只受伤的动物。可是当时我没看出来。"

"十月二十三日晚上,你没有听到其他兄弟出门吗?"

"我睡着了,至少是努力地想睡着。但我确实记得他们到半夜才回来,又在厨房里小声说话。我听不见他们说什么。第二天,他们用奇怪的眼神看我,我以为那是好预兆,可能是贾马就在附近,我可以感觉他的存在。可是随着时间过去,这种怪异紧张的气氛有增无减。到了晚上,我看见艾哈迈德,就像我之前说的。"

"你说他站在窗边。"

"他站在那里的样子有一种愤怒、带有威胁的感觉,而且呼吸声很粗。我觉得胸口像被什么东西压住。艾哈迈德说:'他死了。'我不明白他说的是谁。他又说一次:'贾马死了。'这次说得更大声。我大概是跪了下去,一时间脑子一片空白,没有真正听懂他的话。"

"你受到惊吓了。"安妮卡说。

"可是不一会儿,你忽然生出那股不可思议的力量。"茉迪说。

"我已经解释过了。"

"她解释过了,你知道的。"安妮卡说。

"我想再听一次。"

"卡里尔忽然出现，"法黎雅说，"也或许他一直都在。他大喊说贾马是他杀的，这样更说不通。但他继续说他这么做是为了我，不然他们会杀了我，他不得不在我和贾马之间作选择。就在这时候我忽然有了力量，是一股激愤。我整个人失控，往艾哈迈德冲过去。"

"为什么不是卡里尔？"

"因为我……"

"因为你怎么？"

"因为无论如何，我想必还是明白的。"

"明白什么？他们利用卡里尔对你的爱向他施压，让他做出这种可怕的行为吗？"

"明白是他们逼他的，他们毁了他的人生，还有我和贾马的，所以我才会瞬间暴怒，失去理智。你难道不懂吗？"

"我懂，"茉迪说，"我真的懂。只是有另外一些事情让我不太能理解，譬如你在接受警察侦讯时，拒绝回答任何问题。你说你想报复，但你也可以反击巴希尔啊，他才是最大的罪人。有我们的帮助，你就可以让他以谋杀罪名入狱。"

"可是你们难道不明白？"法黎雅的声音变得沙哑。

"我们不明白什么？"

"我的生命已经随着贾马结束了。让巴希尔和卡里尔入狱，对我有什么好处？卡里尔是我唯一……"

"请说下去。"

"我唯一心爱的家人。"

"但他杀了你一生的挚爱。"

"我恨他。我爱他。我恨他。这有这么难懂吗？"

安妮卡正要打岔说法黎雅需要休息一下，外面忽然有人敲门，法格想找茉迪谈谈。

马上就能清楚知道出了重大事故，并撼动了典狱长的信心。他东拉西扯，不说重点，好像只是想找借口，而不是说明事由，惹得茉迪又气又恼。他说现场有警卫、有监视器,甚至有金属探测器,又说别忘了贝尼托的伤势严重,除了头颅受伤、脑震荡,还有下颚骨折。

"她从医院逃走了,你想说的是这个吗?"

法格不为所动:"谁也想不到她能离开那个地方。"所有访客都经过搜身,至少应该都要搜身的。不料医院的计算机系统忽然故障,一部分医疗器械停止运作,情况十分严重。医护人员跑来跑去,就在这时候出现了三个穿西装的男人。他们告诉服务台说要探视另一位病患,好像是艾波比公司的工程师,也住在同一间病房。接下来事情发生得很快,这几个人带了双节棍。法格这个白痴,竟解释起双节棍就是中国武术中使用的木棍。

茉迪挥挥手制止他。

"拜托你,到底发生了什么事?"

"这些人制服了警卫,硬是把贝尼托带离医院,坐上一辆灰色面包车后消失了,后来经查证那车牌是假造的。其中有一人经指认是硫磺湖摩托俱乐部的成员艾斯毕昂·法克,就是那个犯罪帮派。"

"我知道硫磺湖摩托俱乐部,"茉迪说,"那目前采取了什么措施?"

"已经对贝尼托发布全国通缉令,也已经告知媒体,监狱的分区主任阿勒瓦·欧森也受到保护了。"

"那莉丝·莎兰德呢?"

"她怎么了?"

"白痴。"她喃喃地咒骂一声,然后说她得马上离开,因为情况紧急,需要立刻采取行动。

离开监狱前接受安检时,她打电话给包柏蓝斯基,告知有关贝尼托和侦讯法黎雅的事。他引述一句古老的犹太谚语回答她:"你可以看穿一个人的双眼,却看不穿他的内心。"

第十八章
六月二十二日

丹·卜洛迪今天上班又迟到了。他既焦躁又意兴阑珊，满脑子消极的念头。不过今天的穿着与天气比较搭配，淡蓝色亚麻外套加上T恤和球鞋。他走在艳阳高照的毕耶亚尔路上，想着里欧。蓦然间，他听见一辆汽车尖锐刺耳的紧急刹车声，不由得跟跄了一下，就像在摄影博物馆那样。

他用力地喘了几口气，继续往前走，重新陷入沉思。他们第一次共度周末之后，接下来那段十二月的日子尽管偶有痛苦怨怼，却依然是他这生中最快乐的时光。他和里欧不断地聊天、玩音乐，但从未同进同出，每次都是单独一人进出。因为他们想出一个计划。他们要当面质问葛莱慈，在此之前不能让她起疑心。

一年半前的十二月

里欧取消了与葛莱慈去餐厅吃圣诞午餐的约会，改邀她在十二月二十三日下午一点到他家来。这段时间内，他们兄弟俩玩着身份的游戏，玩得不亦乐乎。出外四下走动时，他们都是里欧。丹借穿了里欧的西装、衬衫与鞋子，也和里欧剪同样发型，并和里欧练习角色扮演。里欧一再地说丹比他还有说服力。"你比我还像里欧！"

里欧只有白天会在办公室里短暂停留。有一天晚上他与同事去丽希餐厅聚餐，即便如此，他还是早早回家，告诉丹说他就差那么一点——他伸出拇指和食指比了一下——要把他们的秘密告诉玛莲了。

"不过你什么都没说吧？"

"没有，没有。她好像以为我恋爱了。"

"她不高兴吗?"

"应该没有吧。"

丹知道里欧和玛莲·弗罗德的暧昧关系,她正在办离婚,而且很快就要离职。但里欧总说他们不是认真交往,他认为她看上的是那个记者布隆维斯特。再说,里欧也不觉得自己爱她。他说,他们只是玩玩,大概可以这么说吧。

他和里欧时不时交换想法、回忆与八卦。他们立下一个看似牢不可破的约定,并巨细靡遗地演练葛莱慈到达后,两个人各自要做的事:丹要躲起来,里欧负责质问她,先是谨慎地提问,然后逐渐施加压力。

午餐之约的前一天,十二月二十二日星期五,玛莲在邦德街住处举办欢送会。里欧和丹一样,不喜欢小空间里的派对场面,太吵了。他说他实在不想去,而且他另有主意。他想让丹看看他在阿弗雷·厄格连的办公室。公司八成没人,因为大多数员工都会去玛莲家,而且星期五晚上不会有人加班,何况圣诞节就快到了。丹觉得这主意不错,他对里欧的工作也很好奇。

晚上八点左右,他们间隔十分钟先后离开公寓。里欧用公文包带了一瓶上好的勃艮第和一瓶香槟,先行出门。十分钟后丹才离开,同样也是穿里欧的衣服,但西装的颜色较淡,大衣的颜色较深。外头冷飕飕,还下着雪。他们要庆祝一番。

他们打算在见过葛莱慈的翌日,公开他们的事,而且里欧不顾丹的反对,答应要给他一大笔钱。他们之间不再有不平等,也不再有无聊的金融投资。他将要辞去工作,离开令人情绪低落的阿弗雷·厄格连,然后他们就能开始一起玩音乐了。这天晚上有个美好的开始。他们互相敬酒干杯,气氛充满了希望。"敬明天,"他们说,"敬明天。"

但忽然不知哪儿出了差错。丹认为是里欧的办公室。那里的天花板上有文艺复兴天使,墙上装饰着世纪之交的艺术品,抽屉还有镀金把手。一切是那么华丽又低俗,使得丹情不自禁地出言挑衅。他话中带刺地对兄弟说:

"看起来你还真是成功人士。"

里欧点头说道:"我知道,我觉得很丢脸。我一直就不喜欢这个办公室。这是我父亲的。"

丹再次进逼:"但你还是不顾一切带我来了,不是吗?你就是想炫耀,想强迫我接受。"

"不,不是的,对不起,"里欧说,"我只是想让你看看我的生活。我知道这很不公平。"

"不公平?"丹拉高嗓音。

这个字眼已不足以形容。根本是令人发指,难以置信。两个人就这么你来我往唇枪舌剑,丹先是指责里欧,随后冷静下来便道歉,接着火气又来了。终于,也不知道是在哪个时间点,丹越线了。一直潜藏在表面底下的积怨从一开始便已造成紧张,只是暂时被两个人重逢的狂喜给抑制住,但现在终究还是爆发了。这股怨气不仅揭开他们之间的伤疤,似乎也为整个情势提供新的诠释。

"你拥有这一切,却一天到晚只会抱怨。'妈妈不了解我,爸爸什么都不懂。他们不许我玩音乐。日子真的好难过啊,我这可怜的小富翁。'我一句都不想再听了。你明不明白?我挨打,我饿肚子,我什么都没有,一丁点儿也没有,而你……"

丹全身发抖,他不知道自己是怎么了。也许他们俩都醉了。他骂里欧是烂人,是虚伪的王八蛋,拿自己的忧郁出来炫耀的自恋鬼。他本打算砸碎一对中国花瓶,又改变了心意,用力甩门,走了出去。

他在街上游荡了数小时,边走边哭,冷得几乎冻僵了。最后又回到船岛的查普曼青年旅馆过夜。但是隔天十一点,他还是回到里欧在芙劳拉街的公寓,与他相拥道歉。他们随即转移注意力,准备与葛莱慈见面。然而,依然有未解开的心结悬在半空中,也因此影响了接下来即将发生的事。

一年半后,丹转进斯莫兰街时,心里便想着那时候的事,从他的脸色就看得出来。他经过艺术家酒吧餐厅,走到诺尔毛姆广场。才早上十点，已经热得不像话。他觉得不太舒服，当然更不想见那个瑞典最著名的调查记者。

葛莱慈和贝尼托的共同点寥寥无几，除了病态残忍的个性与目前健康状况都欠佳的事实之外，大概就是两个人都盼着会一会莎兰德。她们互不相识，就算哪天巧遇，恐怕也只会互相鄙视。但她们俩都同样一心一意地、态度坚定地要让莎兰德出局。她们各有各的人脉。贝尼托与那个硫磺湖摩托俱乐部的帮派有交情，而该俱乐部时不时会从莎兰德的妹妹卡米拉与其手下的黑客那边，得知莎兰德的消息。葛莱慈则能仰赖组织支持，组织里也有专业的科技高手。

最重要的是，尽管已经罹患癌症，葛莱慈依然保持她的意志力与警戒心。她目前住在国王岛的一家饭店里，免得有人跟踪她回家。她清楚地意识到目前的情势每况愈下，事实上她并不意外，早在两年前，圣诞前夕的十二月二十三日，当一切分崩离析时，她就预料到了。当时她不得不么做，因为别无他法。对她而言，那是一次大胆的赌博，如今她再次做好了准备。

她其实更想对莎兰德和冯·坎特波下手，只是追踪不到这两个人，这才决定先处理丹尼尔·卜洛林。他是整个环节最弱的一环。她身穿轻薄的灰色外套，搭配裙子与黑色棉质高领衫，一路沿港口街走来，经过NK百货商场。虽然觉得恶心疼痛，但意志坚定，只觉得天气越来越炎热难耐。瑞典是怎么了？她年轻时从未见过这样的夏天。这根本是热带气候，太不正常了。她身上又热又黏，但仍强打起精神，抬头挺胸。又走了一会儿，遇见两个穿着蓝色工作服的男人在人行道旁挖洞，同时闻到滞闷的空气里有下水道的气味。她觉得那两个人看起来又胖又丑。她继续走向诺尔毛姆广场，快要抵达阿弗雷·厄格连公司大楼时，突然看见一个人，这令她深感困扰，就是记者麦可·布隆维斯特，之前在希尔妲位于史康斯杜尔的住处楼梯上便遇见过他，现在他也正要进公司大楼。

葛莱慈闪到一旁的阴影处，打电话给本杰明。

丹·卜洛迪（如今他自称为里欧·曼海默）坐在过于高雅的办公室内，感觉脉搏扑扑跳得厉害，四面墙壁也慢慢压缩过来。他该怎么办？他的"菜鸟顾问"（他的男秘书总喜欢这么称呼自己）已通报说麦可·布隆维斯特在接待柜台。丹回说他还要二十分钟才有空。

他自己也知道这么说听起来不礼貌，但他需要时间思考，以前也经常如此。谁知道？说不定布隆维斯特能帮他报复葛莱慈，不管要付出什么代价都无所谓。

一年半前的十二月

那天他们在芙劳拉街等葛莱慈时，外面下着雪。丹一而再，再而三地道歉。

"没关系。"里欧说，"昨天你走了以后，有人到办公室找我。"

"是谁？"

"玛莲。我们把香槟喝完了。气氛不是非常融洽，我的状态不太好。我当时正在写东西。你想不想看看？"

丹点点头。里欧从钢琴前面起身，走出客厅。少顷，拿着一张装在塑料封套里的纸回来，脸色显得严肃而又充满愧疚。他慢慢地、郑重地递过文件，那是一张看上去挺特别的纸，表面布满淡淡的纹路，最上方还有一枚水印。

"我想这还需要公证。"他说。

纸上以龙飞凤舞的漂亮字迹写道，里欧特此将一半资产赠予丹。

"天啊！"丹惊呼。

"圣诞节过后我会去见我的律师，"里欧说，"照情况看来，应该不会有什么问题。我甚至不认为这是礼物。你只是拿回早就应该属于你的东西。"

丹沉默不语。他知道他应该张开双臂抱住兄弟说："太多了，太疯狂了，你实在太慷慨了。"可是文件上的内容并未让他更好过，情况也并未更明朗，一开始他不明白为什么。他觉得自己太敏感、太不知感恩，后来才领悟到这份礼物有一种被动攻击的意味。这笔钱是一个处于压倒性优势地位的人给他的，无论此举何等高贵，同样也带着贬抑。

因此他很坚定地说："我不能接受。"

他看见里欧眼中的绝望。

"为什么不接受？"

"这样是行不通的。事情不可能这么轻易就解决。"

"我不认为我需要解决什么事情，我只是想做正确的事。反正我对这些该死的钱也没兴趣。"

"没兴趣？"

丹顿时情绪失控，尽管内心有一部分明白自己有多荒谬。他明明就要得到数千万克朗，生活也将彻底改变，谁知他竟觉得受冒犯而怒气高涨。有可能是因为前一天的争执，也可能因为他喝了酒又没睡好，什么都有可能。

"你就是不懂，"他大喊道，"你不能对一个一直过着艰苦生活的人说这种话。太迟了，里欧，太迟了！"

"不，不迟！我们可以重新开始。"

"真的太迟了。"

"别说了！"里欧吼了回去，"你这样不公平。"

"我觉得我好像被收买。你能了解吗？收买！"

他太过分了，他自己知道，但里欧没有以同等的愤怒回敬他，更让他痛心。里欧只是悲伤地回答：

"我知道。"

"你知道什么？"

"那些人几乎把一切都毁了。我恨他们。但不管怎么说，我们找到了彼此。这才是最重要的，不是吗？"

他的声音充满绝望，丹不禁喃喃地说：

"我当然很感激,可是……"

他没有再说下去。"可是"两个字一出口他就后悔了,正打算说点别的,像是"对不起,我是笨蛋"之类的。事后他清清楚楚记得这一刻。他们眼看就要握手言和,只要再多一点时间,无疑也会再次接纳彼此。然而这时他们听见走廊上有声响,是脚步声,接着声音停止。时间还不到中午十二点。葛莱慈应该还有一小时才会到,里欧甚至还没摆上餐具。

"躲起来。"他小声地说。

里欧收起文件,丹则进入其中一间卧房关起门来。

里欧始终令人担心,不只是因为卡尔·赛革那件事,他最近也变得难以捉摸。她认为应该和玛德莲·巴尔特有关。失去玛德莲之后,他开始疑神疑鬼。因此,当他取消原本的午餐之约,改邀她到家里来,她忍不住纳闷是否出了什么事。

她对里欧了如指掌。譬如,她知道他和许多单身汉一样,不喜欢下厨或请人到家里,尤其是相处起来不十分自在的人。葛莱慈因而决定提早到,借口说想进厨房帮忙,其实是想知道究竟出了什么事,或者他对自己被收养一事是否发现了什么。

当她走出电梯,进入天花板漆成蓝色的走廊,便听见公寓内传来激动的说话声,而且声音出奇相似。突然间,说话声停止,她知道说话的人已意识到她的存在。里欧的听力相当敏锐。她明显感觉事态的确不对劲,便发短信给本杰明。

〈在芙劳拉街里欧住处。需要帮忙。〉

接着又补上一句:

〈带上我的医生包,一切备妥!〉

然后她挺直身子敲敲门，脸上带着最温馨的圣诞笑容。但其实不需要。里欧已经笑容可掬地站在门口，一如往常地亲她双颊，帮她脱下外套，这是他从小到大的教养。以他的圆滑，当然不可能明说她早到了一小时。

"你还是那么优雅高贵，拉珂。这将会是个非常开心的圣诞佳节！"他说。

他演技不错，她心想。在仔细端详之后，只发现他脸上有几分紧张神色。若在其他情况下，或许能骗过她，只可惜她目光锋利。他太不小心了，他自己想必也知道：刚才有两个人的声音，现在却只有他一人。而且沙发上躺着一把吉他。

"薇薇卡还好吗？"她问道。

"我想她撑不了太久了。"

"真可怜。"

"真的很让人难过。"

瞎扯，她暗想，我敢说你高兴得很，这个贱人终于走了。

"父母都不在了，只剩你一人。"她说着摸摸他的手臂。她是想安慰他，想表达同情之意，同时也掩饰她的疑心。但此举失算，里欧打了个哆嗦，显然不喜肢体的接触，眼中还闪过一丝愤怒。她一度感到害怕，又看了一眼吉他，随即决定先缓一缓。她想让本杰明有足够的时间打包、过来，于是又多聊了十分钟，之后她再也忍不住。

"有谁在这里？"

"你觉得呢？"里欧说。

她对他说她不知道，但这不是实话。全貌已渐渐拼凑完整，她看得出来里欧现在有多紧张，还用一种前所未有的眼神看她。她明白她必须在丹尼尔·卜洛林从藏身处现身之前，毫不留情地重重出击。

第十九章
六月二十二日

葛莱慈不在卡尔贝路的家中,莎兰德决定慢慢等待时机。她搭地铁回到斯鲁森,走在约特路上。安妮卡已经告诉她贝尼托从奥勒布鲁医院脱逃的事,因此她十分警觉。她一向都非常警觉,但若说监狱生活对她有什么影响,那就是让她变得更谨慎,尽管如此,她恐怕还是低估了自己身处的险境。现在在追杀她的人马之多,出乎她的意料。过去的邪恶势力正在招兵买马、互通有无,说不定已经同意携手合作。

炎炎六月天,城里的生活步调似乎放慢了,民众或是四下溜达、逛街,或是坐在露天咖啡座与餐厅。莎兰德继续往菲斯卡街的方向走。口袋里的手机嗡鸣一声,是布隆维斯特传来的加密简讯。

〈里欧就是丹尼尔。我相当确定。〉

她写道:

〈他会说吗?〉

他回答:

〈还不知道。稍后告诉你。〉

她考虑要去诺尔毛姆广场的阿弗雷·厄格连公司,看看布隆维斯特有何进展,但最后还是作罢。她想先逮到葛莱慈,或者看看能不能从她身上追踪到另一个地址。转上菲斯卡街走向住处大楼时,她仍未掉以轻心，甚至想到是不是不该回家。在公家档案中，她并不住在这里，公寓登记在伊琳·奈瑟名下，这是她偶尔使用的身份。她放出不少烟幕，只不过网子已慢慢收拢。现在开始有人认出她来。如今的她也称得上是名人，她讨厌这样。再说，已经有两个人——该死的小侦探布隆维斯特和美国国安局探员艾德老大——追查到这里，纸毕竟包不住火。应该把这鬼地方给卖了，反正这里对她来说也太大了。她应该搬得远远的，甚至应该马上走人。

但是太迟了。一看见稍远处有一辆灰色面包车车头向着她，她就知道太迟了。那辆车的外表倒也没什么奇特之处，是旧车款，停在路边的方式也很正常。可是她还是心生怀疑。这时车子开始朝她驶来，她立刻掉头下坡，不料才走了几步，有个大胡子突然从一个出入口现身，用一块湿布蒙住她的脸。她觉得恶心，更觉得自己太蠢、太大意。现在她就快昏厥过去，街道与建筑物绕着她团团转，而她无力抵抗，只能勉强掏出手机，刚小声说出密码"Harpy"，便感觉到身子倾倒，被人从后车门抬上面包车。她视线模糊，但闻到一股再熟悉不过的甜香水味。

一年半前的十二月

丹听到客厅里的说话声，知道一切都不在计划之中。葛莱慈似乎一眼就看穿了他们，原本打算给她的意外惊吓已不可能，于是他决定出面与她对质。

然而丹低估了葛莱慈可能对他产生的影响。一见到她本人，他立刻被打回童年时的自己。他记得在许多年前，她站在农场楼上，冷眼观察着他弹吉他。当时她想必是拿他和里欧做比较，研究他们的相似处，一思及此他再也无法保持镇定。

"你应该知道我是谁吧。"他勃然大怒地说，并往前跨出一步，却仍忍不住自觉渺小。

葛莱慈毫不退缩，神态自若得令人惊讶。

"当然认识，"她说，"你好吗？"

"我们想知道我们到底发生了什么事。"丹对着她咆哮，这时她才往后退。不过依然冷静地拉拉衣领，看一眼手表。她虽然内心紧张（从她嘴角的抽搐可以明显看出），却有一种高度、一种波澜不惊的神气，像个女教师，这让丹感觉到即将受惩罚的不是她，而是他自己。

"你要冷静一点。"她说。

"不可能，"丹回答，"你得给我好好解释清楚。"

"我会的，我会解释。不过我得先知道你们去找媒体了吗？"见他们不作声，葛莱慈又接着说，"你们的气愤，我真的明白。但假如在你们还不知道整件事的全貌之前，消息就泄漏出去，会很危险的。事情不是你们想的那样。"

"我们没有公开，还没有。"丹说完立即怀疑自己犯了错，尤其看到葛莱慈微微露出满意的脸色，更感不安。他转头看着里欧。

里欧默默站在那里，两脚像生了根似的，让他毫无头绪接下来应该怎么做。怎么样才能阻止葛莱慈先发制人？

"我已经老了，"她说，"而且胃痛得厉害。请原谅我这么坦白。让我坐下好吗？然后我会把你们想知道的都告诉你们。"

"坐吧，"里欧终于开口，"不用拘束。我们要知道所有问题的答案。"

葛莱慈一开始吞吞吐吐，暗自希望本杰明能在她吐出真正重要的讯息或是被迫说出考虑不周的谎言之前赶到。里欧和丹各坐在一张扶手椅上，面对着她，怒目瞪视，等候答案。虽然气氛紧张又充满危机感，她仍不禁为这两兄弟的神似程度而惊叹，他们比一般同年龄的同卵双胞胎更加相像。加上他们剪同样的发型、穿同款服装，相似度就更惊人了。

"事情是这样的，"她说，"当时我们的处境异常艰难。我们接到几个孩子的家庭与医院通报，说有一些同卵双胞胎的父母无力照顾孩子。"

"'我们'是谁?"丹尼尔打岔道。纵使他的口气愤怒,充满恨意,她也欢迎他们随时打断。她突然灵机一动,说有人给了她一样东西,放在外套口袋,那或许有助于他们了解情况。要不要她去拿来?她暗自怀疑这种话的可信度能有多高?没想到他们竟让她去了,她充满了鄙夷,丹尼尔和里欧实在既软弱又可悲,不是吗?到了玄关,她打开前门的锁,并用咳嗽声掩护。接着佯装在外套口袋里找了一下,大声叹道:"真是没用!"

她回到沙发,连连摇头,继续模棱两可地讲述。她的态度激怒了里欧,当她随口提到赛革,他火气骤升,一副几乎要发狂的样子。他骂她禽兽,叫她说清楚在赛革身上发生了什么事。这下她是真的害怕了,因为她想起这两个人小时候怒气爆发的模样。最后,里欧的发作反倒成了好事,因为本杰明就在此时到达,屋内的叫嚷声想必更坚定了他的决心,才会门也不敲就大步进入,从背后一把抓住里欧。葛莱慈趁机弯下身,在本杰明丢到她脚边的医生包内翻找。里欧大声求救,丹尼尔立刻冲向本杰明。她知道自己绝不能动摇。她非常迅速地搜寻包内的药品:二氮平、鸦片类药剂、吗啡,等等,紧接着⋯⋯一阵寒意窜遍她全身:巴呋龙,一种合成毒剂,类似涂在箭头下毒的萃取物。这药性太强了。不过等一下⋯⋯还有解毒用的毒扁豆碱,可以完全或部分中和它的毒性。她想到一个主意,是刚才他们俩谈话时,丹尼尔的激烈指责给她的灵感,听他的口气,内心似乎痛苦万分。这是个大胆又疯狂的主意。她戴上了乳胶手套。

本杰明一如既往,不动如山,牢牢地抓住里欧,里欧不停大声叫喊,丹尼尔则试图拉开他。她准备了一支针筒,为了拿捏剂量又多花了点时间。她知道必须直接注射肌肉,没有时间找血管了,但这样或许也有好处。至少,当她将针头扎进里欧的毛衣时,是这么告诉自己的。他一脸骇然地看着她,丹尼尔则怒吼道:"你在干么?你他妈的做了什么?"

她苦笑一下。楼下邻居一定会奇怪怎么这么吵,万一他们上楼来，里欧可能已经开始抽搐，等他呼吸道的肌肉停止运作，就会开始窒息。情况紧急，她很危险。她又跨越了一条界线，而这次她更需要临危不乱。她以医师的权威口吻说："你们两个都冷静一点。我只是给他打了镇静剂，没什么大不了。呼吸，里欧，呼吸。很好。你马上就会觉得好些了。我们得保持理性说话，你们别再那么大呼小叫的。这位是……约翰，他跟我一起工作，受过医疗训练。我很确定我们可以好好解决这件事，我也该把这个悲伤故事剩下的部分告诉你们了。我很高兴你们终于找到了彼此。"

"你说谎。"丹尼尔怒喊。

情况越来越难控制。噪声太大声了，现在她很怕邻居已经往这里来。她不停地说话，企图缓和紧张气氛，同时倒数着她注射的药剂必然会导致的后果——毒药会渗入里欧的血液，对尼古丁乙酰胆碱受体起作用，抑制肌肉的运作。大楼里面还是很安静，没有人报警。正如她所料，里欧的身体这时开始僵硬，一阵阵的痉挛让他整个人摔倒在红色波斯毯上。即便对葛莱慈而言，这也是极端的一步，但她很享受力量带来的陶醉感觉。她随时都能救他性命，也可以让他死。看情况而定。她的心思必须保持清明、敏锐，还要有说服力，才能善用丹尼尔显而易见的伤痛与自卑感。

她会说服他扮演他这一生中最重要的角色。

里欧一倒地，丹立刻意识到出了大事，他摔倒的模样就好像身体机能停止运作。里欧抓着自己的喉咙，像瘫痪了一样。丹将其他一切抛诸脑后，蹲跪在兄弟身旁拼命叫喊摇晃。葛莱慈开口时，他几乎一句也没听见，只是全心全意试图让里欧复苏，而事实上她说的话也太奇怪，他无法理解。

"丹尼尔，"她说，"我们可以成功的。我们可以让你过着你梦想不到的好日子。从现在起，你将会有取之不尽的资源，将会过着不可思议的生活。"

这当然是无稽之谈，是空话，她说话的同时，里欧的情况越来越差，不停地低声呻吟与抽搐。他脸色发灰、双唇发青，奋力地想要吸气。他好像要窒息了，眼中充满泪水与惊慌。泛青的颜色从嘴唇扩散到脸颊，丹已准备为他做人工呼吸。但葛莱慈一边制止了他，一边不知在说什么，他忍不住认真倾听——到这个关头了，就算是稻草他也要抓住。葛莱慈的语气似乎变了，不再像先前那么无动于衷，而更像是一个安抚病患的医生。她测了测里欧的脉搏，对丹露出令人安心的微笑。

"不必担心，"她说，"他只是有点抽筋，很快就会好。我给他的药很强，但没有危险。你可以自己看看。"

她将针筒递给丹，他看着手上的针筒，对于它能证明什么或是告诉他什么，困惑不解。

"你给我这个做什么？"

他看着她站到那个大块头旁边，这男人还穿着他的外套和冬靴。刹那间，一个可怕的念头闪过他脑际。

"你想在这上面留下我的指纹，对不对？"

他连忙丢下针筒。

"冷静点，丹尼尔，你听我说。"

"我为什么要听你说？"

他掏出手机，现在得叫救护车。不料那个男人一个箭步过来，以威胁的动作阻止了他。他更加惶恐了。他们想杀死里欧吗？怎么可能会有这种事？他吓坏了，身旁的里欧还在大口喘气，好像马上就要没命了。丹冲着里欧高度敏感的耳朵大喊："加油！你做得到的！"里欧深深皱起额头，咬紧牙根，脸上仿佛恢复了些许气色，但又随即散去，他好像又吸不到空气了。丹转向葛莱慈。

"拜托你，救救他！你是医生啊。你该不会是想杀他吧？"

"你到底在说什么？当然不是。他很快就会站起来了，你等着瞧吧。你走开，我来帮他。"她说。当他看到她操作包内物品的动作是那么熟练又专业，不禁觉得自己也只能相信她了。

由他的做法可以看得出他有多绝望。他拉着兄弟的手，期望着给他注射毒剂的人也会是解救他的人。

　　葛莱慈也正是这么想的,她必须表现得像个医生,让他产生信心,这点至为关键。她于是忍住了让里欧气管阻塞、尽快结束整个过程的冲动,转而准备一支毒扁豆碱注射剂,然后拉高里欧的衣袖,将药剂注入血管。他的情况迅速改善,但仍觉得头晕。她感觉自己又重获丹尼尔的几分信任,而这是最重要的。

　　"他不会有事吧?"他问道。

　　"他不会有事。"她回答完又继续说她的话。

　　这些话完全没打过草稿,但可以利用已经备妥一段时间的紧急计划。多年前,伊瓦·厄格连取得了里欧在公司的登入数据,用里欧的名字,或者应该说用各种不同人名、空壳公司与其他掩护,进行一连串非法的股票与金融衍生性商品买卖。这一切细节都搜集在一个档案里,不仅能让里欧的社会地位和事业前途毁于一旦,还能让他坐牢。伊瓦已经利用这项讯息把玛德莲弄到手——这件事葛莱慈很不以为然。她私下认为伊瓦太笨,可是最后还是默许了。因为她需要他手上的数据,以防哪一天里欧万一有所发现,企图揭发她,便能用来向他施压。

　　"你听我说,丹尼尔,"她说道,"我得告诉你一件事。这可能会是你这辈子所听到最重要的话。"

　　他的脸上满是切切的恳求,让她充满信心。她用安抚又正经的口吻说话,有如医师在传达诊断结果。

　　"里欧是个烂苹果,丹尼尔。我这么说也很心痛,但事实如此。他涉及内线交易与非法买卖。他终究是要坐牢的。"

　　"什么?你在说什么?"

　　她看得出来他没听进去。他只是不断抚摸兄弟的头发,对他说一切都会没事。真是废话。葛莱慈着恼了,口气转趋严厉:

　　"我叫你听我说。里欧不像你想的那样。我们有证据,他最后非坐牢不可。他是个罪犯兼骗子。"

丹尼尔茫然地看着她。

"他干吗要那么做？他对钱一点兴趣也没有。"

"那是你这么以为。"

"是吗？你来以前，他还打算把他一半的财产送给我呢，就这样。"他挥了一下手。她咬咬嘴唇，这不是她想听到的。

"为什么你只能要一半？"

"我什么都不想要。我想要……"

他顿时打住，仿佛是明白了。他肯定感觉到了什么。看见他的慌乱眼神，葛莱慈预料他会爆发，甚至可能会很暴烈。她瞅了本杰明一眼，他得做好准备。不料丹尼尔只是定定地看着里欧。

"你到底给他注射了什么？那不是镇静剂，对吧？"

她没有搭腔。现在她不确定手上的牌该怎么打才最妥善。她知道自己说的每个字、语气中的每个细小变化，都可能是关键。

"是箭毒。"她终究还是说了。

"那是什么？"

"一种用植物提炼的毒。"

"你为什么给他下毒？"丹又高喊起来。

"因为我认为有这个必要。"她说。

丹尼尔像只被陷阱困住的绝望动物，抬起头看着本杰明。

"可是后来……后来你又注射了另一样东西。"

"毒扁豆碱。是解药。"她说。

"好，那我们现在送他去医院。"

葛莱慈一言不发，他便拿起自己的手机。她想叫本杰明把手机抢过来，但见他并未拨打，也就没有危险了。她猜想他是在搜寻关于箭毒的信息，便让他查找片刻。后来发现他露出恐惧眼神，立刻出手夺过电话。他完全失控，大吼大叫、手脚乱挥乱踢，就连本杰明也难以压制。

"冷静一点，丹尼尔。"

"休想！"

"你难道不明白我是在送你一份大礼?"她说。

"我不想听!"他尖叫道。

她告诉他,毒扁豆碱只能暂时缓和箭毒的毒性。

"所以说你救不了他?"他的声音几乎不像人。

"真的很抱歉。"她说谎。本杰明别无他法,只能让他无法再出声。

他在丹尼尔嘴上贴胶带时,葛莱慈出言表示让他经历这一切,她十分遗憾,并且更详细地解释里欧的气管肌肉很快又会阻塞,到时他就会窒息而死。她看着他。

"丹尼尔,我们现在的处境很棘手啊。里欧快死了,而不止针筒上有你的指纹,还有明显的动机,不是吗?从你的眼神我看得出来,你有多嫉妒他拥有的这一切。不过也可以从好的一面看……"

丹尼尔左挣右甩,企图摆脱束缚。

"好的一面就是里欧可以活下去——只不过是以不同方式。那就是通过你,丹尼尔。"

她伸出手比画了一圈公寓。

"你可以拥有他的生活、他的钱和机会,这是以前的你只有在梦中才可能过的生活。你可以取而代之,丹尼尔,你可以拥有这一切。而且我向你保证,所有里欧做过的肮脏事,他的贪得无厌,将会永远不见天日。这点我们会负责,我们会在各方面支持你。坦白说,你们是镜像双胞胎这件事恐怕有些难办,但是你们实在太像了,所以不会有问题,这我知道。"

就在此刻,葛莱慈听到一个难以辨别的声音。那是丹尼尔咬碎了一颗牙齿。

第二十章

六月二十二日

里欧·曼海默终于身穿浅蓝色亚麻外套、灰色T恤和球鞋，从办公室现身，布隆维斯特立即起身与他握手。这次会面相当奇特，布隆维斯特花了许多时间搜寻此人的数据，如今他们终于面对面站在一起。他一眼便看出，有种说不出的痛苦感觉，犹如阴影、幽灵般笼罩着此人。

里欧紧张地搓手。他的指甲修长整洁，卷曲的头发略显凌乱，神情则像是在倾听什么声音。他神色紧张，并未邀请布隆维斯特入内，而是站在入口大厅的接待柜台前。

"我去摄影博物馆听了你和卡琳·雷丝丹德的对谈，我很喜欢。"布隆维斯特说。

"谢谢，"里欧说，"那番谈话……"

"很高明，"布隆维斯特打岔接话，"也很实在。在我们这个时代，谎言与错误报道的影响力比以前都来得大。或者应该说是'另类事实'？"

"后真相社会。"里欧回答，略一迟疑，才向布隆维斯特报以微笑。

"的确，我们也会拿自己的身份开玩笑，不是吗？假装成其他人——例如在'脸书'上之类的。"

"我其实不玩'脸书'。"

"我也是。我一直搞不太懂怎么用。但我偶尔也会变换其他身份，"布隆维斯特说，"这是工作的一部分。你呢？"

里欧瞄一眼手表，接着望向窗外广场。

"真对不起，"他说，"我今天有一整天的会要开。你想见我是为了什么事？"

"你觉得呢?"

"毫无概念。"

"你有没有对自己做出的决定产生过疑虑?有没有任何我们《千禧年》杂志可能感兴趣的事?"

里欧干咽了一口。他慎重地考虑这个问题,然后看着地板说:"我想这些年当中,有几次交易本来可以操作得更好。有点搞砸了。"

"我很乐意一探究竟,"布隆维斯特说,"对付搞砸的事是我的专长。不过我现在对私事比较有兴趣,比方说一些小差异。"

"差异?"

"没错。"

"譬如说?"

"譬如说你变成了右撇子。"

里欧——如果他真是里欧本人的话——似乎又在侧耳倾听什么声音。他用手梳理了一下头发。

"其实没有,我只是换来换去。我向来双手都用。"

"这么说你左右手的写字能力一样好?"

"大概可以这么说。"

"能写给我看看吗?"

布隆维斯特拿出笔和笔记本。

"我不想。"

里欧的上唇冒出汗珠。他别过头去。

"你还好吗?"

"不,不能说好。"

"一定是太热的关系。"

"也许吧。"

"我自己的状况也不太好,"布隆维斯特说,"我有大半夜没睡,都在和希尔妲·冯·坎特波喝酒。你认识她吧?"

布隆维斯特看见对方眼中露出惧色,知道自己打中要害了,从他的神情、他不停扭动的姿势便看得出来。然而——布隆维斯特仔仔细细地观察着他——也许还有一点其他的什么,难以判定,或许是一丝不耐烦,也可能是疑虑。里欧(不管他是谁)仿佛正面临一项重大抉择。

"希尔妲跟我说了一个难以置信的故事。"布隆维斯特说。

"是吗?"

"是关于一对一出生就分开的双胞胎的故事。其中一个孩子叫丹尼尔·卜洛林,从小就得在胡第克斯瓦郊外的农场上做苦工,而他的双胞胎兄弟……"

"小声点。"对方打岔道。

"你说什么?"布隆维斯特假装诧异地看着他。

"也许我们应该出去走走。"他说。

"我不太确定……"

"要不要出去走走?"

这个男人完全不知道要说什么,嘟哝一声,像是说要去洗手间,便仓促离开。这个借口一点说服力也没有,因为还没走出视线外,他就拿出手机了。这时候布隆维斯特已确信自己猜得没错。他给莎兰德发了短信,说几乎可以肯定里欧就是丹尼尔。

等着等着,他渐渐开始担心自己是否上当了,那人会不会从后门开溜?时间一分一秒过去,毫无动静,员工与访客在一旁来来去去。柜台的年轻女子面带微笑,祝每个人有愉快的一天。

这里的装潢十分时髦,有挑高的天花板和红色花纹壁纸,墙上挂着一些西装笔挺的老先生的肖像油画,应该是昔日的合伙人或董事。时至今日,没有女性成员实在是一大冒犯。

布隆维斯特的手机响了,是安妮卡打来的,他正要接听,便看见那个人(里欧或丹尼尔)从走廊回来了。他似乎已打起精神,也许是做出某种决定了吧,很难说。他的喉咙处泛红,脸色紧张而严肃,两眼盯着地上,对布隆维斯特未置一词,只是告诉柜台人员他要出去几个小时。

他们搭电梯下楼,来到诺尔毛姆广场上。斯德哥尔摩热得像只大蒸锅。到处有人拿着报纸或随便什么在扇风，男人则把外套吊挂在肩上。他们转进港口街后，布隆维斯特发觉对方紧张地回头张望。他一度考虑要提出搭公交车或出租车的建议，但他们穿越街道进入国王花园。他们默默地走着，像是在等候什么事情发生。

虽然燠热难耐，那人还是流汗流得太不像话。他又焦虑地四下环顾。最后他们来到歌剧院斜对面，虽然说不出个所以然，但布隆维斯特感觉到受威胁。也许他犯了错，数据管理处的人很可能已经抢先一步行动。他转过身去，什么也没有。事实上，街道上平静祥和，空气中洋溢着一种过节的气氛。民众坐在公园长椅和咖啡馆露天座，仰头面向太阳。他也许是受到同伴的紧张情绪感染吧。他直接开门见山地问：

"我该叫你里欧还是丹尼尔？"

那人咬咬嘴唇，脸上蒙上一层阴影。就在一刹那间，他整个人扑向布隆维斯特，两个人一起摔倒在地。

一直坐在诺尔毛姆广场长椅上等候的葛莱慈，看见了丹尼尔和布隆维斯特一同走开。她明白白齿轮已经启动，事情很快就会外泄了。

她既不讶异也不震惊，因为老早就知道风险很高，但这不仅仅只是为她带来绝望，同时也给了她某种自由。她似乎产生了坚定决心，就像一个跌到谷底的人。再说，她还有本杰明。他不像她死期将近，却因为毕生的忠诚与他们一起做过那些不可告人的事，而与她唇齿相依。假如事情曝光，他会跌得跟她一样惨。因此他问也没问，便答应出手让布隆维斯特无法动弹，再将丹尼尔带到某处好好说服。

也就是为了这个原因，本杰明才会不顾暑热，穿着黑色帽衫、戴着黑眼镜，还暗中携带一支装满氯胺酮的针筒，这种麻醉剂可以让那个记者完全不省人事。

虽然胃痛了一个早上，葛莱慈还是拖着身子来到国王花园侧面的马路上。在刺眼的阳光下，她看见本杰明正在快步移动。

她的感官变得敏锐。整座城市化为一个专注的瞬间、一个亮晃晃的场景，她目不转睛看着丹尼尔与布隆维斯特放慢速度，后者似乎问了一个问题。很好，她暗忖，这样可以让他们分心，当时她以为一切都会按计划进行。

街道稍远处出现了一辆马车。天空上挂着一颗蓝色热气球，民众从四面八方经过，浑然不知发生了什么事。她满怀期待，心脏怦怦跳动，一面深深吸气。但就在此时，丹尼尔抬头看见本杰明，连忙将布隆维斯特扑倒在地。记者平躺在地面上，本杰明稍一犹豫便错失了机会。布隆维斯特立刻跳起来，本杰明朝着他冲过去，但被他躲开了，本杰明见状立刻逃之夭夭。胆小鬼！葛莱慈怒火中烧，看着丹尼尔和布隆维斯特往歌剧院 Operakällaren 餐厅的方向奔去，随后跳上出租车走了。热气宛如一条湿毛毯将葛莱慈团团包覆，她只觉得很不舒服，想吐，但仍挺直腰杆，尽快离开现场。

莎兰德躺在灰色面包车内，身子紧贴地板，腹部和脸不时被踢。那块有毒的布又再次罩住她的鼻子，她觉得昏昏沉沉，全身虚脱，时而清醒时而昏迷。她很快就认出贝尼托和巴希尔，这可不是美满的组合。贝尼托脸色苍白，头和下巴缠着绷带，因行动困难而静坐不动，这是好事。对莎兰德拳脚相加的大多是其他男人：一个是留着落腮胡、满身大汗、和前一天穿着同样衣服的巴希尔，另一个是年约三十五、身材壮硕、穿着灰色T恤和黑色皮背心的大光头。还有一个负责开车。

车子驶过斯鲁森，至少她这么认为。她试着记下车内的每个细节：一捆绳子、一卷胶带、两把螺丝起子。又被踢了一脚，这次是脖子。有人抓住她双手。他们把她绑起来，搜过身后拿走手机。这不太妙，但光头把手机塞进口袋，那就好。她留意到他的体格与急促断续的动作，并发现他似乎不停地看贝尼托。他听命的人显然是贝尼托，不是巴希尔。

车内左侧有一条长椅，他们坐在椅子上，而她则躺在地上，四周弥漫着香水味、消毒酒精的刺鼻气味与他们运动鞋的汗味。莎兰德认为他们正在往北行,但不太肯定,头太晕了。有很长一段时间都无人开口,只听见呼吸声、引擎噪声与这辆老爷车哐啷哐啷的声音,肯定至少有三十年车龄了。他们驶上主要大路,大约二十分钟后开始交谈。很好,这是她需要的。巴希尔的喉咙处瘀青,是她用曲棍球杆打的吧,她这么希望。看样子他像是没睡好,事实上他脸色很差。

"你绝对想不到我们要让你吃什么苦头,你这个小贱货。"他说。

莎兰德沉默以对。

"然后我要杀了你。慢慢地,用我的印度尼西亚短剑。"贝尼托说。

莎兰德依然不吭声。何必说话呢?明知道每句话都会被传送到不同的计算机去。

不是什么精密的手法,至少以她的标准而言不是。当他们在街上制服她时,她对着改造的 iPhone 手机小声地说了句"Harpy",借由斯坦福国际研究院的人工智能系统启动她的警报器,这时已增强音量的麦克风会自动打开,启动录音后,连同手机的 GPS 导航坐标一起传送给所谓的黑客共和国的所有成员。

黑客共和国是由一群顶尖黑客组成,所有成员都郑重发过誓,只有在最危急的关头才会使用警报器。因此,现在全世界有一些高手正屏息关注着面包车后座的戏剧性发展。他们多半听不懂瑞典话,但能听懂的人已经够多了,其中包括莎兰德那位住在松比柏的霍克林塔大道的朋友。

体重一百五十公斤的瘟疫,庞大得像一栋房子,却因为成日敲键盘而弯腰驼背。他的胡子宛如灌木丛,头发也已经一年未剪,看起来就像社会福利机构要关怀的对象,但他是一个 IT 天才。他穿着磨损的蓝色睡袍坐在计算机前,紧绷着神经,追着 GPS 坐标往北朝乌普萨拉前进。这辆车(听起来是老旧的大车)忽然一转,驶上七十七号国道,往克尼夫斯塔方向,这不是好现象。他们越来越深入乡下,GPS 的覆盖范围顶多只是零星分布。他听到车内的女人再次开口,她的声音沙哑虚弱，身体状况似乎不佳。

"你知不知道你会死得多慢啊，你这臭婊子？你知不知道？"

瘟疫绝望地看着桌子，桌上散布着纸屑、用过的咖啡杯和油腻的塑料盒。他的背很痛。最近又变胖了，这对他的糖尿病有害无益，而且他已经将近一星期没出过家门。这下该怎么办？要是知道他们的目的地，就可以侵入水电系统、找出附近邻居的位置，组成一支地方保安队。偏偏他又不知道他们要去哪里，实在无能为力，他全身发抖，心跳得厉害。

讯息不断地涌入。莎兰德是他们的朋友、他们的闪耀明星。可是在瘟疫看来，这些伙伴当中，谁也没能提出好的建议，至少都不是能够迅速组织起来的方法。要不要报警？瘟疫从未和警方打过交道，这自然是有理由的：各种网络违法行为他几乎全干过了。他们一直在想方设法地追查他，可是呢，他心想，可是呢，就算是不法之徒，偶尔也得寻求法律帮助。他想起莎兰德——又或是他所认识的"黄蜂"——曾提过一位包柏蓝斯基警官。他人不错，她这么说，从她嘴里吐出的"不错"，可以说是莫大的赞赏。瘟疫动也不动，呆坐了一两分钟，瞪着计算机屏幕上乌普兰地区的地图。接着他插上耳机，调高音档的声量，听见了嗡嗡声与摩擦声。好长一段时间都没人吭气了。接着有个人开口了，说出瘟疫最不想听到的话：

"你拿了她的手机吗？"

又是那个女的。她的声音虽然可怕，但似乎是带头的人，除了她还有那个偶尔会和司机用外语交谈的男人，黑客们将他们使用的语言上传后，已经确认是孟加拉国语。

"在我的口袋。"其中一个男的回答。

"给我。"

传递手机时发出窸窸窣窣和碰撞的声音。有人按了几个按键、翻到背面，对着机身呼气。

"有什么可疑的地方吗？"

"不知道，"女人回答，"看起来应该没有。不过警察也许能用这个破玩意窃听。"

"最好把它扔了。"

瘟疫又听到几句孟加拉国语，接着车速似乎慢了下来。车门吱嘎一声打开，但车子仍在行进。麦克风里传来风声，随后"嗖"的一声，紧接着一阵咔嗒咔嗒声，最后砰然一声巨响。瘟疫扯下耳机，往桌面上重重一捶。该死、要命、妈的！一句句诅咒透过网络汹涌而来。他们与黄蜂断了联系。

瘟疫试着想象现场情况。对呀，道路监视器！怎么没想到？不过要取得监视器画面就得先黑进交通部网站，这要花点时间，偏偏他们就是没有时间。他写道：

〈有谁知道怎样才能很快地进入交通部网站？我是说，现在？〉

他用加密的音效链接让所有人都加入对谈。

"网络上有一些公开的监视器画面。"有人说。

"那个晃得太厉害，太模糊了，"他说，"必须要靠得够近，可以看到车型和车牌才行。"

"我知道有个快捷方式。"一个年轻的女子声音说。瘟疫花了一点时间确认她的身份。她叫奈莉，是新成员之一。

"真的吗？"他惊呼道，"太棒了，运气真好！大家都跟她连结上，放手一搏。每个人都尽最大力量。我把时间和坐标给你们。"

瘟疫进入 www.trafiken.nu 网站，上面显示了到乌普萨拉的 E4 公路沿线的监视器位置，并将黄蜂手机内的档案重回到开头。警报于下午十二点五十二分启动。那条路线上的第一部监视器可能是在南哈加，等一下……车子似乎是在十三分钟后，也就是一点零五分经过那里。接下来监视器密集出现，这样好，很好，他暗想。林维瓦托贝与南林维瓦托贝，接着是北林维瓦托贝、北哈加门、北哈加、大夫洛森达、耶瓦克劳格、美朗耶瓦、乌里斯达高尔夫球场。一开始的路段有很多监视器,虽然车流量大,还是能找出那辆车,因为它很明显是较老旧、较大的车型,不是面包车就是小货车。

"怎么样了?"他嚷道。

"别紧张,老兄,我们在想办法了。有人把这个乱搞一通,他们又放进新的东西了。去他的,'存取被拒'。等一下,可恶,妈的……耶!好了……太好了……成功进去了,现在只要……这个烂网站到底是哪个外行白痴建的!"

这已是司空见惯。咒骂、嚷嚷,肾上腺素加上汗水加上更多的叫骂,只不过这次更严重。事关生死,当他们搞懂了系统,知道如何进入后,在监视器上来来回回寻找,终于找到了那辆车,是一辆老旧的小型灰色奔驰面包车,车牌号码显然是假造的。可是再来呢?眼看车子宛如苍白恶灵般经过一个个监视器,最后消失在监视范围外,驶进克尼夫斯塔以东的森林里,在瓦达波湖附近,他们更感到无力了。

"数位黑暗。可恶,可恶!"

黑客共和国成员从未叫喊咒骂得如此厉害。瘟疫发现除了打电话给包柏蓝斯基督察长,别无他法。

第二十一章
六月二十二日

包柏蓝斯基坐在柏尔街的办公室里和教长费尔多希谈话。现在他已大致了解了贾马·裴德里遭人杀害的来龙去脉。涉案者有卡齐一家人（父亲除外）以及从孟加拉国流亡至此的几个伊斯兰极端分子。这项行动堪称计划周密，但也不至于需要第三方协助才能让初期调查有所进展。

对警方而言，这无异是一大耻辱。包柏蓝斯基刚刚才和国安局局长海伦娜·科拉芙谈过话，现在正在和教长讨论将来警方应该采取何种应变措施，才能更有效地预防类似犯罪。但他的心思并不在这里。他想再回去调查潘格兰的死因，特别要查一查斯坦伯格教授。

"你说什么？"

教长不知说了句什么，包柏蓝斯基没完全听懂，但还没来得及进一步询问，电话就响了，是一个自称"莎兰德引发的超级无敌屎尿风暴"的人用 Skype 通讯软件打来的，这名称本身就很怪异。有谁会取这样的名字？包柏蓝斯基接起电话，只听见另一头有个年轻男子用相当有画面的瑞典话对他大呼小叫。

"你要是不先自我介绍，我一句也不听。"包柏蓝斯基说。

"我叫瘟疫。打开你的计算机，点进我寄去的链接，然后我再解释。"

包柏蓝斯基起先犹豫不决，但他继续听对方说话，此人虽然粗话不断，还夹杂着大量深奥难懂的计算机术语，但语意清晰明确。包柏蓝斯基终于被他说服，点入链接，并克服了困惑与怀疑，即刻采取行动。他出动了一架直升机与数辆巡逻警车，分别从斯德哥尔摩与乌普萨拉前往瓦达波湖。他和傅萝也随即奔向他停在地下停车场的富豪汽车。他决定让她开车，比较安全，于是他们一路闪着蓝灯，往北部的乌普萨拉急驰而去。

身旁这个男人救了他,让他幸免于严重袭击。布隆维斯特仍不确定原因何在,但这肯定是好兆头。他们已不像在阿弗雷·厄格连公司大厅时,分别扮演调查记者与猎物的对立角色,如今他们之间建立了联系,布隆维斯特还欠他一份人情。

外头的阳光火辣辣地照射下来。他们身在塔瓦斯街一间顶楼的小公寓,阁楼窗户面向骑士湾。屋内有个画架,上面放着一幅未完成的油画,画的是大海与一头白鲸。尽管画中的色彩组合打破传统,却有一种和谐感。不过布隆维斯特还是将画转向窗口,不希望有任何东西分散注意力。

这间公寓的主人名叫艾琳·威斯特薇,是一位上了年纪的画家,布隆维斯特对她并不熟悉,但十分喜爱。她有智慧,能取得人们的信任,生活圈子远离瞬息万变的时事。有时候她能让他以更宽阔的视野看待这个世界。他在出租车上打电话问能不能借用她的套房几个小时,或者是剩下的这一整天。她穿着一袭浅绿洋装在街口与他们碰面,面带亲切笑容将钥匙交给他们。

此时,布隆维斯特与这个男人(可能是丹尼尔)正面对面坐在公寓内。为了保险起见,他们将手机关机,放到厨房的吊柜上。顶楼房间让人热得发昏,布隆维斯特试着开窗,却打不开。

"那个人手上拿的是针筒吗?"

"好像是。"

"不知道里面装了什么?"

"最坏的情况是合成箭毒。"

"毒药?"

"对。剂量重的话会让人丧失全部机能,包括呼吸道肌肉。你会窒息。"

"你好像很了解。"布隆维斯特说。

男人面露忧伤,布隆维斯特随即将目光转向窗户与蓝天。

"我可以叫你丹尼尔吗?"他说。

男人没有出声。他在迟疑。

"我叫丹,"他说,"我申请了绿卡,拿到美国公民,并且改了名。现在我叫丹·卜洛迪。"

"也叫里欧·曼海默。"

"对,没错。"

"有点奇怪,不是吗?"

"的确。"

"你想跟我说说吗,丹?我们有的是时间。不会有人找到这里来。"

"有没有什么烈一点的东西可以喝?"

"我去看看冰箱。"

布隆维斯特找到几瓶白酒,是桑塞尔。这变成我的新常态了,他凄凉地暗忖——边喝酒边采访。他自行取出一瓶,又找了两只杯子。

"来。"他将酒斟满。

"我不太清楚该从何说起。你说你见到希尔妲。她有没有提到……"丹再度犹豫,仿佛不愿提及某个令他充满恐惧的人名或事件。

"提到什么?"

"拉珂·葛莱慈。"

"希尔妲说了很多关于她的事。"

丹只是端起杯子喝酒,板着的脸表情十分坚毅。接着便开始慢慢说出他的故事。他从柏林的一家爵士俱乐部说起,说到一段吉他和弦以及一个目不转睛盯着他看的女人。

面包车驶进森林后停车。车内空气闷得叫人难受,而外头只听见虫鸣鸟叫。引擎怠速转动着。莎兰德觉得口渴,又恶心,可能是因为氯仿,也可能是挨打的缘故。她仍躺在地板上,被捆绑着,可是当她跪坐起来却无人提出异议,他们只是一直怒目瞪着她看。引擎熄了,坐在长椅上的人互相点点头。贝尼托喝了口水，吞下几片药。她的脸色惨白，巴希尔与其他人起身时，她没有动。这时莎兰德看见那个男人前臂上的刺青与皮背心上的标志：硫磺湖摩托俱乐部。就是和她父亲、妹妹联手的那个飞车党。难道卡米拉和她那群黑客破解了她的住址？

莎兰德仔细研究后车门，试着回想他们把她的手机丢到路上时是怎么开的门。她无比精准地回想着开门动作的力道，或者应该说缺乏力道。

她无法解开手上的绳子，但应该可以踢开门。那很好，贝尼托头上的伤和那些男人紧张兮兮的样子也很好。巴希尔皱起眉头，就像他在瓦勒岛那样，然后缩起右脚踢她。她承受住了，故意显得有些反应过度，其实也不需要，那一脚狠狠踢中她的肋骨，接下来又一脚踢在脸上，她假装头晕，却自始至终盯着贝尼托看。

打从一开始，莎兰德就感觉到这主要是贝尼托的场子，她说了算。这时她弯下腰，从地上的灰色帆布袋里拿出一块红绒布。两个男人粗暴地按住莎兰德的肩膀。这不是好预兆，特别是贝尼托又从袋子里掏出一把匕首——她的印度尼西亚短剑。长长的剑身笔直发亮，看起来非常锋利，尖端镶金，握柄上还雕了一个眼睛细长的恶魔。这种武器应该要摆在博物馆，而不应该落在一个脸色惨白、受伤包着头的人手中，只见她露出疯狂又温柔的表情，在细细检视着匕首。

贝尼托用尖细的声音解释短剑的用法。莎兰德没有认真听，似乎无此必要，但也听够了。短剑会穿透红布插入锁骨正下方，直刺心脏，血一流出就会被布吸走。据说这需要高超技巧。莎兰德持续仔细地盘点车内的一切：每一样物品、每一点积尘、每一次的分心。她抬眼瞄向巴希尔。他抓着她的左肩，神情坚决而紧张。她就要死了，他没意见，可是看起来并不特别高兴，原因很明显。基本上他在当女人的帮手，这对一个只把女人看成妓女或次等公民的人来说并不好过。

"你熟读过《古兰经》吗？"莎兰德问道。

从他抓她肩膀的力道，她立刻感觉到这个问题动摇了他。她接着又说先知谴责所有种类的匕首,说这些都属于撒旦与恶魔,说完还引述一段《古兰经》的经文,是她自己捏造的。她说了一个篇章号码,催促他去查一查。"你看了就知道!"

但贝尼托拿着匕首站起来。"她满口胡说八道。穆罕默德时代根本还没有这种短剑。现在它是全世界圣战士的武器。"

巴希尔似乎信了她的话,至少他想相信。"好了,好了,快动手吧。"他说完又对前座的司机补上几句孟加拉国话。

忽然间,贝尼托似乎着急了,也顾不得自己头晕目眩左摇右晃。他们头顶上传来一个声响,是直升机的声音。虽然可能和他们毫无关系,但莎兰德知道她那群黑客共和国的朋友不太可能坐视不理。这响声让人既乐观又担心,乐观是因为也许很快就能获救,担心则是因为车内的行动加快了。

巴希尔与另一个男人牢牢抓着她,贝尼托向前逼近,手中拿着长匕首与红布,一脸决绝。莎兰德想到潘格兰,想到母亲与大教堂的龙。她紧紧抵住地板。

无论如何,她都得站起来。

丹默默坐着。故事已来到痛苦的段落,他眼神飘忽不定,双手紧张地动来动去。

"当拉珂说我要是不配合,就要让我因谋杀兄弟的罪名被判刑,我觉得很无助,几乎是六神无主。他们叫我戴上太阳眼镜和帽子,她说楼梯间出现两个里欧太危险了——我们得趁着他还能起身把他弄出公寓。我发现有机可乘。只要能出去,就可以大声呼救,我心里这么想。"

"可是你没有。"

"不管是电梯还是楼梯,都没碰到半个人。那天是圣诞节前两天。拉珂那个喽啰——其实我认为约翰不是他的真名,有好几次她都叫他本杰明。今天早上攻击你的就是他。总之,他……"丹停顿下来深呼吸一口,"他把只能勉强站立的里欧拖到一辆停在外面的黑色雷诺面包车。那时天色渐渐暗了,至少感觉上是这样。"他说到这里,又再度沉默。

一年半前的十二月

丹看着眼前空空的街道,那感觉好奇怪,仿佛置身于被石头环绕的荒凉噩梦中。他大可以跑开去求救。但他怎能弃兄弟于不顾?不可能的事。他们将里欧推上车后,丹问道:

"现在要带他去医院,对吧?"

"对。"葛莱慈说。

他相信她吗?她刚刚才说过没有用,还威胁他。他爬上车,全身心只专注于一件事:手机被她拿走以前,他碰巧看到网络上说只要保持呼吸顺畅,中箭毒的患者就能痊愈。他坐到后座里欧身边。葛莱慈喊他本杰明的那个男人坐在另一边。

丹努力地帮助里欧呼吸。他又问了一次,是不是真的要去医院。开车的葛莱慈这回说得更明确了。他们正在往卡洛林斯卡医院方向,她甚至把科别都说出来。

"相信我吧。"她说。

她声称已事先联络好,请专科医师准备为里欧进行治疗。也许丹知道这些全是谎话,也许他惊吓过度,没能明白究竟怎么回事。真的什么都记不清了。他只专心地让里欧继续呼吸,也没有人阻止他。光是这点便已值得庆幸。葛莱慈开得很快,路上车不多,他们驶上了梭纳高架桥。红色医院建筑宛如幽灵般从黑暗中冒出,有那么一刻他真以为终于都没事了。

但那不过是个幌子,为了让他安静片刻的幌子。他们的车没有停,反而加速通过,往北驶向梭纳。他想必是大声叫喊又出手攻击,忽然觉得大腿一阵灼热,抗议力道逐渐变得虚弱无力。他的愤怒与绝望并未消失,却只感觉力量在渐渐流失。他摇头眨眼,努力想保持清晰的思绪,努力想为里欧保命。然而他怎么都说不出话来,手脚也不听使唤,远远地,好像隔着一层雾,可以听到葛莱慈和那个男人在小声说话。不知过了多久,葛莱慈突然提高声音,她是在跟他说话,而她的语调仿佛有催眠效果。她在说什么?她在说他能得到的一切:梦想成真、财富、幸福。

里欧在一边喘不过气来,另一边是身形巨大的本杰明,葛莱慈则在前座谈着幸福与财富,那种感觉……无法形容,无法诉诸言语。

布隆维斯特或许永远无法理解。可是丹必须一试。没有其他办法。

"你心动了吗?"布隆维斯特问。

酒瓶立在白色矮几上,丹顿时有股冲动想拿起瓶子砸这个记者的头。

"你要明白,"他极力保持声音的镇定,"在那个当下,我完全无法想象没有里欧的日子。"

随后他再次恢复平静。

"你心里在想什么?"

"只有一件事:我们要如何渡过这个难关。"

"那么你有什么计划?"

"计划?我不知道。我想大概就是走一步算一步,希望活路能自动出现。我们的车越开越偏僻,过了好一会儿,我终于恢复了一点力气。我的视线始终没有离开里欧。他情况越来越差,后来又开始痉挛,没法动。抱歉,我实在说不下去。"

"慢慢来。"

丹拿起酒杯,接着说道:"我不知道我们到了哪里,道路越来越窄,最后进入一片松树林。天色已经暗了,雪变成了雨。我看到一块路标,上面写着:维多克拉。我们向右转,驶进一条林道,十分钟后拉珂停车,本杰明随即下车。他从后车厢不知拿出什么,发出咔啦咔啦的声响,听起来很不舒服。我不想知道那是什么,只管照顾里欧。

我打开门，让他平躺下来，开始替他做心肺复苏术。对于自己在做什么我只有模糊的意识，但我很努力，我这辈子从没这么努力过。我头很晕，甚至没发现里欧吐了。车上有股恶心的臭味。我觉得好像趴在自己身上，你能了解吗？我好像在为濒死的自己送气。奇怪的是他们就任由我继续。这个时候拉珂和那个叫本杰明的家伙，他们对待我十分温和。很奇怪，我不太明白是怎么回事。拉珂用轻柔的声音说里欧快死了，毒扁豆碱的药效马上就会过去，到时神仙也救不了他。她说，真是太糟糕了，不过还好不会有人找他，甚至不会有人质疑他跑哪去了——只要我取代他就行。她还说他母亲已经奄奄一息，我可以辞去阿弗雷·厄格连的工作，把公司的股份卖给伊瓦，谁也不会感到讶异。大家老早就知道离开公司是里欧的梦想。这仿佛是早已注定的天意，我将能得到一直以来就应该属于我的东西。我尽量迁就他们，别无他法。我喃喃以对、吞吞吐吐。他们拿走了我的手机，这我应该已经说过，又远在树林深处，连一间房子的灯光也看不到。

"本杰明回来的时候完全不成人样，浑身被汗水和雨水湿透，裤管上满是雪泥，毛帽歪斜，一声不吭。当他把里欧从后座拖下车，空气中悬着一股不言自明的、狠毒的阴谋气息。里欧的头撞到地面，我赶紧弯身帮忙。我记得我拉下本杰明的帽子，给里欧戴上，然后替他扣好外套的扣子。我们甚至没让他穿得暖和一点，他没围围巾，脚上穿的还是室内鞋，鞋带松散地垂着。那一幕有如地狱场景，我心想是否应该跑开去求救，直接跑进森林或沿着林径走，看能不能找到人。但是还有时间吗？我不这么认为。我甚至不知道里欧是否还活着。于是我随后跟着走进林间。本杰明笨手笨脚地拖着里欧走，我想上前帮忙，本杰明不领情，想把我赶走。'走开。'他说，'滚一边去，这不是你做的事。'然后他大声喊葛莱慈。但我想她没听见。风很强劲，吹得树枝沙沙作响。我们被灌木和枝叶刮得伤痕累累，最后来到一棵像是染了病的大松树，树旁有一堆石头和泥土，还有一把铲子躺在一旁。我一度以为，或者是想要相信，我们是碰巧撞见与我们无关的某种挖掘现场。"

"其实那是墓穴。"

"是要用来做墓穴的。不太深,土都冻结了,本杰明肯定挖了老半天。他把里欧放到地上时,看起来精疲力竭,他叫我走开。我说我得好好道别,还骂他是冷酷的王八蛋。他再次威胁我,说葛莱慈有足够的证据能以谋杀罪名把我关进大牢。'拜托,他是我的双胞胎兄弟。你就不能稍微好心一点,别管我。让我自己埋葬他。我不会跑的,里欧反正也死了。你看看他。'我吼着说,'你看看他啊!'然后他真的就不管我了。我怀疑他没有走远,没想到他真的走得不见人影,只剩下我和里欧独处。我在松树底下蹲下来,俯身向他。"丹说道。

安妮卡在富罗博加的员工餐厅吃过午餐后,回到H栋的接见室,继续参与法黎雅的侦讯,主导者还是茱迪。

下午的侦讯证明了茱迪既有能力又有效率。她与安妮卡的想法一致,认为重点不只在于厘清法黎雅长期受压迫的事实,还要在拖了这么长的时间之后,尽可能调查出她攻击兄长是否属于伤害与过失致死,而非预谋杀人。她真的是蓄意杀人吗?

安妮卡十分乐观。她已经让法黎雅回顾并陈述事发当时,她可能有的各种心境。但就在此时,茱迪接到电话,在走廊上讲了一会儿。回来以后,她已不再冷静自持。这种情绪变化惹恼了安妮卡。

"拜托你,别摆那种扑克脸给我看。我知道发生了重大事故,你就直说吧。快点!"

"我知道,对不起。我实在没脸告诉你,"茱迪说,"巴希尔·卡齐和贝尼托绑架了莉丝。现在我们有一堆人在追查,但情况不太好。"

"你一五一十地跟我说。"安妮卡说。

茱迪照实说了,安妮卡打了个寒战。法黎雅则缩在椅子上,双手抱膝。但她的内心似乎起了变化,是安妮卡先发现的。法黎雅的眼中不只充满恐惧与愤怒,还有另外一种深沉而强烈的感觉:"你说瓦达波湖吗?"

"对,最后看见他们是在监视器画面上,面包车突然转进林间道路,朝湖边地区前进。"茉迪说。

"我们……"

"怎么样?"安妮卡问。

"在我们还没有钱去西班牙的马约卡岛度假以前,全家人会去瓦达波湖露营,"法黎雅说,"我们常常去。因为不远,可以在最后一刻才决定去那里度周末。那时候妈妈还在。瓦达波湖周围全是浓密的森林,而且到处都是狭窄小路和可以躲藏的地方。有一次……"法黎雅抱着膝,略一沉吟,"你的手机收得到讯号吗?如果可以拉出那一带的详细地图,我再试着跟你解释。"

茉迪搜寻了一下,口中念念有词,又重新搜寻一遍,最后脸色一亮。乌普萨拉警队已经为他们下载了地图。

"让我看看。"法黎雅的语气有了新的转变。

"他们开进这里。"茉迪指着屏幕上的地图对她说。

"等一下,"法黎雅说,"我要先确定地点。湖边好像有一个叫南湾的地方,对吗?还是叫南方湾、南方滩?"

"我查一下。"

茉迪在搜索引擎中输入"南方"。

"会不会是南方滩湾?"她说。

"就是这里,没错,一定就是这里,"法黎雅迫切地说,"我看看。这里有一条崎岖的小路,但够宽,车子开得进去。会不会是这个?"她将画面放大,说道:"我不确定。不过当时开车进去的地方有一块黄色标志写着'公路终点'。转进小路后开一小段,大概一公里半多一点,有一个像洞穴的地方,不是真的洞穴,比较像是枝叶浓密的树丛里一个隐密的空间。那是在左手边的一座小山上,得要经过一大片像帘幕一样的枝叶,可是最后会来到一个完全与外界隔绝的地方,四周全是灌木和树林。你可以看到一道深谷和一条小溪从植物丛中穿过。巴希尔带我去过一次,我本来以为他要让我看什么有趣的东西,结果只是为了吓我。那个时候我的身体刚刚开始发育,沙滩上还有几个男生对着我吹口哨。我们到了以后,他跟我说一堆乱七八糟的话,说以前行为像妓女的女人会被带到这里来接受处罚。他把我吓得半死，所以我记得。我在想巴希尔会不会带莉丝去那里了。"

茉迪表情严肃地点点头，向她道谢，接着取回手机打电话。

包柏蓝斯基收到了警用直升机驾驶员萨米·哈密德的报告。哈密德正在瓦达波湖与周围林地的上方，低空绕圈，但不见灰色面包车的踪迹，也没看到跑步者、露营者，或任何巡逻的警员。坦白说，不容易。湖边虽有大片空旷的沙滩，但四周林木蓊郁，还有许许多多林径纵横交错，宛如迷宫。看起来是躲藏的理想地点，包柏蓝斯基颇感忧虑。他已经很久没有这样咒骂连连，并不断催促傅萝再开快一点。

他们风驰电掣般驶过七十七号国道，却离湖仍有一段距离。多亏了声音辨识装置，让他们得知现在要追的人是贝尼托和巴希尔·卡齐，这意味莎兰德的性命遭受到重大威胁。包柏蓝斯基分秒必争，每隔几分钟便联系乌普萨拉警局的协调人，并打电话给每一个他想得到有可能提供信息的人。他打给布隆维斯特好几次，但对方手机关机。

包柏蓝斯基一下咒骂、一下祷告。虽然和莎兰德称不上朋友，他对她却有一种类似父爱的感情，何况她还为他们提供了线索侦破重大案件。他叫傅萝加快速度。即将接近湖边树林时，他的手机响起，是茉迪打来要他在车上的 GPS 输入"南方滩湾"，接着她将手机转给法黎雅。他不明白为什么要和她通话，不过这女孩的口气很不一样，不仅急迫又坚定，而且条理分明。包柏蓝斯基仔细而专注地聆听，暗自希望尚未太迟。

就在前方，他们看见了一块黄色路标，标示着转入林间的岔路。

第二十二章
六月二十二日

莎兰德不知自己身在何处。天气很热,可以听到蚊蝇的嗡鸣、树梢与灌木丛中风声窸窣,还有流水潺潺。她把注意力集中在自己的腿上。这两条腿瘦巴巴,看起来不怎么样,但其实十分强壮,此时此刻更是她能用来自卫的唯一武器。她跪在车内,双手被绑。贝尼托被绷带缠住的脸扭曲狰狞,匕首与红布在她手中抖动,看起来果然像死神。莎兰德瞄向车门。两个男人压住她的肩膀,对她大声叫嚣。她抬头看见巴希尔脸上的汗水闪闪发亮——他的两眼圆睁,好像想要揍她。

莎兰德暗自寻思可不可能挑拨他们。快要没时间了。现在贝尼托已经站在她跟前,有如拿着长匕首的邪恶皇后,车内的气氛起了变化,变得安静肃穆,仿佛即将发生重大情事。其中一个男人扯破莎兰德的T恤,露出她的锁骨。她看着贝尼托。红色口红在她死灰的脸上画出一道口子,但她似乎站得较稳了,就好像当下的恐怖氛围让她的感官变得敏锐。她用低八度的声音说:

"把她抓稳!好,很好。太棒了。她的死期到了。你能感觉到我的短剑指向你吗?现在你有得罪受了。你就要死了。"

贝尼托凝视着莎兰德的脸,露出微笑,眼中没有一丝慈悲与人性。大约一秒的时间,莎兰德只看见刀刃朝自己裸露的胸前刺来,接着在刹那间,大量的影像一波波涌来。她看见贝尼托的绷带上有三根安全别针,她看见她的右眼瞳孔比左眼大,她还看见车门内侧有个巴嘉摩森动物医院的标志。她看见地板上有三枚黄色纸夹和一条狗链,还有车厢内她头上的地方用蓝色马克笔画了一条线。不过她看得最清楚的是那块红绒布。贝尼托拿着不顺手。不管她对使短剑多么有自信,对那块布毕竟陌生,那只不过是毫无意义的仪式道具。她似乎不知该怎么处置它，冷不防地就把它丢到地上了。

莎兰德脚尖用力，准备着。巴希尔喊着叫她别乱动，她听出他声音里的紧张。她看见贝尼托眨了眨眼，举起匕首瞄准她锁骨正下方。她绷紧全身肌肉准备应战，却不知有没有生还的可能。她双膝跪地，两手被绑住，那两个男人又牢牢按着她。她闭上眼睛假装认命，却暗中倾听着车厢后侧的静悄悄的呼吸声。她可以感觉到空气中弥漫着兴奋、嗜血的饥渴，还有恐惧——一种混杂着惧怕的喜悦。即便对这群人而言，杀人也是大事，而且……那是什么声音？

很遥远，听不清楚，但像是引擎的声响，不是一辆车，而是好几辆。

就在这一刻贝尼托出手了，时机已到。莎兰德能量爆发跃身而起。她迅速地站起来，却仍闪不过匕首。

傅萝刹车刹得太猛，车轮打滑，她气愤地看着包柏蓝斯基，好像都是他的错。督察长并未注意到傅萝的目光，他正在与法黎雅通话。

"我们找到路标了，我看见了。"他先是高声大喊，当车子偏移晃动，又低低咒骂几声。黄色标志上确实写着"公路终点"。

傅萝将滑行的车稳住后，转进泥泞不堪、车辙深陷的小路。在热浪侵袭之前豪雨不断，使得这条林间小径几乎无法通行，他们的车不断颠簸，一再打滑。

"拜托你，慢一点，要是错过了可不是闹着玩的！"包柏蓝斯基嚷道。

据法黎雅说，那个地方在一处高地顶端，隐藏在帘幕般的枝叶后面。包柏蓝斯基看不到任何高起的地面。看这四周密密匝匝的树木，他觉得找到面包车的机会十分渺茫，车子可能藏在森林里的任何地方，甚至说不定现在正要往另一处去。他试着计算最后看见那辆车已经过了多久。而最重要的是那个女孩怎能这么确定空地的所在？都已经过了那么多年，她怎么能记得这么多细节，又怎么能清楚地知道距离？

这座森林的四面八方看起来都一样，没有一点可供辨识的特征。

他都想放弃了。头顶上枝叶横空，几乎一片阴暗。乌普萨拉送来消息，其他警车已随后而来。这会是一大帮助，如果他们没有走错路的话。他很确定这座森林可以掩护一整个面包车队甚或卡车队，却不知道要怎么样才能在这座有如铜墙铁壁的丛林里找到丝毫踪迹。傅萝与泥巴奋战着，他则是绞尽脑汁。忽然间，前面……那算不上小山，但肯定是斜坡。傅萝轻轻加速，车轮转动，车子逐渐接近坡顶。包柏蓝斯基继续描述他眼前所见，小路旁边有一块巨大的球形石，法黎雅或许记得。不料她不记得。该死！毫无进展。

这时他听见砰的一声，像是什么东西撞到锡或金属板，接着传来激动的叫喊声。他一手按住傅萝的手臂，她立刻踩刹车。他拔出手枪跳下车，一头冲进树林里，穿过层层树枝与灌木，在头昏眼花的某一刻，他发现他们真的找到了。

一年半前的十二月

在另一个时节的另一片森林里，丹·卜洛迪跪在湿湿的雪地上，在离维多克拉村不远的一棵松树下，低头注视着里欧，他脸色逐渐变青，蓝色眼睛里的生气在慢慢消失。那是极其可怕的一刻，但不可能持续太久。

丹立刻又开始做起人工呼吸，哪怕里欧的双唇和他脚下的雪地一样冰，肺部也没有反应。丹觉得好像听到脚步声往回走。不久他就得回车上去，而且只剩半条命。醒醒，里欧，醒醒啊！他一再地喃喃呼唤，像在念咒语、念祈祷词。他对自己的计划、对自己能否救活兄弟，已无丝毫把握。

本杰明一定没有走远，甚至可能在暗处透过枝叶的缝隙监视他。他多半是既紧张又不耐烦，一心只想快点埋了里欧，离开这个鬼地方。情况全然无望，可是丹不放弃，更加拼命地努力。他掐住里欧的鼻子，使劲地往他的呼吸道吹气，力道猛烈，自己都晕了起来，几乎不知道自己在做什么。他记得听见远处有车声，遥远的引擎声。树林里一阵窸窸窣窣，是某只动物受到惊吓。有几只鸟大声地鼓翅飞上天去，随后又陷入寂静之中，令人心惊的寂静。他觉得仿佛是自己的生命正在流失，他需要休息一下，他的气已用尽，忍不住咳嗽起来。过了一两秒，他才察觉怪事发生了。他的咳嗽声似乎从地面反射，产生回音。接着才突然醒悟那是里欧，他也在挣扎喘息。丹简直不敢相信。他只是愣愣地盯着里欧，觉得……觉得什么？不是快乐，而是紧迫。

"里欧，"他小声地说，"他们要杀你，你得跑进森林深处。起来！快走！快！"

里欧努力地想了解，他拼命吸气，试着确认自己的所在。丹拉他起身，把他往矮树丛里推。里欧重重摔了一跤，但连忙踉跄地站起来，跌跌撞撞地逃离。

丹没有看着他走，而是开始没命地往洞里填土，不久便听到意料之中的声音。是本杰明的脚步声。他俯视浅浅的坑穴，确信自己会穿帮，不由得挖得更加急切。他边铲边骂，使尽了吃奶的力气，这时已能听到本杰明的呼吸声，听到他裤管的摩擦声与脚踩过湿雪地的吱嘎声。他以为本杰明会扑上来，或是撒腿去追里欧，不料他什么也没说。远方又传来一辆车的声响。更多鸟儿飞起。

"我没办法看着他。"丹说。

他觉得这句话听起来虚虚的，见本杰明没有反应，便闭上眼睛做好最坏的准备。本杰明靠上前来，可以闻到烟草味。

"我来帮你。"他说。

他们或铲或推，将剩余的土填入空穴内，并小心地重新铺上草与石头，然后才低着头，慢慢地走回停车处。回斯德哥尔摩的路上，丹静坐不语，沉着脸聆听葛莱慈的计划。

莎兰德像炮弹似的往上射，被刺中了腹侧。她不知道伤势如何，也没有时间关心。贝尼托失去了平衡，现在正对着空气狂刺。莎兰德灵巧地跨到一旁，用头去顶她，然后冲向车门。她双手被绑，便用身体打开车门跳下草地，肾上腺素在全身血管喷发流窜。她双脚先着地，但因用力过猛往前摔倒，滚下一道短短的陡坡后跌入小溪。在她连跑带爬地逃进森林之前，一眼瞥见溪水变成血红色。她听到有车子停下，有人拉高嗓音说话，车门砰地关上。她没有想到要停下来。现在她只需要逃走。

包柏蓝斯基从树叶缝间没有看到莎兰德，却发现两个男人正要步下陡坡。在他们上方停了一辆灰色面包车，车头没入枝叶间。他大喊道：

"别动，警察。谁都不许动！"并用警枪指着他们。

空地里湿热得令人难受，他觉得身体很沉，气喘吁吁。他面对的这两个人都比他年轻、强壮，无疑也比他凶狠。但他环顾四周，竖耳倾听他们来路的方向，还是觉得一切都在掌控中。傅萝以同样姿势站在一旁，乌普萨拉派出的警队想必也已十分接近，而这两个人没有武器，又是攻其不备。

"别做傻事，"他说，"你们已经被包围了。莎兰德呢？"

他们没出声，只是神情犹豫地望着面包车。其中一个后车门忽然打开，包柏蓝斯基立刻意识到即将有令人不快的人物要出现。他隐约看到一个身形慢慢地移动，举步维艰。最后终于现身了，贝尼托·安德森，一个几乎连站都站不直的鬼怪，手上还握着沾血的匕首。她身子摇摇晃晃，一手扶着头，然后厉声质问他，仿佛她才是发号施令的人。

"你是谁？"

"我是督察长杨·包柏蓝斯基。莉丝·莎兰德在哪里？"

"那个小犹太人？"她啐了一口。

"告诉我莎兰德在哪里。"

"八成已经死了。"这女人朝他走来，高高举起匕首。

"就停在那里，不许再动。"他警告她。

她仍继续往前，好像根本不把他的手枪放在眼里，也继续叫嚷着反犹太的话语。包柏蓝斯基认为开枪射她并不值得——不能让她在所属的恶魔团体中成为殉道者——结果是傅萝开的枪。贝尼托被打中左大腿,其他的警察很快就蜂拥而至,行动到此告一段落。然而他们始终没有找到莎兰德,只在面包车内发现她的血迹。她就像是被森林吞没了。

丹显得疲惫万分,双手紧抱着头。
"后来里欧怎么样了?"布隆维斯特轻声问道。
丹望向公寓窗外。

"他在森林里跌跌撞撞,不停地绕圈子。一下摔倒,一下想吐,渴了就吃雪或喝融化的雪水。随着时间过去,他恢复了点力气,便开始大喊。可是没有人听见。在酷寒中游荡了几个小时后,他赫然发现自己来到一道长坡顶上,于是他跟跟跄跄滑行而下,坡底是一片原野。他觉得那开阔的空间似曾相识,仿佛很久以前来过,也或许是在梦里见到的。在另一头的树林边上,他看见一栋屋子亮着灯,屋外有一片大大的平台。里欧好不容易走到屋前按了门铃。屋子主人是一对年轻夫妻,姓诺勒卜龄,丈夫叫亨利,妻子叫丝蒂娜,如果你想查证的话。他们正在给孩子们包礼物,准备过圣诞。一开始他们害怕得不得了,想必那时的里欧人不像人、鬼不像鬼。但他安抚他们说他的车滑出了道路,电话弄丢了,他也可能受到了脑震荡。这番话应该是有说服力吧。

"总之夫妻俩让他进门,让他泡了个热水澡,给他换上干净暖和的衣服,请他吃'杨森的诱惑'① 和圣诞火腿,再喝一点圣诞烧酒和餐后伏特加,他终于慢慢地恢复了元气。但他不知道接下来该怎么办。他迫不及待想跟我联络,却知道我的手机被拉珂拿走了,也担心我的电子邮件同样受到监视。不过里欧很聪明,他脑子总是动得比别人快。他想到可以发一条看似无害的秘密讯息,一条我很可能在圣诞前

---

① 杨森的诱惑(Jansson's temptation):一种马铃薯派,瑞典的传统圣诞菜。

夕收到的讯息。于是他向诺勒卜龄夫妻借了手机,发短信给我。"

〈恭喜了,丹尼尔,艾薇塔·孔恩想在二月份和你一起在美国巡回演出。请确认。强哥。来个小摇摆派对吧。圣诞快乐。〉

"好,"布隆维斯特说:"我想我开始明白了。不过那条短信是什么意思?"

"他不想泄漏我的美国姓名,所以选了一个他知道我从未合作过的乐手,那么谁也追踪不到我这里来。不过最重要的是他署名……"

"强哥。"

"对。光是这个就已经够清楚了,但他又加上一句:来个小摇摆派对。"

丹略作停顿。

"'小摇摆',是一首充满生命喜悦的作品,不,也许不尽然,里头也有一丝阴郁。这是强哥和史蒂芬·葛拉佩里合写的,我和里欧大概已经弹过四五次。我们都很喜欢这支曲子。但没想到……"

布隆维斯特等着他继续。

"里欧发出短信以后,状况恶化。他好像体力不支,那对夫妻就让他躺在沙发上。他呼吸困难,嘴唇开始发青。这一切我都懵然不知。当时我在里欧的公寓里,时间已经很晚。我们三个都在:本杰明、葛莱慈和我。我一杯接着一杯地灌酒,葛莱慈则是详述着她想出来的那个恶心计划。我尽管震惊,还是假装配合。我答应假扮里欧,完全照她的意思做。她告诉我如何申请新的信用卡、取得新密码,并嘱咐我以里欧的身份去斯德哥尔摩疗养院看薇薇卡。她说我必须请一年休假,出去旅行,广泛吸收金融市场的相关知识,还要改掉我的美国与瑞典北部口音。葛莱慈在公寓里东翻西找,挖出了里欧的护照和一些文件,好让我练习模仿他的签名。真是令人难以忍受。而那些威胁始终都在,无论是当丹尼尔或是当里欧,前者可能因为谋害兄弟被判刑,后者则可能因为内线交易与逃漏税入狱。我呆呆地坐在那里看着她,或者应该说试图看着她，其实大部分时间我都转移视线或闭上眼睛，脑海中浮现的是里欧脚步歪斜地逃入森林，消失在寒冷黑暗中的身影。我想不出他怎么可能存活，只能想象他躺在雪地上冻死的模样。

"我也无法想象葛莱慈怎么会以为自己的计划可行。她肯定知道我绝不可能成功，只要稍被怀疑，我就会崩溃。我还记得她不时和本杰明交换眼神，交代他做这个做那个，与此同时，她一直躁动不安，一下整理文具，一下擦桌椅，一下翻看抽屉，一下把东西排整齐。

"有一次她从口袋拿出我的手机，看见里欧发的短信，便开始盘问我的朋友、我的事业往来对象与合作的乐师，我都尽可能一一回答，有些是实话，但多数都是半真半假。其实我也不知道。当时我几乎没法说话，可是……你也知道，为了省钱我买了一张瑞典的手机卡，知道这个号码的人并不多，所以这条短信让我很好奇。'短信上写什么？'我问她，并尽可能像是随口问问。葛莱慈拿给我看，看到那些话以后，我觉得好像重生了。不过我应该是控制得还不错，她似乎没有起疑。'是爵士表演，对吧？'她问道。我点点头。她叫我从现在起都不能再接类似工作，然后她收回我的手机，并提出更多恶毒的警告。不过我已经不再听了，她说什么我都没意见，甚至装出略显贪婪的口气问：'我到底可以拿到多少钱？'我想知道。她给了一个非常明确的答案，好像不管怎样，我的决定都可能关乎两三百万克朗，但后来发现是她夸大其词。当时已经深夜十一点半。我们已经搞了好几个小时，我累死了，口又渴。'现在可以休息了吗？'我说，'我需要睡个觉。'我记得葛莱慈有些迟疑。留我一个人下来保险吗？最后她想必是认为终归要信任我。我生怕她反悔，所以不敢讨回手机，只是乖乖站定在原地，听着她的威胁与承诺，频频点头。"

"可是他们还是走了。"

"他们走了，接着我只专注在一件事，就是回想里欧发短信来的那个电话号码。我只记得后五位。我搜遍抽屉和外套口袋，找到里欧的个人手机，不需要密码，这果然是他的作风。我在那五个数字前面加上所有可能的组合，吵醒了不少人，也拨了几个空号，可是没有一个正确。我哭着咒骂,因为葛莱慈一定很快又会收到他另一条短信,那可就惨了。这时我想到我们把车停在森林里之前,经过一块路标写着'维多克拉',我猜里欧肯定是在那附近得到援助,所以……"

"你查询了维多克拉和你记得的五个数字?"

"没错,我马上就找到亨利·诺勒卜龄。除了电话号码,还附带各种信息,包括年纪在内,甚至还有他家的照片,以及对照那一带其他物业的预估售价。网络很不可思议吧?我记得当时我很犹豫,手抖个不停。"

"不过你还是打了,对吧?"

"是的。你介不介意我们休息一下?"

布隆维斯特点点头,脸色严峻,一手搭在丹的肩上。然后他走进厨房,打开手机,边等边洗杯子。手机几乎是立刻接连响起提示音,他读了几条短信,看看到底怎么回事。其中一条来自包柏蓝斯基:

〈请回电。莎兰德有危险。〉

他咒骂一声,随即冲出厨房。

"丹,不管接下来发生什么事,我们都必须尽快公开这件事,尤其是为了你好,希望你能认同,"他说道,"很抱歉,我现在没有时间听完剩下的部分,我有急事得走了。照目前的情况看来,你有必要待在这间公寓里,我会请我同事,应该说是老板,爱莉卡·贝叶过来陪你。这样好吗?她是个可以信赖的好人,你会喜欢她的。我得马上走了。"

丹点点头,显得那么困惑而无助,布隆维斯特忍不住很快地拥抱了他一下。他交出公寓钥匙,并向丹道谢。

"你能告诉我这些,勇气可嘉。我很期待听到后续。"

他一边冲下楼梯,一边用加密电话打给爱莉卡。她答应会立刻开车过来,果然不出他所料。接着他试着打了几次给莎兰德,无人回应,于是改打给包柏蓝斯基。

第二十三章
六月二十二日

　　包柏蓝斯基有充分的理由感到满意，不仅逮捕了卡齐兄弟巴希尔与拉赞，连恶名昭彰的贝尼托·安德森和一名硫磺湖摩托俱乐部成员也一并落网。然而他却气恼又失望。乌普萨拉和斯德哥尔摩两地的警员搜遍了瓦达波湖四周的树林，却没找到莎兰德的踪影，只发现车内有血迹，而小山较高处的一栋度假屋则有被人闯入的迹象，并留下儿童尺寸的球鞋血印。莎兰德到底在想什么？她很明显需要接受治疗。救护车都已经上路了，她却选择跑进离主要道路三四公里远的森林里去。也许她只顾着逃命，没来得及察觉帮手就近在咫尺。可是万一有重要器官被贝尼托的匕首刺穿，莎兰德就麻烦了，甚至可能会没命。她怎么就不能跟其他人一样呢？

　　包柏蓝斯基已经抵达柏尔街的警察总部，正要回办公室时，手机响了。是布隆维斯特打来的，终于！包柏蓝斯基跟他说了个大概。他的话显然正中要害。布隆维斯特先问了一大串问题之后，才说他已逐渐明白潘格兰为什么会被杀，并答应会尽快再找督察长告知详情，现在他没有时间多说。包柏蓝斯基叹了口气，除了同意也别无选择。

一年半前的十二月

　　半夜十二点十分。终于到了圣诞前夕。窗台上铺着又厚又湿的雪，天空犹如一块只涂上黑色与灰色的画布。整座城静悄悄，偶尔会有车辆驶过卡尔拉路。

　　丹站在窗前，全身颤抖，拨打了住在维多克拉的亨利·诺勒卜龄的电话。他耳中回响着手机铃声，没有人接，随后听到自录的语音消息，结尾不断重复"祝你一切安好"。丹沮丧地环顾公寓。不久前才发生过的事件已了无痕迹，反而整洁冰冷得令人感到陌生，还有一股消毒水味。

他躲进自己过去一个星期以来睡的客房，一次又一次地重打那个号码。他咒骂连连，不能自已。看得出来葛莱慈连这个房间也没放过。她到底想干什么？她似乎把所有对象的表面都清洁擦拭过，他有股冲动想要制造混乱和肮脏，把床单扯破、往墙上丢书，只要能摆脱她的每道痕迹，做什么都好。不过他只是看着窗外，听到了楼下收音机播放的音乐。

也许是过了一两分钟，他再次拿起里欧的手机，就在同一时间手机在他手中响了。他焦急地接起来，另一头传来的跟录在语音信箱问候语的声音完全相同。但此时声音不再那么轻快，而是严肃而沉稳，仿佛发生了什么可怕的事。

"里欧在吗？"丹喘着气问。

有好一会儿，对方没有应声，仿佛借由沉默确认最糟的情况，也再次将他带回森林里的可怕现实。他想起里欧冰冷的嘴唇、毫无生气的眼睛、全无反应的肺。

"他在吗？他还活着吗？"

"等一等。"那声音说。

话筒咔嗒一声。他听到了脚步声。过了好久，太久了。然后生命瞬间反转，世界也跟着恢复了生机与色彩。

"丹？"那声音几乎就像他自己的。

"里欧，"他轻声地说："你还活着。"

"我没事。痉挛又发作了，不过这里的女主人丝蒂娜，她是护士，她救了我。"

他对丹说他现在正躺在沙发上，盖了两条毯子。他的声音听起来虚弱，但是稳定，而且很显然因为身边有其他人，让他不确定什么能说，什么不能说。不过他还是提到了强哥和"小摇摆"。

"你救了我一命。"里欧说。

"我想也是。"

"这可不是小事。"

"你是说这算是摇摆吗?"

"还有什么比这个更摇摆的,兄弟?"

丹没有回答。

"Contra mundum。"里欧说。

"什么意思?"丹问道。

"我们两个对抗全世界,兄弟。你和我。"

他们约好上午十点左右在国王岛街,离法院不远的阿玛兰登克拉丽奥酒店碰面,里欧可以确定不会在那里遇上熟人。丹叫了一辆出租车去接他进市区,圣诞前夕,两兄弟就在酒店五楼的房间度过几个小时,拉起窗帘聊天、商量对策,并重申两个人的结盟关系与约定。由于过节的关系,店家都提早在下午两点打烊,丹便赶在这之前买了两部手机和预付卡,以方便联系。

他回到芙劳拉街,当葛莱慈打室内电话给他时,他用认真的口气又重复一遍,说他决定接受她的建议。他和斯德哥尔摩疗养院的一名护士谈过,护士说他母亲已接受镇静治疗,但恐怕时日无多。他祝病房里所有医护人员圣诞快乐,并请他们代他亲亲薇薇卡的额头,说他很快便会前去探视。

当天下午他返回阿玛兰登饭店,尽可能详细地告诉里欧关于葛莱慈声称自己搜集的资料,也就是以里欧的名义进行内线交易与逃漏税的文件。里欧眼中流露出深不可测的愤怒,那是一股骇人的恨意,当他滔滔不绝地述说要如何报复伊瓦、葛莱慈与其他所有人,丹只是默默听着。他搭着里欧的肩膀,分担他的痛苦,但心里想的倒不是复仇,而是葛莱慈一再强调她背后有强大势力撑腰。他还想起那趟在黑暗中的车程与森林里那棵老松树旁的坟穴。他全身上下都在告诉他,他没有勇气报仇,目前还没有。他后来想到,这或许和自己的成长背景有关。他与里欧不同,他没有信心认为自己能战胜权势,也可能纯粹只是因为他看清了这群人手段之残酷无情。

"那是当然了,我们要击垮他们,"丹说,"但这得从长计议,你说是吗?我们需要证据,需要做好准备。我们何不把它当成一个重新开始的机会,做点不一样的尝试?"

他也不知道自己想说什么,只是隐约浮现一个念头。但这念头逐渐具体成形,经过一个小时的深入讨论,他们开始构思计划,一开始带着试探,接着越来越认真。他们知道行动要快,要抢在葛莱慈与她所属组织(无论是什么组织)发现自己被骗之前。

圣诞节当天,里欧第一次汇钱到丹·卜洛迪的银行户头——后来又陆续汇了许多次。然后在第二天,以丹的名字买了前往波士顿的机票,不过却是里欧带着丹的美国护照与证件成行。丹留在里欧的公寓里,十二月二十六日晚上,葛莱慈来找他,为他谋划新生活方针。他扮演得十分尽职,尽管没有时不时显现出应有的落寞寡欢,葛莱慈似乎自行解读为他已开始享受新的生活方式。"你会在别人身上看见自己的恶。"里欧后来在电话里这么说。

十二月二十八日,丹来到在斯德哥尔摩疗养院,坐在里欧母亲的病榻旁。他话不多,但医护人员似乎都没有起疑心,这令他信心大增。他试着表现出沮丧却沉着的神态,有时候还的确是真情流露,尽管身旁是个从未谋面的人。薇薇卡的脸色憔悴而苍白,身子像小鸟一样。熟睡中的她张着嘴巴,呼吸微弱。有人替她梳过头发,上了点淡妆,还用两个枕头将她的头垫高。在某一刻,他轻轻抚摸她的肩膀与手臂,觉得好像应该这么做。她睁开眼,带着批判的眼神看他,让他觉得不自在,却不担心。她已注射了大量吗啡,所以应该可以放心,不会有人把她的话当真。

"你是谁?"她问道。

她优雅而深刻的五官浮现出一种吹毛求疵的严厉神情。

"是我,妈妈。我是里欧。"

她仿佛在思考这句话,随后咽了一下口水,提升些许力气。

"你始终没能如我们所愿,里欧,"她说,"你让我和爸爸都很失望。"

丹闭上双眼，想起里欧所说关于他母亲的一切。没想到他能这么轻易的回答——也许正因为这女人是个陌生人吧。

"你们也从来没能如我所愿。你们从来就不了解我。是你们让我失望了。"

她望着他，既惊讶又迷惘。

"你们让里欧失望，"他说，"你们，你们所有人，都让我们两个失望。"

他走出医院，穿过城区回家。翌日，十二月二十九日，薇薇卡·曼海默去世了。疗养院院长打电话通知他，丹将发布讣闻且丧葬事宜全权交由院方建议的专业者处理。新年过后约莫一个星期，他告诉他们，尽管以他们认为的最适当的方式筹办，至于他本人，则不会出席。当他对伊瓦·厄格连说想要请长假，得到的响应却只是骂他不负责任之类的污言秽语。他也懒得回嘴。一月四日，他在葛莱慈的应允下出了国。

他飞往纽约，在华盛顿特区与兄弟碰面，两个人待在一起，一个星期之后便分道扬镳。

里欧（以丹的身份）小心地去结识波士顿爵士圈的乐手。他解释说自己也开始弹钢琴，但对于公开表演还是会紧张。他担心自己的瑞典口音，又思乡心切，后来决定搬到多伦多，在那里认识了玛莉·丹佛。她是个年轻的室内设计师，怀抱着成为艺术家的梦想，并考虑和妹妹一起成立工作室。她没有把握自己是否敢放手一搏。里欧投注了一些资金，成为董事之一。不久，他们俩就在霍格哈罗区买了房子。他会定期和一小群才华横溢的业余乐手一起弹钢琴，这些人全都是医生。

丹四处漂泊了很长一段时间，在欧亚各地一边弹吉他，一边博览与金融市场相关的书籍。他发现自己求知若渴，他觉得（或毋宁说是相信）自己身为局外人，应该可以采用一种新的后设观点来评析金融市场，最后他决定重回里欧在阿弗雷·厄格连公司的职位，特别是为了找到葛莱慈与伊瓦握在手中、对自己兄弟不利的文件证据。他发觉要否认这些主张并不容易。他请了一位斯德哥尔摩的顶尖商业律师宾特·华林研究了这些文件,以他们利用里欧的名义透过巴拿马的莫萨克·冯赛卡事务所进行的交易范围与种类看来,律师强烈建议他最好置之不理。

几个星期过去,生活毫不令人意外地又回归常轨。丹与里欧等待着时机,同时保持密切联系。那天丹在公司大厅离开布隆维斯特后,打电话找的人正是里欧。里欧沉默了大半响,然后要丹自行决定是否已到了揭露事实的时候,接着又补上一句,恐怕很难找到比《千禧年》的麦可·布隆维斯特更适当的曝光管道了。

现在丹真的开口了,却仍绝口未提里欧在加拿大的新生活。他站在套房公寓的窗边,再次打电话到多伦多,两个人正谈得热烈之际,丹被一阵轻轻的敲门声打断。爱莉卡·贝叶已经来了。

当天稍早的时候,葛莱慈反胃反得厉害,她拖着身子沿港口街往回走,本想搭出租车回卡尔贝路的家,瘫倒在床上。可是走到半路越想越气自己,便转而去了位于城西的办公室。让疾病或对手占上风,这不是她的作风,因此她决定继续奋战,发动她所能想到的所有门路与盟友,找出布隆维斯特与丹尼尔——除了斯坦伯格之外,他在连续接到警方的几通电话之后就崩溃了。她派本杰明前往约特路的《千禧年》办公室,以及布隆维斯特在贝尔曼路的公寓,但两处都扑了空。最后她终于死心,让他送她回家。她需要休息一下,还要销毁九号计划最敏感的文件,她把这些文件藏在家中卧室衣橱后面的保险箱里。

时间已是下午四点半,天气依然炎热无比。她让本杰明扶她下车。她是真的需要他,而且不只是作为贴身保镖。承受了一整天的压力,她脚步摇晃不稳,黑色高领衫已被汗水浸湿,眼前的街景晃晃悠悠。她挺直背脊,抬头看着天空,一度露出胜利的表情。到头来她或许会被揭穿、被羞辱,但是她深深相信,她的奋斗不只是为了小我,而是为了科学与未来等更宏伟的目标。她决心要带着尊严倒下，并发誓要坚强而骄傲地撑到最后一刻，不管病得多重。

到了公寓大楼入口前，她叫本杰明把他在路上买的橙汁给她，也不管有失体面，直接就着瓶口便喝，瞬间觉得自己恢复了体力。他们搭乘电梯来到七楼，她打开门锁后叫本杰明先进去解除防盗警报器。当她正要跨进门槛，忽然全身僵住，目光转向下一层楼。只见一个苍白的身影正爬着楼梯上来，是一个宛如来自幽冥地府的年轻女子。

莎兰德虽然脸色发白、眼睛充血，脸颊满是被悬钩子与灌木刮伤的痕迹，但和之前比起来，已经更像人样了。她很明显走路十分困难，却还是不辞辛劳，去乌普兰路上的一家二手商店买了Ｔ恤和牛仔裤，并将沾血衣物塞进垃圾桶。她还在挪威电信的门店买了手机，又在药房买了包裹伤口的用品与消毒药水。她站在人行道上，撕下大力胶布（这是她先前在森林一栋度假屋里找到，贴在臀部止血用的），换上较好的新绷带。

她半昏迷地在森林地上躺了好一阵子，苏醒之后，用一块有尖锐缺口的石头割断手上的绳子。她慢慢摸索着走到七十七号国道，有个开着一辆罗孚老爷车的女人让她搭便车一直搭到市内的瓦萨区，在这里她引起不少人的侧目。

据一位名叫薛勒·欧佛·史崇格兰的目击者表示，当她在卡尔贝路走进"之前提过的大楼门口"时，看起来状况很不好，又危险。经过大门厅时，她也懒得照镜子，反正不太可能有什么新发现。她感觉得出自己的鬼样子。匕首应该没有伤及重要器官，但她失血过多，随时可能昏厥。

葛莱慈（或者是那误导人的门牌上写的"诺丁"）不在家。莎兰德坐在下一层楼的阶梯平台上，给布隆维斯特发了一条短信。他回了一堆明智的建议和一堆废话。她回复说她只想知道他查到了些什么。最后他终于给了她一段概述，她边看边点头，然后闭上眼睛。疼痛与晕眩越来越严重，她真想直接躺平，好不容易才忍住了冲动。她一度觉得自己永远也无法再重新振作，甚至可能什么也做不了。但她随即想到了潘格兰。

她想起他坐着轮椅，千辛万苦地一路来到富罗博加，也不禁想起这些年来他对她有多么重要。不过最重要的是她想到布隆维斯特提到他的死因，而他显然说得没错，只有葛莱慈有可能杀死这位老人家。这赋予了她力量，她有责任为潘格兰报仇。她知道无论自己感觉多虚弱，都必须使尽全力出击，于是她将肩膀往后挺，甩甩头，之后又过了十到十五分钟，电梯终于晃晃荡荡往上升，停在她的上一层楼。电梯门被推开来，她从楼梯栏杆间隐约看见一个大块头的男人和一个穿着黑色高领、年纪大上许多的女人。光是看到葛莱慈直挺挺的脊背，她就仿佛一下子又回到了童年。

但她不容许自己沉浸在回忆中。她很快地发了个消息给布隆维斯特和茉迪后，便爬上楼梯，脚步不是太稳，显然也不是太安静。葛莱慈倏地转身，双眼直视着莎兰德，一开始是惊讶，接着一认出她来，立刻感到了恐惧与厌恶。莎兰德在楼梯上停下来，手按着身上的伤口。

"我们又见面了。"莎兰德说。

"你花了不少时间。"

"可是就好像昨天一样，你不觉得吗？"

葛莱慈无视她的问题，大吼道：

"本杰明！把她带过来！"

本杰明点点头。他比莎兰德高出三十多公分，身形也大上一倍，所以他似乎不认为会有任何问题。然而当他扑身过去，不只被自己身体的重量，也被楼梯向下的斜度往前带。莎兰德轻巧地往旁边闪身，抓住他的左臂猛力一拉，这一刻本杰明的决心竟然招致反效果。他头向下脚朝上，摔在石板平台上，中途还摔断了手肘。这一切莎兰德都没看见，她继续一跛一跛地上楼，将葛莱慈推进屋内，反手锁上了门。过了一会儿，本杰明便在外头用力地捶门。

葛莱慈往后退，手里紧紧抓着她的棕色皮包。不到几秒钟她便重新占了上风，但与皮包或皮包里的东西无关，而是莎兰德在楼梯间耗费太多精力，此时几乎晕眩得支撑不住。她透过半睁半闭的眼睛环顾室内，虽然视线模糊，却知道自己从未见过像这样的地方。不但没有一点色彩——所有事物不是黑就是白——而且整洁简单到令人发晕，就好像住在这里的不是人类，而是机器人。整间公寓里一尘不染。莎兰德靠在一个黑色斗柜旁休息，让自己稳下来。就在她即将昏过去之前，眼角的余光瞥见葛莱慈正向她靠近，手里拿着一样东西，是针筒。

"我一直听说你喜欢给人扎针。"莎兰德说。葛莱慈出手，但未能得逞。她手中的针筒被莎兰德踢飞，落在晶亮雪白的地板上，滚开了。尽管头晕目眩，她还是拼命地站稳脚跟，有好几秒的时间，眼中只看到葛莱慈。真没想到这个女人竟能如此镇定。

"来吧，来杀我啊，我会自豪地死去。"葛莱慈说。
"你说自豪？"
"没错。"
"不可能。"

莎兰德看起来病恹恹的，说话声音也有气无力，然而葛莱慈知道自己已是穷途末路。她看向左边的窗户与窗外的卡尔贝路，踌躇了一两秒，接着清楚意识到自己别无选择。无论如何都要好过落入莎兰德的魔掌。于是她冲向阳台的落地窗，并感受到一股可怕的冲动引力要往下跳，不料还没能爬过栏杆就被莎兰德抓住了。其实她们俩都没预料到这种场面。救了葛莱慈一命的竟是她最为惧怕的人。莎兰德牢牢地抓着她，将她带回她那整洁冰冷的公寓内。

"你会死的，葛莱慈，这你尽管放心。"莎兰德小声地对她说。
"我知道，"她回答，"我得了癌症。"
"癌症不算什么。"莎兰德的语调令人发毛。
"这是什么意思？"
莎兰德瞪着地面。

"霍雷尔·潘格兰对我非常重要，"她狠狠地掐住葛莱慈的手，葛莱慈一时觉得血液好像冻结了，"我的意思是你会觉得癌症其实没什么，拉珂。你还会蒙羞而死，相信我，这会是最悲惨的下场。我一定会把你所有的肮脏事全挖出来，让所有人都只记得你干过的恶事。你会埋在你自己的粪堆里。"

她说得斩钉截铁，葛莱慈相信了。紧接着莎兰德冷静地打开大门，迎进一群警察，而本杰明已被他们铐在栏杆上。

"你好，葛莱慈女士。我和你有很多话要说。我们刚刚已经逮捕了你的同事斯坦伯格教授。"说话的是一个深色头发、半带微笑的男人，他自称是包柏蓝斯基督察长。

他的手下没花太多工夫便找到衣橱后面的保险箱。她最后看到莎兰德，是她被医护人员带出去的背影。莎兰德一次也没有回头，就好像在她心中，葛莱慈已经不存在。

第二十四章

六月三十日

又是一个炎炎夏日。已经两星期没下过一滴雨。布隆维斯特在约特路《千禧年》办公室的厨房区内。他刚刚写完有关数据管理处与九号计划的长篇报道。他伸伸懒腰,喝了点水,目光望向办公室另一头的亮蓝色沙发。

穿着高跟鞋的爱莉卡正横躺在沙发上读他的文章。他倒也不是紧张,他有把握这篇报道一定能震撼人心,对杂志社而言,这将是一则爆炸性的独家。但他还是不知道爱莉卡会有何反应,不是因为其中有一两段内容引发道德争议,而是因为他们吵了架。

之前他跟她说今年不会到群岛区去过仲夏节周末,也不会参加任何庆祝活动,而会专心写报道。他需要把包柏蓝斯基给他的文件看一遍,要再一次采访希尔妲·冯·坎特波,以及丹·卜洛迪和里欧·曼海默,里欧已经和未婚妻悄悄地从多伦多回到斯德哥尔摩。

布隆维斯特也几乎是夜以继日地工作,要写的不只有关于数据管理处的报道,还有法黎雅的故事。虽然真正的执笔人不是他,而是苏菲,他是从头到尾参与。而在妹妹安妮卡忙着让法黎雅出狱并获得新身份的保护之际,他也会和她讨论诉讼程序。

他还不时地与茉迪巡官保持联系,因为如今已认定裘德里是遭人杀害,警方重启调查,负责人便是茉迪,而巴希尔、拉赞与卡里尔三兄弟还有另外两个人都已被羁押等候审判。贝尼托被送到海诺桑的哈莫佛斯监狱,也同样在等候新罪名的起诉。另外,布隆维斯特还经常与包柏蓝斯基陷入长谈,而且花更多时间琢磨新闻报道的文风。

不过就连他也有撑不下去的时候。他需要休息。他几乎眼睛都花了,坐在贝尔曼路住处的书桌前更是燠热难当。有一天下午,他感觉到一阵强烈思念,忍不住打电话给玛莲。

"你可以过来吗?"他说,"求求你了。"

玛莲答应找保姆照顾孩子,但有个条件,布隆维斯特必须准备草莓和香槟,丢下他的报道,不许再像那个小侦探王八蛋一样不专心。他回答说这条件听起来挺合理的。于是他们在床上翻来滚去,带着醉意,快乐地将外面的世界抛诸脑后。就在此时,爱莉卡毫无预警地带着一瓶昂贵的红酒上门来。

爱莉卡从不认为布隆维斯特是个规规矩矩的典范,她自己也已婚,而且不太介意逢场作戏。可是场面整个失控。如果他有时间和兴致,应该可以理清原因。其一是玛莲的火爆性情,其二是爱莉卡感到慌张失措又难为情。他们三个都很难为情。两个女人开始吵起来,然后又跟他吵,最后爱莉卡气冲冲地甩门离开。从那时起,她与布隆维斯特在杂志社里交谈都仅限于工作话题。

不过现在爱莉卡躺在那里读他写的东西,布隆维斯特则想着莎兰德。她已经出院,并匆匆地飞往直布罗陀,说是有事情要处理。但他们每天都会联系,谈论关于法黎雅与数据管理处的调查事宜。

截至目前,民众对于这则报道的背景一无所知,嫌犯姓名也尚未在任何主要媒体曝光。因此爱莉卡主张要迅速推出一期特刊,以免被人抢得先机。或许正因如此,看到布隆维斯特躺在床上喝香槟,她才会那么生气,尽管他已经不遗余力地在准备这篇报道。

此时,他不断地偷瞄爱莉卡。最后她摘下老花眼镜,起身来到厨房加入他。她穿着牛仔裤和领口敞开的蓝色上衣,来到他身旁坐下。他猜不出她开口第一句话会是褒或是贬。

"我不明白。"

"真可惜,"他说,"我以为我阐述得至少还算清楚。"

"他们到底为什么要隐瞒这么久?"

"里欧和丹吗?我在文章里说了,有证据证明里欧通过多家空壳公司进行非法交易。虽然现在已经知道是伊瓦和葛莱慈设下的陷阱,里欧和丹却找不到方法揪出他们。再者,他们渐渐开始享受自己的新角色,但愿这点在文章里写得够清楚。他们俩都不缺钱,经常有大笔款项汇来汇去，而且我认为他们都体验到一种新的自由，有点像演员体会到的那种自由。他们可以重新来过，做点不一样的事。这种令人心动的魅力我能理解。"

"加上他们恋爱了。"

"和茱莉亚，还有玛莉。"

"照片拍得很好。"

"至少这就不错了。"

"幸好我们有优秀的摄影师，"她说，"不过你应该知道伊瓦·厄格连会告死我们吧？"

"我觉得我们已经做好万全准备了，爱莉卡。"

"还有，我担心有中伤死者之虞——因为那次麋鹿狩猎活动的致命意外。"

"这点我确信也很安全。我只是说有关开枪的情况并不明朗。"

"我觉得这还不够。光是那么说就已经相当不利了。"

"好吧，我会再斟酌。有没有什么地方是你不担心的，或者是……请容我这么说，你真正了解的？"

"你是个混蛋。"

"可能有一点吧。尤其是天黑以后。"

"你是打算从现在起只专情于一个女人，还是也想跟其他人约会？"

"必要的话，我好像也可以和你喝杯香槟，万一到了逼不得已的时候。"

"你也没得选择。"

"你会逼我吗？"

"有必要的话，会，因为这篇报道，我是说我们不会被告的部分，其实……"

她欲言又止。

"大致可以接受？"他说。

"可以这么说，"她微笑回答，"恭喜了。"她张开双臂拥抱他。

但就在这时，发生另一件事，吸引了他们的注意，事后已难以回想起事情发生的确切顺序。第一个有反应的人应该是苏菲。当时她在编辑室的计算机前，不知喊了一声什么，听不清楚，但显然不是震惊就是意外。过后不久，也或许是同一时间，爱莉卡与布隆维斯特便在手机上收到新闻快报。他们俩都不太担心，因为不是恐怖袭击，也不是即将爆发战争，只是股市迅速下跌。但随着事件发展，他们开始全神贯注，一步步进入意识升高的状态，一如震撼全球的重大新事件发生时，每个新闻发布室里的气氛。他们集中全部精神，不时高喊出在计算机上看到的内容。每分钟都有新的发展。

下跌的速度持续加快。股价步步逼近底线。斯德哥尔摩指数先是下跌六个百分点，接着八个，甚至到九个、十四个百分点。在这个阶段似乎有小幅上扬的迹象，随后又继续跌，仿佛坠入黑洞一般。这次是全面崩盘，恐慌性的卖压涌现，而到目前为止，似乎谁也不知道究竟发生什么事。

毫无明确迹象，也缺乏明显起因。大家都在抱怨："无法理解，就像疯了一样！到底是怎么了？"不久之后，专家们接受访问，所有常见的解释尽皆出笼：经济过热、低利率、高估股价、东西方的政治威胁、中东地区局势不稳定，以及欧美各国的法西斯主义与反民主运动——这凶险的政治局势让人联想起一九三〇年代。可是当天并没有新的事件发生，没有什么后续发展重大到足以导致如此规模的股灾。股民的恐慌似乎是凭空出现，与外力无涉。

不只有布隆维斯特想起四月期间"金融保全"公司的黑客入侵事件。他登上社交网站，毫不意外地发现各种谣言与主张肆虐，而且往往占据主流媒体的版面。布隆维斯特大声地说，不过听起来更像是自言自语：

"崩坏的不是只有股市。"

"什么意思？"爱莉卡问道。

"真相也一样。"

就好像网络已经被八卦网民接收，制造出一种活力假象，在这假象中，谎言与真相互斗，仿佛两者是同等的概念。谣言与阴谋论犹如伸手不见五指的浓雾般笼罩全世界。有时候网民会有所贡献，有时则不然。例如，据传金融业者克里斯特·塔各伦无法承受数百万（又或是数十亿）的资产化为乌有，而在巴黎的住处举枪自尽。关于这则消息，值得注意的不只是塔各伦亲自在推特网上澄清谣言，还有它反映了一九三二年金融大亨伊瓦·克鲁格的自杀事件。

都市传说与真实性可疑的消息新旧交杂，在空气中滚滚翻腾。有传闻说是自动化交易系统死机，说是金融中心以及媒体公司与网站被黑了。但也有报道说在东毛姆区有人企图跳阳台轻生，这类消息听起来不仅狗血荒诞，也让人回想起一九二九年股市崩盘时，据说有华尔街大楼的屋顶工人被误认为不幸的投资者，结果只因为他们出现在屋顶，便导致股市跌跌不休。

据说瑞典商业银行已经停止付款，而德意志银行与高盛集团也濒临破产。消息从四面八方源源不断地涌入，就连布隆维斯特这么老练的人，也分不清哪些是真，哪些是那群网络水军伪造的。

然而他可以确定的是斯德哥尔摩灾情最为惨重。虽然法兰克福、伦敦与巴黎等地的恐慌现象也逐渐升高，但股市跌势较为缓和。美国股市还要过几个小时才开市。尽管如此，期货价格显示道琼斯与纳斯达克指数也会暴跌。似乎任何措施都毫无帮助，尤其当中央银行总裁与部会首长、经济学者与大师纷纷站出来表示民众"反应过度"，说此刻谁都不该出来"兴风作浪"，更是于事无补。一切事物都笼罩在负面的光影中，扭曲变形。群众已经采取行动，各自逃命，但谁也不知道自己是受到谁或什么的惊吓。政府高层决定让股市暂停交易，这么做或许太贸然行事了，因为片刻前股价已开始止跌回升。不过还需要再进行研究分析，才可能重新恢复交易。

"可惜了你的双胞胎报道，要被这团乱象给淹没了。"

布隆维斯特从计算机屏幕前抬起双眼，若有所思地注视爱莉卡。

"在全世界陷入疯狂之际，你还关心我的职业尊严，我很感动。"

他说。

"我想到的是《千禧年》杂志。"

"我明白。但事到如今,我们得延后出刊了,不是吗?新的一期总不能少掉这个。"

"不放新的一期里面,这点我同意。但你写完的这篇报道,至少要在网络上发表一部分。否则可能会被别人捷足先登。"

"好,"他说,"你说得也许没错。你认为怎么样最好,就照你的意思吧。"

"但这么一来,你又得开始写这篇最新报道了。你可以吗?"

"当然可以,没问题。"

"很好。"她说完,他们互相点了点头。

这将会是个燠热逼人的夏天,布隆维斯特决定去散散步,再来着手下一篇报道。他沿着约特路走向斯鲁森,心里想着潘格兰与他躺在利里叶岛住处床上时紧握的拳头。

尾声

教堂内挤得水泄不通。不只因为这里是斯德哥尔摩大教堂,也不是在举行什么知名政治人物的葬礼。死者只是一名向来低调的老律师,但他一生都在为迷途的年轻人奋斗。不过,《千禧年》杂志最近发表了一篇所谓的《双胞胎丑闻》深入报道,加上老律师的命案闹得不小,因此吸引了不少人前来。

现在时间下午两点。葬礼仪式隆重而感人,只是讲道的内容稍稍有别于传统,几乎没有提到全能上帝或耶稣,而是细细地描绘死者本人。然而,潘格兰的同父异母妹妹布莉特-玛莉·诺伦一番充满感情的颂辞,更加打动人心,许多坐在席间的人都深受感动,特别是一位高大体面、名叫露露·玛哥罗的非洲女子简直泣不成声。有许多人若非眼眶含泪,就是带着敬意低下头——其中包括亲戚、朋友、前同事、邻居,以及几位看起来事业有成的当事人。布隆维斯特和妹妹安妮卡也来了,还有督察长包柏蓝斯基与未婚妻沙丽芙,以及茉迪与霍姆柏两位巡官,当然还有《千禧年》杂志总编爱莉卡和许多在潘格兰生前与他熟稔的人。不过也有人是出于好奇,兴奋地东张西望,牧师(一位高挑细瘦、年纪六十开外、头发雪白、五官深邃分明的女性)看了似乎有些不悦。她带着不怒自威的神情再度往前一站,并对着坐在第二排左侧一个身穿黑色亚麻外套的男人轻轻颔首。

这个男人是米尔顿保全公司老板德拉根·阿曼斯基,他摇头回应。该轮到他上台致词了,他却临时改变主意。看不出有什么明显的原因。牧师接受他的道歉,随即向上方的乐师打手势,准备让吊唁者列队瞻仰遗容。

这时候,有个坐在后排座位的年轻女子起身高喊:

"停,等一下。"

过了一会儿,在场的众人才认出她是莎兰德,可能是因为她穿着黑色西装，看起来像个小男生。不过她还是忘了整理一下头发，满头的乱发横七竖八，一如既往。她也不试图循规蹈矩地接近棺木。她的举动带点攻击性，但又显得犹豫不决，矛盾得奇怪。当她走到讲坛上时，眼睛直盯着地板，不肯正视任何人。有一刻，她好像就要转身回去坐下。

"你想说几句话吗？"牧师问道。

她点点头。

"请说吧。我知道你和潘格兰很亲近。"

"是的。"她说。

话毕又再次沉默无言。教堂内响起紧张的低语声。众人无法解读她的肢体语言，但大多数人认为她的表情是愤怒，或者是惊愕。最后好不容易开口了，却几乎连第一排的人都听不到。

"大声点！"有人喊道。

她抬起双眼，一脸茫然若失。

"潘格兰是一个……讨厌鬼，"她说道，"很烦人。就算你不想说话，想要一个人待着，他也不允许。他不知道什么时候该放弃，反正他就是硬来，非让各式各样不正常的怪胎开口，不然就死也不肯罢休。他又笨到很相信人，甚至相信我，和他想法相同的人并不多。他是个自尊心很强的老傻瓜，不管多么痛苦都不肯接受帮助，他总是想尽一切力量挖掘真相，而且从来不是为了他自己。所以当然了……"

她闭上眼睛。

"他们当然要杀了他。他们杀害一个躺在床上、毫无自卫能力的老人，这让我很生气，气炸了，尤其我和潘格兰……"

这句话始终没说完。她呆呆地看着一旁，然后挺直上身，直视在场所有人。

"我们最后一次见面，谈起那边那座雕像，"她说，"他想知道我为什么对它那么着迷。我跟他说，在我眼中它从来不是纪念英雄事迹的雕像，而是象征着可怕的攻击。他一听就明白了，并问我：'那么龙喷出的火呢？'我说那就像在每个遭践踏的人心中燃烧的火，就像能把我们烧成灰烬的火,不过有时候,要是有人像潘格兰这种老傻瓜一样,注意到我们,陪我们下棋、聊天,对我们有一点点关心,这火也可能变成截然不同的东西,变成一股让我们能够反击的力量。潘格兰知道即使你的身体被长矛刺穿,你还是可以重新站起来,所以他才会不停地念叨,才会这么讨人厌。"说到这里,她再次沉默。

她转身对着棺木鞠躬,动作僵硬,说了声"谢谢"和"对不起"。她瞥见布隆维斯特正微笑地看她,她似乎也报以微笑,很难看得出来。

教堂内传出嘤嘤嗡嗡的细语声,牧师费了好大工夫才恢复秩序,让众人一一排队经过棺木。几乎无人注意到莎兰德悄悄地穿过一排排长椅,消失在教堂门外,走进了外头的广场与旧城区狭窄的巷弄间。

作者后记

二〇一五年秋天，我有了一个重大的领悟。当时我正在宣传"千禧年系列"的第四部《蜘蛛网中的女孩》，在世界各地跑来跑去，接受无穷无尽的访问，晚上在一张又一张的饭店床上辗转反侧，有时候会一再冒出一个已经纠结了一段时间的念头：

"为什么莎兰德会在背上刺龙纹？"

诚如大家所知，那个刺青是她最广为人知的标记。在拉森撰写的第一部中，她就已经有这个刺青了。刺青就在那里，是她形象中显著的一部分。但我们从来不知道为什么，只是感觉到那条龙是她力量的一部分。

对此，我越来越好奇。我发现那么大片的刺青——从下背处延伸至肩胛骨的艺术作品——几乎都不便宜，而在系列开始之初，莎兰德还只是个没钱的年轻女孩，还得仰赖监护人照顾。

她肯定得努力工作才能负担得起。她肯定有极强烈的动机，而我们也知道，这个女孩做任何事情都有她的理由。我越来越相信能驱使她走进刺青店的必定是重大事件，是会加深她周遭谜团的事件。于是在无数难以入眠的夜里，我躺在床上，一遍又一遍地想着这些问题。

我研究了不少关于龙的资料，也询问其他人对龙的看法。我的英国编辑克里斯多福·麦勒荷兹（Christopher MacLehose）建议我去参观我的家乡斯德哥尔摩旧城区的大教堂，在那里有一座十五世纪雕刻的圣乔治屠龙的宏伟雕像。克里斯多福觉得这座雕像能为一个旧故事提供新观点——尤其是通过莎兰德的眼睛去看。

我以前当然去过大教堂，那是斯德哥尔摩的经典景点之一。某个寒冷的冬日，在漫长旅程告一段落之后，我步入教堂，惊奇地站在雕像前面。起初，只看到以前每次看到的景象：圣乔治骑在马上攻击怪兽。但接着我忽然想到，你也可以把它看成是对龙的残酷攻击，而非英雄之举,尤其看到那条龙被矛刺中,仰躺在地,发出惊恐叫声。不过这不是当天最重要的体悟。

在龙的旁边有一尊冷漠旁观的女子铜像,过了很久,久得不可思议,我才察觉到她应该就是圣乔治要救的少女。在我看来,她似乎只是个无关紧要的旁观者,就在这时候,我胸口突然一阵悸动,顿时明白了莎兰德的心境,明白她为什么在背上刺龙文身。

刹那间,我从那促使她成为现代最具代表性的女英雄的黑暗人生中,看见一样新的、重要的东西,而这正是《以眼还眼的女孩》所要写的。

大卫·拉格朗兹
写于二〇一七年六月十八日

致谢

我衷心感谢我的经纪人 Magdalena Hedlund，以及出版人 Eva Gedin 与 Susanna Romanus。

也要大大感谢我的编辑 Ingemar Karlsson，感谢斯蒂格·拉森的父亲埃兰德与弟弟约瓦金，感谢友人 Norberg 夫妇 Johan 与 Jessica，感谢卡巴斯基实验室的资深安全研究员 David Jacoby。

此外还要感谢我的英国出版人 Christopher MacLehose、Hedlund 经纪公司的 Jessica Bab Bonde、瑞典双胞胎数据中心的遗传流行病学教授 Nancy Pedersen、霍尔监狱的副典狱长 Ulrica Blomgren、卡罗林斯卡大学医院的主治医师兼助理教授 Svetlana Bajalica Lagercrantz、瑞典皇家科技学院的计算机科学教授 Hedvig Kjellström、斯德哥尔摩市政府档案室副主任 Agneta Geschwind、瑞典保险同业公会副理事长 Mats Galvenius、我的邻居 Joachim Hollman、瑞典皇家科技学院的通信工程教授 Danica Kragi Jensfelt，以及 Norstedts 版权公司的 Linda Altrov Berg 与 Catherine Mörk。

还有一定、一定要感谢我的安妮。